단 념 あきらめ

다무라
도시코의
작품모음집
1

단 념 あきらめ

다무라 도시코 지음

이상복·최은경 옮김

어문학사

※**일러두기**

1. 이번 번역작업에 있어서 독자의 이해를 돕고자 가능한 명확한 의미전달을 위해 노력
   했다. 가끔 작중 갑작스런 시점 변화와 주체가 불분명한 대화 등은 읽기의 흐름을 방
   해하기도 한다. 그러나 본디 작가의 숨겨진 의도와 당시의 문장과 단어가 가지는 의미
   를 놓칠 우려가 있기에 원문을 훼손하지 않는 범위에서 번역하기로 했다. 그것이 곧
   다무라 도시코 문학의 특징을 파악하고 앞으로의 다무라 도시코 연구에도 필요한 자
   료가 되기도 할 것이기 때문이다.
   독자가 읽는 도중 어색하고 조금 난해한 문장을 만나게 될지도 모르겠으나 이러한 점
   은 미리 양해를 구하는 바이다.
2. 다무라 도시코의 전반적인 작품의 이해를 돕기 위하여 부록으로 역자들의 논문을 실
   었다.

일본 근대문학사에서 여성작가로는 새 오천엔 권 지폐의 모델인 히구치 이치요樋口一葉(1872~1896) 정도가 익숙한 이름일 것이다. 히구치 이치요는 25세라는 짧은 생을 마감했지만 불후의 명작들을 남겼으며, 일본 문학사에서 그녀의 업적은 높이 평가되고 있다.

그러나 이 책을 통해 소개하고자 하는 다무라 도시코는 좀 더 특별하다고 감히 말하고 싶다. 그녀는 일본 최초의 여성 전업 작가로 알려져 있으며, 당시에 이미 젠더의 틀에서 벗어난 독창적인 여성상을 제시하며 자신만의 작품 세계를 구축해 나간 작가였기 때문이다.

다무라 도시코는 작가를 꿈꾸며 한 때는 배우로서 활약하기도 했다. 일련의 파격적인 연애사건들과 만년의 중국에서의 활약상 등 현란하고 파란만장했던 그녀의 생애는 현실에 도전하며 치열하게 싸운 흔적으로도 이해할 수 있을 것이다. 메이지明治와 다이쇼大正, 그리고 쇼와昭和라는 시대를 관통하며 여자라는 신분을 초월하여, 인종·성·계급 등의 차별에 반대하며 자기 삶의 주인공으로 살아온 그녀의 생애는 주목받기에 충분하다.

근래 일본에서 여성문학에 대한 관심이 높아짐에 따라 다무라 도시코에 관한 연구도 활발하게 이루어지고 있다. 이에 때를 같이 하여 한국에서 일본 근대 여성작가의 작품을 알려야겠다는 사명감으로, 도시코 작품 중 작품성이 뛰어나다고 인정받는 작품들을 번역하여 출간하게 되었다.

1권에는 1911년『단념あきらめ』과『생혈生血』, 2권에서는 1912년『서언誓言』, 1913년『여작자女作者』『미이라의 립스틱木乃伊の口紅』 1914년『포락지형炮烙の刑』, 1915년의『그녀의 생활彼女の生活』, 마지막인 1938년의『산길山道』까지를 실었다. 다무라 도시코 선집 1권과 2권은 그녀의 삶과 작품 세계를 이해하는 데 유효한 자료가 될 것이며, 일본문학의 다양한 여성작가 연구에 일조하리라 확신한다.

다무라 도시코의 작품 번역은 결코 쉽지 않은 작업이었다. 그러나 한편으로는, 당시의 여자의 성性과 내면의 고민을 이토록 참신하게 표현한 작가의 통찰력에 감탄하며 행복한 시간이었다. 다무라 도시코의 빛나는 문장을 살리기에는 턱없이 부끄러운 번역이지만, 부디 작가의 삶의 열정과 시대를 앞선 의식이 본서를 통해 독자들에게 조금이나마 전달되기를 바라마지 않는다.

■차 례

단 념あきらめ

여대생 오규노 도미에荻生野冨枝는 신문에 각본이 당선되었으나, 여학생들의 사회활동을 꺼리는 학교 당국에 미움을 산다. 학교에도 미련이 없어진 그녀는 결국 퇴학한다.

그녀는 아자부麻布에 사는 언니 쓰마코都満子 부부의 집에 기거하고 있다. 형부 료쿠시緑紫는 소설가로, 여성 편력이 심해, 언니는 언제나 불안해하며 전전긍긍하고 있다. 막내 여동생 기에貴枝는 변두리 가게에 양녀로 보내졌다. 이제 막 어린애 티를 벗어난 기에에게 형부 료쿠시가 접근하는 것을 알고 쓰마코와 도미에는 언쟁을 벌인다. 어정쩡한 상황에 놓인 도미에는 기후岐阜로 가서 할머니와 계모를 돌보며 살아야겠다고 생각하지만, 화려한 도시에서의 문필생활을 버릴 수 없다.

기에의 은사의 무용 발표회에서 도미에는 미와三輪를 본다. 도미에는 자신과 마찬가지로 대학을 퇴학하고 배우가 되고자하는 미와를 몰래 사모하고 있었다.

어느 날 도미에의 집에 하급생 소메코染子가 방문해 온다. 소메코는 권력가의 딸로 도미에를 사랑하고 있다. 문학사 지하야千早는 뛰어난 미모의 배우 지망생 미와를 혁신좌革新座에 가입시켜 유명 배우로 키우려 하고 있다. 도미에의 당선작 '진니塵泥'은 지하야, 미와 등과 대립하는 신파의 야마토좌大和座에 의해 상연되었다. 그러는 사이에도 도미에는 소메코의 별장을 방문하여 서로의 마음을 확인한다. 미와는 지하야로부터 돈을 받고 외국으로 나가게 되는데, 다른 세계의 사람으로 변해가는 미와는 도미에의 마음에서 멀어져 간다.

한편, '진니' 연극은 호평으로 만원을 이루었다. 그때 기후에서 계모가 상경하여 도미에에게 시골로 내려가자고 애원한다. 결국 도미에는 자신들을 키워준 할머니에게 보은하기 위해서 소메코에게 이별의 편지를 쓰고, 계모와 함께 기후로 내려간다.

이제까지 『단념あきらめ』의 연구 동향은 작품 속 '신新/구舊' 이항대립을 중심으로 주인공 도미에의 낡은 윤리관을 비판하거나 작품 구성상의 문제점과 이야기物語의 파탄을 제시하는 것이 주류였다고 할 수 있다.

그러나 최근에 작품 속 여성들의 모습이 오늘날의 시각으로 새롭게 조명되고 해독되기 시작했다. 구체적으로는, 자아를 가진 도미에의 의식의 신선함이 자립을 지향하는 여성상의 평가기준에 의해 주목받고 있으며, 도미에의 신체적인 불안정함과 사상의 유동성에 작품평가의 근거를 다시 설정하고 있다. 즉 '신/구' 이항대립의 도식에 의한 고찰의 유효성을 의심하고 '신/구'의 양의성을 가진 도미에의 심적변화와 외부적요소(상황)로 인한 사건과 갈등을 분석함으로써, 작품 속에서 새로운 인물상과 공간을 현출해가는 시도를 하기도 한다. 텍스트 구조에 대한 이러한 해석이야말로 다무라 도시코田村俊子 문학에 페미니즘의 가능성이 있음을 설명하는 것이다. 그것은 가부장제와 남녀 대립의 도식에 의해 여성상女性像의 '신/구'를 해독하는 것에만 다무라 도시코 문학의 가능성이 있는 것이 아님을 말한다. 예를 들면, 이분법적 젠더정체성의 경계에 선 도미에의 삶, 혹은 이성, 동성간의 섹슈얼리티와 젠더의 상호 작용 등, 작품의 다층다의적인 해석이 가능하다는 것을 말하고 있는 것이다.

결국 다무라 도시코의 데뷔작 『단념あきらめ』을 읽는다는 것은 연애, 여성, 자아, 관능 등 남성중심사회에서 명백해져 온 의식과 언어를 지금 현재를 살아가는 우리들 자신이 스스로에게 반문하는 행위에 다름 아닌 것이다.

단 념
あきらめ

1

도미에(富枝)는 돌아가려고 교사(校舍)의 뒤편으로 나가 봤다.

생도들이 거의 다 흩어진 뒤로 저 멀리 기숙사에서 물을 쓰는 소리가 들렸다. 원예를 좋아하는 후루이(古井)가 원예용 가위를 들고 언덕을 내려가는 것이 보였다. 그냥 스스럼없이 부르자 휙 돌아서 주위를 둘러보더니 도미에를 발견하고는 생글생글 웃으면서 다시 걷기 시작한다. 올리브색 하카마가 차올라가 있다. 그다지 희지 않은 정강이가 하얀 버선 위에 조금 드러난 것이 멀찌감치 보인다.

후루이는 자신이 키운 꽃을 자랑하러 기숙사 각 방을 돌면서 꽃을 꽂아 주고는 모두한테서 고맙다는 인사를 듣고 그것으로 만족하고 있다. 앞으로 꿈의 정원을 만들어 일생을 꽃 속에 파묻혀 지내고 싶다며 즐거워하고 있다.

'절대로 세상으로 나오지 마라. 감수하고 희생해라. 숨어서 분발하라'고 가르치는 교장을 존경하는 저 사람이, 그런 주의主義에 등을 돌릴지, 어떨지 하고 도미에는 생각했다. 허명에 마음을 썼다고 학감으로부터 훈계당한 오늘, 평상시 신경 쓰지 않았던 사람의 동급생으로서 갑자기 문득 자신의 입장에서 비교하며 흥미를 갖고 생각해 봤다. "우선 뿌리를 만들고 장래에 훌륭하고 아름다운 꽃을 피우게 노력하는 것이 학교의 주의다. 그 뿌리가 이름을 얻으려고 서두르면 꽃이 피는 것을 기대할 수 없다"라고 말한 아사미浅見 학감의 낮은 목소리가 교정의 서늘한 바람을 타고 신선한 속삭임이 되어 도미에의 귓속에 다시 울려오는 듯했다.

나란히 늘어선 기숙사 2층에서 빨간색, 흰색이 사라졌다가 나타났다가 한다. 앞치마를 두른 생도가 요리장으로 들어간다. 소학부의 작은 생도 세 명이 손을 잡고 기숙사 문을 나온다. 푸른색, 복숭아색의 허리띠를 하고 있다. 이처럼 유치한 기숙사 생활은 얼마나 외로운 일일까. 도미에는 어쩐지 가여운 생각이 들었다. 자신은 내일부터 이 학교의 땅을 밟지 못할지도 모른다. 2년 동안 익숙해진 이 벚나무도 세 번째 봄을 노래할 때에는 만나지 못하고, 잎이 노랗게 변한 지금이 이별하는 마지막이라고 생각하면 학교를 떠나는 것에 미련은 없지만, 교사校舍를 둘러싸고 있는 사방의 물건에 미련이 남는다.

읽을 책을 안고 모여드는 도서실 앞 오동나무 근처로 가보았다. 도서실 창에 흰 커튼이 쳐져 있었다. 마침 그때 동급생인 우에다上田가 도미에를 찾아 이곳으로 왔다.

"벌써 돌아갔나 하고 생각했어."

우에다는 아이보리 비누와 같은 피부색을 하고 있다. 머리털은 빨갛게 이마 주변에 오그라들어 있다. 혼고本鄕 거리의 양품점 간판인형이라 불리고 있었다.

"무슨 말을 들었어?" 하고 물었다.

도미에는 대답하지 않았다. 지금과 같은 경우, 교장을 대신하여 학감이 말한 것을 이제까지 친분도 없는 우에다에게 말하는 게 어쩐지 어린애 같다는 생각이 들었다. 스스로의 위엄을 지킨다고까지는 할 수 없지만, 도미에는 대답하는 것을 회피하듯이 있었다. 우에다는 덧붙여,

"주의主義라는 명목으로 뭔가 말씀하지는 않으셨어?"
하고 호기심 어린 눈을 빛냈다.

도미에는 학교만 그만두면 된다고 생각하고 있었다. 각본 따위를 썼다고 학감으로부터 주의를 받았으니, 학교에 적을 두고 있는 이상 이렇게 간섭받아도 당연한 것이었다. 주장하

고 싶은 게 있어도 여자라는 점을 한번 뒤돌아보고 매일 이 교문을 넘나드는 이상 학감에게 반항할 수도 없었다.

우에다는 만약 네가 학교를 그만둔다면 문예회가 쓸쓸해지고, 스타를 잃어버리게 돼 안타까운 일이라고 했다. 도미에는 친구 말은 어찌됐든, 스스로 오규노* 도미에라는 이름이 메이지明治 문예사 위의 한 부분을 차지하고 있다는 사실에 관해서는 자부심의 그림자가 없는 것도 아니었다. 그리고 그 이름이 문구멍으로 새어 나오는 햇빛처럼 가는 한줄기 광선이 되어 넓은 천하에 나타난 것은 기이하게 생각되었다.

흰 장갑을 끼고 영어 교사 미세스 스미스가 정면의 돌계단을 내려왔다. 그녀가 자전거를 끌고 오는 것을 기다려 그 뒤에서 두 사람은 나란히 걸으면서 교문을 나왔다.

물색 스커트가 돛처럼 부풀어 올라간 채로 달려간다. 모래가 조금씩 꼬리를 끈다. 옷깃에 두른 장식이 반짝반짝 거린다. 금발의 머리카락이 모자 아래로 삐져나와 새하얀 목덜미가 백옥처럼 아름답다. 도미에는 뒤에서 그 모습을 쳐다보고 있었다.

교문 옆의 양품점 여자가 두 사람을 보고 가게 안에서 인사했다. 그 웃는 얼굴을 보자, 이 여자와도 만날 수 없게 될지

* 오규노(荻生野) : 초판에 "をぎふの"라는 덧말이 달려 있으나, 현대에서는 "おぎゅうの"로 읽히므로, 여기서는 "오규노"로 발음함.

도 모른다고 생각되어 도미에는 잠시 뒤돌아보았다. 미술함 유리문에 우에다의 모습이 비쳤다.

"너는 대학이 생기고 나서 이름을 떨친 사람이야. 정말 자랑할 만해."

하고 우에다는 말했다.

도미에는 옆에 우에다를 보았다. 어깨가 둥글고 등이 구부정하여 이세자키카스리* 단의單衣가 주름투성이인 하카마의 고시이타** 위로 눈이 갔다.

"하지만 정말 그것만은 본받으려고 해도 안 되더라. 천재가 아니면 안 돼. 넌 학교생활을 하고, 학교제도 틀에 갇혀 있을 작은 그릇이 아니야. 쓸모 있는 사람이 되는 것이 좋아. 끝까지 노력해, 알았지? 오규노荻生野."

마르고 위축된 몸을 펴고 우에다는 열심히 말했다. 정이 넘쳐서인지 보따리를 안은 손에 양산을 한 곳으로 하고 빈 한 손으로 오규노의 한 손을 잡아 쥐었다.

"고마워."

도미에도 감사의 마음을 담은 눈으로 우에다의 얼굴을 쳐다보았다. 평소에는 그다지 좋은 친구라고는 생각하지 않았

---

* 이세자키카스리(伊勢崎絣) : 물감이 살짝 스친 것 같은 부분을 규칙적으로 배치한 무늬. 또는 그런 무늬가 있는 직물.

** 고시이타(腰板) : 하카마의 허리 뒤에 대는 천으로 싼 판자 조각.

지만, 오늘 이런 때에 이 친구 입에서 이런 말을 들으리라고
는 생각지 못했다. 다른 친구들은 오늘 신문기사를 보고 나
서 이상하게 멀리 떨어져서 가까이 오는 사람조차 없었다.
일종의 타락이라고 하며, 얄미운 것은 경원주의*라고 생각
하는 사람조차 있다는 것이다. 그런데 이 아이의 호의는 의
외라고 생각될 정도여서 기뻤다.

"학교를 그만둬도 나는 만나줘. 나는 너를 스승으로 모실
게. 나만은 너의 성공을 빌게. 마음으로부터."

도미에는 묵묵히 있었다. 이런 때 자신과 말이 잘 맞았던
오래된 친구를 떠올리고는, 그 애에게 자신의 생각을 쏟아내
고 싶다고 생각하고 있었다.

"우에다는 미와를 기억하고 있어?"

우에다가 잠시 생각하는 듯이 머리를 갸우뚱했을 때 귀 뒤
의 때가 도미에의 눈앞을 막았다. 도미에는 조금 옆으로 떨
어져 걸음을 재촉했다.

"응, 겨우 반 학기 정도로 퇴학한 아이지. 역시 천재적이
었어."

"그랬지."

미간을 모은 채 눈이 아름다운 미와의 모습을 떠올리자 도

* 경원주의(敬遠主義) : 경원은 논어에서 유래된 말로 겉으로는 공경하는 체하면서 실제는
  꺼리어 멀리함을 의미한다.

미에는 황홀해질 정도로 그녀가 그리워졌다.

두 사람은 어느 샌가 거리로 나와 있었다. 파출소 앞을 지나 전차 길 쪽으로 향했다.

연회장의 끝물 같은 쓸쓸함이 도미에의 가슴에 밀려들어 와서 오늘도 그것을 되새기며 우울한 생각으로 쳐다보았다.

새빨간 독살스러운 색으로 가장자리를 두른 간판에 새까맣게 나니와테이浪花亭 뭐뭐라고 적혀있다. 그 간판을 뒤로 하니 때 탄 흰 작업복을 입고 털 많은 정강이를 드러낸 남자가 숨찬 소리로,

"어서 오세요."

라고 외치고 있다. 이 번잡스런 대낮, 이런 낡고 거무데데해진 어둑어둑한 자리의 가게 안으로 들어와서 나미와부시*를 듣고 있는 손님들은 어떤 사람들일까 하고 도미에는 생각했다. 우에다는 눈치도 못 채고 평소에 익숙한 오른쪽 처마 아래로 뭔가를 줍듯이 걸어간다.

2

골목으로 들어가려 할 때, 모퉁이의 채소가게 앞에서 눈에

---

* 나미와부시(浪花節) : 대중 예능의 한 가지. 샤미센(三味線) 반주로, 주로 의리·인정을 주제로 하는 창(唱).

익은 여자의 서 있는 뒷모습을 발견하고 도미에는 문득 멈춰섰다. 여자는 풀색 보자기를 칭칭 감듯이 양손에 들고 있었고, 유카타 아래로는 검붉고 두꺼운 발목이 보였다. 채소가게 앞은 푸성귀가 모두 젖어 있었다.

"오키소, 오키소."

라고 도미에는 칠을 한 부채를 입에 바짝 붙이고서 불렀다. 여자는 뒤돌아 히요리게타*를 신은 발로 날듯이 달려 와서는,

"잘 다녀왔어요? 오늘은 늦게 오시네요."

하고 웃으며 인사를 했다.

"그래, 빨리 가자."

도미에는 이렇게 말하면서 오키소의 옆머리에 꽂혀 있는 자신의 오래된 적갈색 꽃비녀를 보았다. 오키소는 다시 게타의 뒤를 보이며 채소가게로 돌아갔다. 자색모슬린의 작은 띠의 매듭이 착 달라붙은 듯이 등 한가운데에 묶여 있다.

늘어서 있는 가게 중 한 곳에서 햇볕가리개를 걷어내자 이쪽에서도 저쪽에서도 걷어내기 시작하고, 어딘가에서 물을 뿌리기 시작하자 옆집에서도 앞집에서도 뿌리기 시작한다. 단스마치簞笥町의 넓은 대로에는 작은 상점들이 비슷한 정도

---

* 히요리게타(日和下駄) : 날씨가 좋은 날에 신는 굽 낮은 게다.

의 크기로 나란히 쭉 늘어서 있고, 저녁나절 그 도로는 도미에의 조리*가 뻑뻑해질 정도로 여기저기 질퍽거렸다. 도미에는 오키소의 소맷자락을 잡으면서 띄엄띄엄 건너뛰며 걸었다.

"보따리를 들까요?"

오키소는 양산과 책 보따리를 한 손으로 안은 도미에를 보고 물었다. 도미에는 고개를 흔들었다. 지나쳐 온 이발소에서 손님의 머리 위에 바리캉을 들고 있는 이발사가 사람이 다니는 거리를 뒤돌아보았다. 흰 윗도리 소매를 걷어 올린 채로 그 뾰족한 것만 팔랑팔랑 움직이고 있다.

길이 좋아지자 도미에는 오키소를 잡은 손을 놓고 다시 부채를 입술에 갖다 대고 걸었다. 오키소는 한손에 든 보따리를 자신과 도미에의 사이로 고쳐 들었다. 흔들흔들 거리는 오키소 손의 파동으로 보따리는 도미에의 무릎에 때때로 부딪혔다. 자신의 무릎으로 그 여파를 받아내었다. 도미에는 보따리에 눈길을 주고 그 보따리가 오키소의 무릎에 닿을 때 눈을 들어 오키소의 얼굴을 바라보았다. 오키소는 모르는 눈치였다. 도미에는 말없이 웃었다. 골목 안은 바람이 시원했다. 도미에는 옷깃을 풀고 백로** 옷깃의 흰 홑옷을 조금 벌

* 조리(草履) : 일본식 짚신.
** 백로(白絽) : 여름에 입는 견직물의 일종.

20

렸다. 막다른 곳의 자택 2층에서 주렴을 걷은 사람이 다다미 방으로 들어가는 뒷모습이 버들나무에 가려 보였다.

"형부는 계셔?"

도미에는 물었다. 오키소는 집에 있다고 말하고 여기저기 둘러보았다.

집 앞에는 깨끗하게 물이 뿌려져 있었다. 우유함에 엷은 황색의 방울이 맺혀서는 떨어지고, 맺혀서는 떨어지고 있다. 좁게 열린 쪽문에는 물을 뿌린 자리가 이제 반 정도 말라 있고, 현관 앞에 흐르고 있는 수로가 시원했다.

정원과 구분된 나무문이 열려있기 때문에 도미에는 거기로 들어와서 정원 쪽으로 돌았다. 경대를 앞에 두고 화장을 하고 있던 언니 쓰마코都満子는 도미에를 보자 미소를 지었다.

"늦었지."

하고 도미에도 웃었다. 울타리 옆 싸리에 하카마가 걸려서 휙하고 하카마를 잡아당기고는 거실 쪽의 가장자리를 향해 걸어 놓았다.

"벌써 목욕했어?"

요염한 언니의 얼굴을 보고는 도미에가 물었다. 언니는 가루 화장분을 빻고 있었다. 가루가 유카타의 소매에 걸려 흩어졌다.

쓰마코는 자신의 길고 짙은 눈썹을 일자로 진하게 하고 있
다. 쓸데없는 짓을 한다고 도미에에게 웃음을 사도 버릇이
들어서, 뭐라고 해도 일자로 칠하지 않으면 어쩐지 자신의
얼굴이 아닌 듯 생각되어진다. 자연히 눈썹의 배합을 취할
때 화장분도 진해진다. 새까만 머리를 크게 말아 올려 폭을
넓게 한 앞머리를 이마에 딱 붙이고 있다. 내년에 서른 살이
되는 사람치고는 꽤나 젊어 보인다고 도미에는 생각했다.

눈썹을 그리고서 잠시 가장자리의 도미에를 본 쓰마코는,

"축하하러 형부가 어디로 데려가 준대."

라고 말했다. 도미에는 가장자리에 앉아 구두 신은 양발을
공중에 올리고 동동거리면서 올라가지도 않고서,

"언니도 함께?"

하고 물었다.

이웃집 백일홍이 낮잠에서 깬 듯한 얼굴을 하고 담 너머로
나와 있었다. 엷은 저녁 해가 머리를 식히며 옆으로 뉘엿뉘
엿 기우니 이쪽 정원의 소나무로 햇살이 흐른다. 갈아 놓은
참마를 물에 띄워놓은 듯 흰 구름이 떠간다. 징검돌의 물뿌
리개 위로 머리를 길게 내뺀 귀뚜라미가 붙어있다. 그런 정
원 풍경을 바라보니 이제 가을이구나 하고 도미에는 생각했
다.

나뭇잎은 떨어지지 않아도 주위의 풍경이 가을을 나타내

고 생각한다고 상담했다. 료쿠시는 안타까울 것도 없으니 그만두고 문학에 전념하면 좋을 거라고 했다. 그리고

"학교 따위에 신경 쓸 것 없어."

하고 말했다. 도미에는 자신도 이미 교문에 들어서지 않을 작정으로 오늘 돌아왔다고 말했다.

"작문이 문제가 되었습니까?"

손님은 이렇게 참견하고 두 사람의 얼굴을 번갈아 보았다. 내년이면 졸업인데 하고 생각하자 여자의 마음으로는 어쩐지 아까운 마음이 들었다. 그처럼 익명으로 해 두고 학교에는 알리지 않은 채 졸업하고 나서, 새롭게 문학으로 이름을 알리는 편이 나았을지도 모른다고 미련스럽게 도미에는 생각했다.

도미에에게는 부모가 없다. 고향에 있는 할머니와 언니 쓰마크와 여동생 기에貴枝 세 명이 있을 뿐이다. 그것도 여동생은 시노志野라고 하는 집의 양녀로 가버렸기 때문에 남이나 마찬가지다. 언니는 아버지가 살아 계실 때 소메야染谷 가문으로 시집갔기 때문에, 아버지는 가운데 딸 도미에에게 오규노荻生野의 가문을 잇게 하겠다 하고 돌아가셨다. 도미에는 고향인 기후岐阜로 돌아가서—자신은 도쿄에서 태어난 이상, 아직 한 번도 그 땅을 밟은 적이 없다. 그 땅에는 친할머니도 있고, 아버지의 후처이자 계모인 오이요お伊豫도 아버지가 돌

아가시고 나서도 아버지의 유지를 받들어 할머니를 모시며 고향에 있다―오규노荻生野의 가문을 잇고, 도리를 다하고 있는 계모와 노쇠한 할머니를 안심시킬 의무가 있었다.

도미에 자매의 아버지는 그 지방의 부잣집 아들이었다. 어머니는 지방의 예기芸妓였다. 집을 버리고 할머니를 두고 도쿄로 나가 버린 것도 모두 예기였던 어머니가 선동한 짓이라고 할머니는 한스러워했었다.

어머니는 기에를 낳은 그 해에 돌아가셨기 때문에 그때 세 자매 중 한 명을 고향으로 보내어 할머니에게 효도하며 살게 하겠노라 하고 죽었다. 그 한 사람이 도미에였던 것이다.

계모인 이요가 고향으로 왔을 때 이미 그때 도미에도 기후의 사람이 되지 않으면 안 되었다. 하지만 언니 쓰마코가 도미에를 그냥 두는 것은 싫다고 하고, 도미에도 모르는 시골로 가는 것이 괴로워서 앞으로 2, 3년 공부하겠노라고 하고 계모에게 졸라서 겨우 남게 된 것이다. 계모는 언니 부부에게 도미에를 부탁하고 혼자 기후로 갔다.

재산은 대부분 아버지가 탕진했다. 아는 사람도 없이 시골에 노쇠한 시어머니를 모시고, 아침저녁 외로운 생활을 계속하고 있는 계모는 도미에를 자신의 친자식처럼 의지하고 있다. 그래서 돌아올 것을 기다리고 있다. 빨리 공부를 마치고 하루라도 빨리 귀향해서 할머니를 안심시켜 달라고 하는 편지를 자주 보낸다.

도미에는 이것을 소홀하게 여길 맘은 추호도 없다. 오히려 계모의 뜻을 한시라도 잊어서는 안 된다고 생각하고 있다. 더욱이 오랫동안 팽개치고 돌보지 않았던 할머니에게 자신을 대신하여 효도하여 달라는 것은 죽은 어머니가 남긴 말이다. 도미에는 그 책임감을 생각할 때마다, 계모에게 동정심이 일 때마다, 자신의 몸이 무거운 쇠사슬로 기후 쪽에 묶여 있는 것 같아서 때때로 우울해질 때가 있다.

자신은 자기 혼자 힘으로 계모와 할머니를 부양하지 않으면 안 된다. 시골로 돌아가서 그곳에서 양자를 들이는 것이 싫으면 자신의 힘으로 일가를 부양해야 한다. 남편으로부터는 언제라도 자활의 길을 얻을 수 있는 지위, 확고한 근거를 만들어 두지 않으면 안 된다.

대학을 졸업하고 지방 여학교의 교사가 된다……. 그것이 자신의 목적은 아니지만, 그런 것이라도 소망하지 않으면 자신간의 인생에 대한 길이 없을 거라는 생각이 든다.

고향에 있는 사람이 친어머니였다면 자신이 깊이 생각할 것은 아무것도 없겠지. 계모는 자신 이외에 아이도 없고, 고향의 할머니 이외에는 부모도 없다. 계모는 당시의 교육을 받은 사람이 아니다. 책으로 사람의 길을 생각하는 사람이 아니다. 그 점에 있어서 귀한 상이 보인다고 도미에는 생각한다. 그런 어머니에 대해서 자신도 반드시 뭔가를 희생하지 않으면 안 되는 것이라고 생각한다.

도시는 재밌다. 화려한 분위기에 빠져도 그것을 자랑할 도미에도 아니다. 버리지 않아도 된다면 도쿄를 버릴 생각은 없다. 하지만 그렇게는 되지 않을 것이다. 자립할 수 있도록 대학을 졸업하고, 이것이 3년간 공부한 증거라고 졸업증서를 보이며, 밉다고 생각한 며느리의 뱃속에서 어떻게 이렇게 자랑스러운 손녀가 나왔을까 하고 평범한 기쁨을 드리면서, 계모에게도 이것이 자신의 딸이라며 자랑거리를 제공한다. 그렇게 하지 않으면 안 되는 자신이다. 이것을 무의미하다고 비관하는 것을 자신 스스로 제멋대로라고 자각할 정도로 영리하게 태어났다고 도미에는 슬프게 단념하고 있었다.

쓰는 훈련 삼아 도미에는 각본을 써 봤다. 문사文士의 집에 기숙해 있었던 도미에는 쓰는 일이 좋았다. 어떤 신문에서 현상각본을 공모했을 때 시험 삼아 투고해 두었다. 그것이 뜻하지 않게 당선되어서 올해는 어떤 무대에 올리게까지 되었다.

이렇게 생각해보니 이제까지의 일이 신기했다. 그런 것에 자만한 것은 아니지만, 도미에는 자연스레 좋아하는 길에 마음을 쏟아서 학교도 자주 쉬게 되어 학과 내 떠도는 소문도 시끄러웠다.

하지만 지금과 같은 경우를 생각하면 학교를 그만두는 것이 안타깝고, 내키지 않으면서도 버리지 못하고 있었다. 그것이 이번 신문에 의해서 소개되자 함께 자신의 이름도 학교의 사람들이 보게 되었다. 그것을 헛된 이름을 얻기 위함이라고 해서 학감은 학교의 주의主義를 설교하며 도미에의 반성을 촉구했다.

지금은 어쨌든 그만둘 수밖에 없다. 그만두고 걱정은 되지만 이름을 얻게 된 문예로 자립할까 하고 생각했다.

난간에 걸어 놓은 여름용 속옷이 빙글빙글 바람에 나부끼고 있었다. 물이 소용돌이치는 모양이 줄줄 움직이듯이 보였다. 주인도 손님도 빈번히 사이다를 마시고 있었다.

3

손님과 형부가 나란히 걸어가는 뒤쪽으로 도미에는 언니와 나란히 걸었다. 언니의 목덜미에서 나는 향수와 화장분의 향기가 자신의 뺨 언저리로 끼쳐오는 것을 느꼈다. 시원한 바람이 언니의 귀밑머리를 살랑거리게 했다.

료쿠시는 지팡이를 짚은 손님에게 뭔가를 말하며 웃으면서 걸었다. 무늬가 있는 얇은 하오리*가 바람에 흔들리며 나부끼고 있다. 밀짚모자와 파나마모자가 오른쪽으로 왼쪽으로 서로 기울어져, 떨어지기도 하고 붙기도 하고 있었다.

"요즈음 기에한테 자주 간다면서?"

하고 언니는 목소리를 낮추었다. 팔자걸음으로 걷는 것이 쓰마코의 버릇이다. 조금 앞으로 몸을 내민 듯한 모습이다. 감색의 세로무늬 옷소매가 도미에의 허리에 닿는다.

"기에한테는 뭘 하러 가는 거니?"

"뭘 하러 가는 건지 모르겠어."

"어머, 설마."

언니를 올려다보니 눈에 어떤 의미가 묻어있었다.

벌써 해가 저물어서 길거리 가게에 등이 아름답게 빛나기 시작한다. 형부와 손님의 뒷모습이 밝아졌다가 어두워졌다

---

* 하오리(羽織) : 일본 옷 위에 입는 짧은 겉옷.

가 한다.

"이렇게 말하면 그렇지만, 여동생이라 해도 친해지지가 않아."

라고 말했을 때 감색 하카마의 비단 속옷 옷깃에서 브로치의 알이 반짝하고 빛이 났다.

"도미에는 괜찮지만."

소리는 내지 않지만 웃고 있는 모습이었다.

미와三輪도 자주 나를 만나러 왔는데, 형부와 이상한 관계라고 언니가 수선을 피웠기 때문에 그것을 이유로 오지 않게 되었다. 이것은 사실이 아님에 틀림없다. 믿지 못하게 한 형부도 나쁘지만, 언니도 금방 사람을 의심한다. 기에도 아직 어린애다. 형부가 어떻게 할 수가 없다고 마음속으로 생각한다.

"이번에 기에한테 가면 넌지시 어떻게 사는지 물어봐 줘."

"응."

하고 대답만 해 둔다.

자신의 소문을 말하는 줄도 모르고 형부 료쿠시가 정류장 기둥 옆에서,

"교바시京橋 쪽으로 갈까?"

하고 말을 걸었다. 손님은 지팡이로 콩콩 땅을 두드리고 있었다. 쓰마코는,

"그렇게 해요."
라고 말하면서 조금 서둘렀다.

마침 그때 전차가 와 앞뒤로 네 명이 탔다.

승객의 시선이 일시에 집중되었다. 손님은 료쿠시의 옆자리에 앉으면서 손잡이에 손을 걸치고 있다. 마주보고 앉은 쓰마코가 그것을 보고,

"정말 다카高의 글은 싫어. 그가 한다半田 씨라면 좋겠지만 함께 걷는 것도 싫어."
하고 경박하고 상스럽게 말했다. 한다 씨도 싫다고 말하려고 하다가 도미에는 말하지 않고 그냥 웃을 뿐이다.

몇 시나 되었나 하고 광고시계를 보니 공교롭게도 환승표가 비뚤게 붙어있어서 도움이 되지 않아 단념했다. 손님이 즉시 도미에의 모습을 알아채고, 자신의 은으로 된 회중시계를 꺼낸다. 도미에는 포기하고 있었다. 필요가 있어서 시간을 본 것도 아니어서 굳이 물으려고도 하지 않았다. 손님은 조금 계면쩍어 하며 탁하고 뚜껑을 닫고서 얼굴을 바깥으로 돌렸다.

나이코마치內幸町에서 내리자 긴자銀座 쪽으로 향했다.

파출소의 순사가 빨간 전등색 옷을 입고 서 있다. 히비야공원日比谷公園의 문을 향해서 하카마를 입은 두 명의 여학생이 간다. 공원에 문이 있는 것은 히비야뿐이라고, 도미에는

뒤돌아본다.

"증국요리로 할까, 응?"

하고 료쿠시는 쓰마코에게 말하고 있다. 보니 두 사람은 나란히 걷고 있다. 손님은 옆에 떨어져 변함없이 지팡이를 짚고 있다.

"양식으로 해요, 그렇지 도미에?"

뒤처진 도미에를 멈춰 서서 기다리며 언니는 애교스런 목소리를 내고 있다.

"믹든 괜찮아."

"그 오와리초尾張町의 중국 요리집 말이지요? 친한 사람이 있다는. 미인이 없으면 대접받지 못할 거라고 생각하고 있죠?"

그런 이야기를 피하려고 도미에는 일부러 뒤처진 채로 걸어간다.

솨악―하고 바람이 도미에의 얼굴 옆을 스쳤다. 보니 차 한 대가 이미 네다섯 채의 집 앞을 달리고 있다. 차도 소리 나지 않는 것이 더 가치가 있다고 고무바퀴의 차 그림자를 쫓는다.

차 안에 있는 사람의 새하얀 목덜미가 두드러지게 눈에 띤다. 깃고대를 뒤로 쭈욱 당겨 내린 동그스름한 어깨가 보인다. 시마다마게*가 흔들거리는 것도 또렷이 보인다. 예기藝

妓라고 도미에는 다시 고쳐 보았다.

초보자는 차에 타면 애써 치장한 모습이 온통 묻혀 버린다. 경험자는 꾸미지 않은 모습이라도 꾸미지 않은 채로 차에 타서 도드라져 보인다. 그 점이 확연히 경험자는 다르고 남들 눈에 비치는 차이라고 감탄한다.

넓고 어두운 거리를 나오자 스키야교数寄屋橋이다.

유라쿠자有楽座 앞의 조명이 멀리에서 반짝반짝 거리고 있다. 사각의 어린이날 간판이 희고 반듯하게 되어 있다. 다리에서 보니 빨아들일 듯이, 하나의 아름다운 오락장의 건물이 살아 움직이며 사방을 지나는 군중의 발을 잡아당기고 있는 듯이 보인다. 그렇게 생각하자 어두운 삼각형 건물의 꼭대기에 큰 눈이 있는 듯이 보이고, 양쪽 옆에서 손이 나올 듯이 보인다. 도미에는 이런 것을 생각하며 멀리 주위의 어슴푸레한 유라쿠자를 바라보면서 다리를 건너간다.

양식으로 하기로 정해진 듯 보여서 도미에는 풍월風月이란 곳에 따라갔다.

손님은 불안한 얼굴을 하고 천장을 올려다보거나 식탁 위를 쳐다보거나 하며,

"너무 열악하군요. 역시 앉아서 포크를 사용하려면 천장

---

* 시마다마게(島田まげ) : 일본 여성의 대표적인 전통 머리 모양의 하나. 주로 미혼 여성이 틂. 특히 신부가 트는 분킨시마다(文金島田)를 비롯하여 많은 종류가 있음.

이 높은 곳이 나은 것 같네요."

하고 말하고 있었다.

서양인 세 명이 탁자를 마주하고 이야기를 하고 있다. 금박지에 무늬를 새긴 도코노마*의 족자가 걸린 문에 그 빨간 머리를 기댈 듯이 보였다.

마침 그때 사다리 계단을 올라오는 구두소리가 들린다. 지팡이를 우산 꽂는 곳에 넣는 소리와 동시에 고개를 든 료쿠시오 얼굴을 마주한다.

"어이."

라는 목소리가 났다.

"어떻게 지내요?"

라고 료쿠시가 가까이 온 남자에게 이렇게 말하자,

"어."

라고 말하고 그 사람은 옆자리의 식탁에 자리를 잡았다.

쓰마코는 응시하고 있다. 눈이 차림새가 괜찮은 사람이라고 말하고 있다. 도미에도 남자의 모습을 봤는데, 남자는 의자에 등을 기대어 양다리를 식탁 아래에 쫙 벌리고 차림표를 멀리에서 주시하고 있었다.

"아마도 양이 많을 거네."

---

* 도코노마(床の間) : 일본 건축에서 객실인 다다미방의 정면에 바닥을 한 층 높여 만들어 놓은 곳. 벽에는 족자를 걸고, 바닥에 도자기 · 꽃병 등을 장식해 두는 곳.

하고 료쿠시가 덧붙여 말한다.

손가락 끝으로 이것 이것하고 주문을 마치자,

"어떻게 지내십니까?"

하고 거무스름한 얼굴을 이쪽으로 돌린다. 코안경이 전등 빛에 반사된다. 백금의 쇠줄이 흔들린다. 작은 입가에 웃음을 머금고 애교를 부린다. 식탁에 다가 앉아 팔짱을 낀 팔에 커프스 버턴의 다이아가 빛을 머금고 있다. 주황색 넥타이가 하얗게 보인다.

"학교는 성공한 것 같던데요."

"배우학교 말입니까? 그럭저럭 인 것 같습니다."

"창립 당시에만 이래저래 곤란했지요?"

"그렇지요."

라고 말하고 입을 다물고 있다. 그다지 친분이 없는 사람인지 어떤지 쓰마코는 한참 지켜본다. 이 사람이 말로만 듣던 지하야千부 문학사가 아닐까 하고 도미에도 조용히 눈을 떼지 않고 있다.

주문한 것이 온다. 서른 정도의 키 큰 남자가 나이프와 포크를 앞에 나란히 놓고 갔다.

"아무래도 다다미 위에서 책상다리를 하지 않으니 어쩐지 불편한데요."

라고 료쿠시 일행은 그렇게 말하고 있다.

가운데 꽃병에 꽂혀 있는 여름국화를 도미에는 손가락으로 튕겼다. 꽃잎이 쓰마코가 든 손수건에 떨어지자 도미에는 다시 주워서 후우 하고 불어본다. 옆의 남자가 그것을 보고 있었다.

<h1 style="text-align:center">4</h1>

흐지마藤間라고 쓰인 처마 밑의 유리등에 빗방울이 타고 전히져 물방울을 만들고 있다. 출창出窓의 주렴이 다갈색으로 굴들어 딸그락딸그락하고 바람에 소리를 낸다. 도랑 위를 덮은 판자 위에 빨간 꽈리가 뭉개져 있고 진흙에 더러워져 빨간 심을 토해 내고 있다.

사람을 겁먹게 하는 듯한 빵 파는 사람의 목소리가 멀어지자 좁은 신작로가 다시 빗소리에 닫힌다. 두통고*를 붙이고 한텐**을 입은 여자가 보따리를 무겁게 들고 간다. 입추立秋의 축축한 추위가 여자의 한텐 옷깃 주위에서 일어난다.

"같이 가요."
하그 격자문 안에서 말한 소리가 숙연한 빗소리를 걷어내고,

---

* 두통고 : 두통이 날 때 붙이던 것으로 에도시대부터 사용되던 약.
** 한·텐(半纏) : 하오리 비슷한 짧은 겉옷의 한 가지. 작업복·방한복으로 입음. 옷고름이 없고 깃을 뒤로 접지 않는 활동적인 것.

처마 아래에 청량한 파동을 전한다.

격자문이 드르륵 열린다. 앞부분을 자른 도진마게*를 한 사람이 나온다. 긴 중형 메린스의 단 소매가 양쪽으로 축 늘어진다. 벚나무 껍질로 된 쓰마카와**를 포석 위에 나란히 놓자 작은 종이우산***이 펑하고 위에서 펴진다. 우산을 짚으면서 격자문을 떠났을 때는 뒷모습이 보인다. 빨갛게 물든 굽 높은 게다에 몸을 의지하고 있는 것이 팔자八字 모양으로 보인다.

"나는 전차로 갈 거야."

라고 말하면서 뒷사람이 격자문을 닫는다.

누런 나뭇결에 군데군데 목단꽃을 흩어놓은 하오리를 입고 있다. 머리를 바짝 조여 묶고 있어서 선명한 후지산이마****가 특히 확연하다. 이목구비는 곱지만 피부색이 검다. 이마에 화장분이 뭉쳐서 남아 있다.

"그럼 전차 타는 곳까지."

도진마게가 그렇게 말한다. 견습예기는 도진마게의 우산

* 도진마게(唐人髷) : 에도 말기부터 메이지 말까지 행해지던 여자아이들의 머리 형태. 머리를 좌우로 부풀려 땋아서 십자형 머리카락으로 묶은 것.
** 쓰마카와(爪革) : 발가락 덮개. 비나 진흙을 피하기 위해 게다 앞부분에 씌운 것.
*** 작은 종이우산(蛇の目傘) : 감색·빨강·검정 등의 바탕에 희고 굵은 고리 모양의 무늬가 든 지우산.
**** 후지산이마 : 이마 위의 머리 모양이 후지산 꼴에 닮은 것. 미인의 조건 중 하나라고 하였다.

을 구리며, 두 사람은 나란히 걸어간다. 이름을 쓴 글자가 흐려져 있다. 때때로 우산에 부딪혀서는 놀라 서로 떨어진다.

"오늘 배운 것은 어려워서 싫어."

털은 빨갛지만 피부색은 새하애서, 크림을 녹인 듯이 요염해 보인다. 부어 오른 홑꺼풀의 눈에 힘을 주며 대답한다. 우산의 손잡이를 부채로 두드리면서,

"봄―하고, 여름하고, 어허 광인狂人이로구나."

하고 몸짓을 한다. 묵으로 그린 어둡고 밝은 포도무늬 소매가 흔들린다. 진흙이 소매에 튀어 오른다.

"있잖아, 봄―이라고 할 때 이런 눈을 하는 거야. 이따금은 좀 봐."

두 사람은 사람 왕래가 잦은 곳의 한 중앙에 서 있다. 도진마게는 얼굴을 갸우뚱거리며, 눈을 옆으로 하고 눈부시다는 듯이 깜박거린다. 대답한 사람이 다시 대답을 한다.

"좀 보라니까."

"그게 아니야. 그런 눈을 하는 게 아니야. 선생님과 달라."

다시 나란히 걷기 시작한다.

"광인의 눈이라니, 어떤 걸까? 본 적 있어?"

비가 옆으로 불어와서 예쁜 얼굴을 적신다. 견습예기는 우산을 옆으로 한다. 도진마게는 비가 오는 방향으로 우산을 쓰지 않고 의연하게 뒤로 쓰고 있다. 소매가 반 정도 벌써 젖

어버렸다.

"역시 눈은 뜨고 있어."

"그건 달라. 마쓰카제松風도 장님이 아니야······. 광인이야, 광인이라구."

하고 갑자기 견습예기의 어깨에 매달린다. 힘에 부쳐서 아이의 우산이 넘어진다.

"어머, 어머. 젖었잖아. 장난치면 안 되지."

견습예기는 뽀로통한 얼굴을 한다.

"너 나한테 반한 거 아니니? 잘난 척하지 마."

라고 부채로 팔꿈치를 찌른다. 열다섯 살 정도의 입에서 이런 말을 한다.

"후후후후."

라고 견습예기는 웃기 시작한다.

"진정하라고. 기에에게 반한 것은 아니니까. 내가 맡은 헤에兵衛가 기에가 맡은 마쓰카제라는 인물에 반하는 것이야."

"어쨌든 같아. 내 소매를 잡고 애원하는 주제에."

"그렇게 말하고 교헤業兵의 때는 어떻게 했니? 기에가 나에게 반하는 거야."

"그랬지. 이거 큰 실수를 했네."

웃는 얼굴이 모퉁이의 백목단 유리문에 비친다. 안을 들여다보니 지배인이 모퉁이에 앉아서 담배를 피우고 있다. 금색 은색이 반짝반짝하고 함께 섞여 눈을 비추고 있다. 매일 무용 연습에 가는 아이가 지금 지나간다는 표정을 하고, 소맷자락 없는 옷을 입은 꼬마 아이가 바라보고 있다. 전차 소리가 끼익 하고 젖은 소리를 내고 지나간다. 두 사람은 큰길로 나왔다.

오와리초尾張町의 교차점에 멈춰 서자,

"안녕."

하고 견습예기는 재빨리 건너편의 빨간 기둥 아래로 간다. 하오리를 크게 만들어 어깨를 징근 부분이 사각으로 솟아 있다. 기에도 선로를 건너려고 하자 큰 종이우산이 눈앞을 막아서서 오쿠라 띠의 매듭을 흔들면서 뽐내듯 간다. 이를 얄밉게 보면서 겨우 건너편으로 가서 유미초弓町로 돌자,

"기에, 이봐."

하고 남자가 불렀다.

"형부, 집으로 가요."

귀여운 얼굴을 하고 기에는 료쿠시의 인버네스* 옆으로 착 달라붙는다. 료쿠시의 반쯤 편 종이우산이 바람을 전했다.

* 인버네스 : 소매 대신 망토가 달린 남자용 외투.

“형부는 가게로 가는 거예요?”

“따뜻한 곳으로 가는 거야. 너를 보러 온 거야.”

입 꼬리의 근육이 풀어진 듯한 얼굴을 하고 한동안 료쿠시는 기에의 얼굴을 바라본다.

“어머, 얄미운 형부네. 우리 집에 와도 재미없어요.”
라고 말을 던지고 기에는 걷기 시작한다.

얼음가게의 문이 반쯤 내려져 있고, ‘밀크 쉐이크’라고 쓴 깃발이 추운 듯 떨고 있다. 어딘가에서 튀김 냄새가 흘러온다.

“그렇게 서두르지 마. 내가 싫은 거야?”

“아니, 그렇게 말하니까.”

“어떻게?”

료쿠시는 놀리면서 뒤를 쫓아간다. 눈초리가 주름져 시종 즐거운 듯이 웃고 있다.

“우리 집에 온다고 하니까…….”

“그게 나빠?”

“이상하잖아요.”

웃고 싶은 걸 참고 있는 듯 기에는 얼굴을 부풀려서 눈을 작게 했다.

실가게 앞까지 오자, 안을 들여다보고 기에는 인사를 한다. ‘아는 집이구나’ 생각하면서 료쿠시는 조금 떨어져 걷고 있다.

"형부, 왜 어제 오지 않았어요?"

이번은 불평스럽게 토라진 얼굴을 하고 다시 료쿠시에게 매달린다.

"용무가 있었거든. 기다렸니?"

"기다렸어요."

눈도 젖었을까 하고 생각들 정도의 목소리를 낸다. 기다린 것도 아닌데 오히려 잊어버리고 있었는데, 기에는 진심 어린 듯이 그렇게 말했다. 열다섯 살의 유치한 두뇌로 어떻게 해서 그렇게 남자를 속이는 말이 나오는 걸까 하고 생각하니 료쿠시는 그것이 재밌다.

"내가 보고 싶었니?"

료쿠시는 시험 삼아 그렇게 묻는다.

"응."

하고 기에는 끄덕이며 지나친 떡과자점을 기웃거리면서,

"형부, 매일 와요. 내일도 와 줘요."

라고 말한다.

"나 따위가 와도 소용없잖아. 기에는 이치무라좌市村座의 하나메花雀를 좋아하지?"

어떻게 대답을 할까 하고 료쿠시는 기에의 어깨에 손을 올리고 그 얼굴을 지켜본다.

"하나메 씨는 하나메 씨야. 형부는 형부고."

라고 말한다. 어떻게 다르냐고 물으려 하자, 기에는 골목으로 들어가 재빨리 집 앞까지 가버린다. 그곳이 요리점 아즈마 루ぁづま樓의 뒷문이다.

"형부, 먼저 갈게."

라고 말하고 기에는 격자문으로 들어갔다.

"어서 와요, 비가 와서 힘들었지요?"

아주머니가 갈대발을 친 문을 열고 아래쪽으로 얼굴을 내민다. 우산을 신발장으로 던져버리고 실내로 들어가자, 아주머니는 무릎 아래로 솜이불을 덮고 팔베개를 벤 채로 얼굴만 들고 있다. 다 기워서 빨아 놓은 메린스 유젠*의 이불이 담뱃재와 함께 흩어져 있다. 아주머니의 행동을 보고 어머니가 없다는 걸 기에는 금방 알아차렸다.

"어디에 가셨어요?"

"어머니는 가게에 가셨어요."

"그래요. 형부가 오셨어요."

아주머니는 팔에 붙인 머리를 다시 올리고 이가 빠져 푹 들어간 입을 우물우물하면서 초라한 얼굴에 올라간 눈만 움직이며 아무렇지도 않은 얼굴로 기에를 본다.

---

* 유젠(友禅) : 날염법의 한 가지. 방염(防染) 풀을 사용하여 비단 등에 꽃·새·산수 등의 무늬를 화려하게 염색하는 방법. 혹은 그렇게 염색한 것을 일컬음.

“오늘은 시원하네요.”

라고 말하며 료쿠시가 슬며시 들어오자, 걸친 것을 내치며
아주머니는 일어났다.

“이렇게 비가 오는데도 용케 오셨네요.”

하고는 억지스럽게 일어서서 어지럽게 흩어져 있는 주위를
정리하며 일부러 귀찮은 듯한 얼굴을 하고 있었다. 기에는
아주머니의 뒤로 돌아서,

“괜찮아요.”

하고 말하고 작은 주먹으로 치는 흉내를 내면서 료쿠시 쪽을
보고 웃었다.

5

“기에는 거문고 배우러 선생님한테 가야지요? 늦어요.”

하고 아주머니가 옆방의 고요함을 수상히 여기는 말투로 말
을 걸었다.

“예.”

쓸데없는 참견이라는 말은 입 안에서 사라져 버린다. 기에
는 료쿠시의 옆에서 습자를 하고 있다.

주렴이 걷히고 가게의 뜰과 이어진 곳을 나눈 작은 정원이
보였다. 바위굴 위에 안치한 이나리* 제단이 소나무의 그늘

이 되어 있다. 작은 계단 위에 올려놓은 유부가 노랗게 두 장 겹쳐져 있다. 지장석상이 둥근 달걀 모양의 돌 위에 서서 단풍나무 아래 비를 피할 수 있는 형상이다. 마루 끝에 큰 모형으로 꾸민 정원은 황량한 풍경으로, 꼿꼿이 해 놓은 작은 소나무도 말라 버린 채 내버려져 있다. 곳곳에는 벌써 끝물이 된 채송화가 엷은 복숭앗빛으로 차츰 색을 더하고 있다. 어두운 정원 안이 비가 내려 더욱 흐리다.

"쓰레즈레구사つれづれぐさ―이렇게 단숨에 써 봐. 끊어서 쓰면 안 돼요."

하고 료쿠시가 여성적인 말투를 쓴다.

"근데, 잘 써지지 않아요."

하고 기에가 어리광부린다. 붓을 쥐고 고개를 숙이자 엷은 료쿠시의 머리카락이 기에의 도진마게에 닿는다. 료쿠시는 기에의 손을 위에서 감싸 쥐고 글을 써내려간다.

"아, 아파요."

기에의 과장된 말투에 료쿠시가 손을 놓자, 기에는 네 개의 루비가 들어간 반지 위로 자신의 손을 문지르며 얼굴을 찡그렸다.

"그렇게 세게 쥐면 아파요. 난폭하잖아요."

* 이나리(稲荷) : 오곡을 주관하는 식물의 신. 우카노미타마(倉稲魂)의 신(神)을 말함. 또는 이나리 신사를 일컬음.

“다 팠어? 괜찮아……?”

하고 료쿠시는 그 손을 잡고 살펴본다.

“이렇게 됐잖아요.”

하고 반지를 빼 보인다.

“그건 반지 자국이야.”

료쿠시는 젊어져 있다. 서른일곱에서 스물을 뺀 열일곱으로 돌아간 기분이다. 사랑의 연습을 한 오소메히사마쓰*는 어느 정도까지 유치한 것을 서로 말하고, 아무것도 아닌 일에 서로 흥분했던 걸까 하고 불현듯 그런 것을 생각했다.

“그럼, 좀 더 연습해 봐.”

“이제 됐어요. 걱정하지 말아요.”

기에는 거만하고 얄밉게 말한다. 그리고 까르륵까르륵 웃는다. 붓도 종이도 책상 위에 던져두고, 소매를 접은 한 손을 길게 베개 삼아 그 위에 비스듬히 눕는다. 비색 비단의 속치마가 한쪽 무릎에 드러나자 그 아래로 어린애 같은 작은 발이 나와 있다. 료쿠시는 잠시 흥분에서 깨어난다. 갑자기 스물이나 나이가 들어 버린다. 거기서 오시마 명주**의 소매에

---

* 오소메히사마쓰(お染久松) : 호에(宝永) 5년(1708)에 일어난 오사카 가와라야다리(大坂瓦屋橋) 기름집의 딸 오소메(お染)와 사환 히사마쓰(久松)의 동반자살 사건을 제재로 한 조루리(浄瑠璃), 가부키(歌舞伎) 등의 통칭.

** 오시마(大島) 명주 : 가고시마(鹿児島)현 아마미오시마(奄美大島)에서 나는 명주. 일본의 고급 의복의 옷감. 붓으로 살짝 스친 것 같은 비백(飛白) 무늬가 있음.

서 궐련을 꺼낸다.

“그럼 그만두자.”

“거짓말이에요, 거짓말. 가르쳐줘요. 응? 형부. 괜찮죠, 그렇죠?”

기에는 누운 채로 료쿠시의 소맷자락을 흔든다. 그리고 뭔가 갑자기 발견한 듯한 눈으로

“어머, 어머, 여기에 형부의 흰머리가 있어요. 어머.”

“어디에?”

“여기에.”

하고 여전히 누운 채로 료쿠시의 머리카락을 손으로 가리킨다.

“뽑아줘.”

흰머리라고 해도 료쿠시는 걱정하지 않고 있다.

“공구로 뽑을까요?”

“공구? 그게 뭐야?”

“못을 뽑는 거예요. 아냐, 그건 아니고 …… 족집게에요, 족집게.”

“못뽑이로 뽑아서 어떻게 해, 까까머리가 돼버리지.”

기에는 웃겨 죽겠다는 듯이 웃는다. 너무 웃어서 운 눈을 하고 있다. 뺨이 새빨개져서 흰 이마가 땀으로 흥건하다. 뒤로 내민 작은 귀밑머리가 좁은 옷깃 언저리에 덮여 있고, 뿌리

가 뽑힐 정도로 틀어 올린 머리가 흔들거린다. 새빨간 매듭이 풀어져 틀어 올린 머리 위에 앉아 있다. 격자문이 열리는 소리가 났다.

"어서오세요."

하고 인사를 하는 아주머니의 목소리가 들리자마자, 아주머니는 아자부麻布의 언니가 왔다고 기에에게 알렸다. 기에는 어떻게 할까 하는 얼굴로,

"상관없어."

하고 작은 목소리로 료쿠시에게 속삭였다.

"상관없지, 왜 그래?"

이렇게 말한 료쿠시는 일부러 기에가 한 말을 이해하지 못하겠다는 듯한 얼굴을 해 보였다.

아주머니에게 인사하면서 들어온 도미에는 형부를 보자 뜻밖이라는 얼굴을 하고 말없이 서 있었다. 그래서 어딘지 모르게 두 사람의 얼굴에 흥이 깨진 빛이 역력하여 도미에는 꽤나 나쁜 생각을 하게 되었다.

"언니, 왜 그리 자주 오지 않았어? 정말 오랜만이야."

기에는 기쁜 듯이 도미에 옆으로 붙어서 언니의 손을 자신의 어깨에 올리며 착 달라붙었다.

"언니, 언니가 만든 작품으로 연극을 한다고 하던데, 정말 굉장한 일이라고 어머니가 칭찬했어."

기에는 료쿠시가 있는 것도 잊은 듯한 얼굴을 하고 도미에에게만 매달려서 다다미를 쿵쿵거리며 춤추는 아이 흉내를 내거나, 도미에가 벽 쪽의 옷걸이에 코트를 가져가려고 하자, 그것을 빼앗아서 자신이 걸어주며 아양을 떨었다.

"저기, 언니 야마토좌大和座에서 공연한다구? 나 기뻐서 어찌할 수가 없어."

이번에는 앉은 도미에의 옆으로 와서 무릎에 달라붙었다.

"정말 기에는 사람 몸에 밀착하는 것을 좋아하네. 덥지 않아?"

라고 말하며 도미에는 료쿠시 쪽을 본다. 료쿠시는 묵묵히 기에의 행동을 바라보고 있었다.

형부에게도 기에는 이렇게 착 달라붙어 있었을까, 두 사람이 지금 무엇을 하고 있었던 걸까, 하고 도미에는 두 사람의 얼굴을 번갈아 보았다. 기에의 작은 몸을 콱 움켜쥐고 있는 큰 손이 도미에에게 불현듯 보였다.

료쿠시는 돌아간다고 하고 겐죠*의 띠를 고쳐 매고 일어났다. 기에는 정말 얄미운 형부라는 눈짓으로 아래에서 올려다보고 있다. 그리고 그 눈을 언니가 보면 좋겠다는 식으로 때때로 언니 쪽으로도 눈길을 주었다.

* 겐죠(献上) : 독고(獨鈷) 모양의 무늬를 넣은 고급 비단인 하카타오리의 띠 감. 에도시대에, 하카타 지방의 영주가 막부에게 진상했던 데서 유래함.

"가시는 거예요, 형부?"

어딘가 엄숙한 태도로 도미에는 분명히 말했다.

"가는 거예요, 형부?"

기에도 언니의 말에 맞춰서 심술궂은 목소리를 낸다. 형부보다도 언니가 소중하다는 식으로 기에는 확고하게 도미에의 무릎에 매달려 있다.

언제나 료쿠시가 돌아갈 때 어머니가 보고 있지 않으면, 기에는 그 손에 매달려서 가지 말라고 큰 수선을 피운다. 등에 업히거나 안기거나 해서 하고 싶은 대로 어리광을 부린다. 오늘은 어머니가 있는 때와 마찬가지로 도미에의 눈치를 보며, 기에는 료쿠시를 배웅하려고 하지 않는다.

료쿠시는 "다시 오마" 하고 돌아가 버렸다.

"형부는 요즘 매일 오니?"

뒤에서 도미에는 기에에게 물었다.

"응, 요즘은 매일 와. 정말 귀찮은 형부야."

고자질하는 어조로 기에는 말했다.

"내 손을 잡아서 뭔가를 하는 거야. 무서워서 싫어. 연일*이나 어떤 때는 같이 데려가 줘. 그렇게 하면 반드시 어두운 곳을 지나가, 그래서 말이야……."

* 연일(縁日) : 신불(神佛)과 이 세상과의 인연이 강하다고 하는 날. 약사여래는 8일, 관세음보살은 18일 등으로 정해져 있으며, 이 날에 참배하면 영검이 크다고 함.

부끄러운 듯한 얼굴에 울상이 된 듯한 말투로 기에는 도미에의 손가락을 튕겼다.

"그래서……?"

도미에는 기에를 의심하지 않고 있다. 지금 말하고 있는 것이 기에의 진심이라고 생각하고 있다. 이런 순수한 아이를 희롱하는 형부 료쿠시가 적이라고 생각될 정도로 미워졌다.

"그래서, 뺨에 입 맞추거나 해. 그래서 언제나 그렇게 하면 돌려달라고 말하고 있어. 전처럼 깨끗한 뺨으로 해달라고 말이야."

열 살 정도의 말투가 되어 있다. 어찌하여 이렇게 천진난만할까 하고 도미에는 기에가 귀엽다. 뒤에서 껴안아주자 힘없이 기대어 입을 모으고 볼을 부풀려 귀여운 얼굴을 해 보인다.

"형부가 데려가 준다고 말해도, 기에는 가능하면 갈 수 없다고 해. 형부이기 때문에 상관없지만, 기에도 이제 나이가 나이니만큼 스스로 남자와 밖을 돌아다니지 않도록 해. 가령 형부라 해도 말이야."

기에는 어떻게 생각하고 있는지 끄덕였다. 그 가는 목을 쳐다보고 있으니, 어느새 저편에서 양어머니 오라치お埒가 가게에서 돌아왔다. 또한 입양된 아홉 살의 오무쓰おむつ가 젊은 여자의 손에 이끌려 뒤에서 쫓아 왔다.

여자는 무늬가 없는 회청색의 비단옷을 입고 있다. 검은 바탕에 흰 가을 해당화가 그려진 호박색 띠가 작게 매듭져 있다. 틀어 올린 머리를 커다랗게 정수리에 모아 좌우로 갈라 반원형으로 틀어 매어 꽈리처럼 부풀어 있다. 흰 피부에 입 근처 점이 눈에 띄었다.

오라치는 살찐 몸으로 무겁게 앉자 그곳에 내팽개쳐져 있는 기에의 무용 부채를 들고 펄럭펄럭 부쳤다. 이 세상의 온갖 험한 바람에 견뎌온 눈을 작게 눈동자 속에 감추어 쉽게 드러내지도 않는다. 홍조를 띤 얼굴은 유연하게 언제나 웃음을 머금고 있는 듯이 보인다. 머리를 틀어 올린 한가운데가 조금 벗겨져 칠기로 된 비녀가 떨어질 듯했다.

오무쓰는 도미에보다도 함께 온 여자가 좋은지 멀리서부터 머리를 붙이고 여자한테서 떨어지지 않고 있다. 빨간 리본이 긴 머리와 같은 길이로 늘어뜨려져 있다.

"지마지千萬次 씨는 도미에와는 처음인가요?"

오라치가 여자에게 이렇게 묻자,

"예."

라고 말하고 여자는 황금 담뱃대를 화로의 가장자리에 두세 번 두드렸다. 머리가 그때마다 흔들렸다.

"그래요, 소개를 하지요."

"어머, 소개하는 것은 우스꽝스러워요……."

라고 기에가 큰 소리로 말했다.

"우스꽝스럽겠네, 너무나도……."

라고 오라치가 말하자 모두 크게 웃었다.

"말씀드리자면, 제가 무쓰의 언니입니다."

라고 말하고 지마지는 조금 고개를 숙였다.

"역시, 피가 통하는 자매처럼 보인다니까요. 무슨 일이 있으면 서로 힘이 되죠."

라고 오라치가 말참견을 한다.

"요전의 이 사람이 지은 것으로 연극을 올린다고 했잖아, 이 사람이야."

라고 자랑스러운 얼굴을 한다.

"굉장하네요. 여자 분이네요."

라고 지마지는 담배를 피우면서 도미에를 보았다. 도미에는 스스로 만든 것을 그렇게 말하는 사람들에게 이렇다 저렇다 말하는 것이 싫어서 묵묵히 있었다. 스스로도 뽐내고 싶은 생각도 없고, 이 사람들에게는 굉장하다고 생각지도 않을 것을 괜히들 "굉장하네" 하고 칭찬받는 것이 바보스럽고 우스웠다. 도미에는 뒤돌아서서 쓴웃음을 지었다.

"어머니, 에도야江戸や의 하나라는 아이는 일전에 손님한테서 받은 양복이 삼천 원이라니, 정말 부러웠어요."

지마지는 이제 이런 소릴 한다.

"왜 그래, 약한 소리하는 거 아니야? 너도 받아 보렴."

"내 손님은 인색해서 안 돼요. 수완이 통하지 않아요. 어머니, 남자에 따라 달라요."

"그런 남자를 찾는 것이 수완이잖아."

"그건 확실히 그래요. 제가 이번에는…… 졌네요."

여기藝妓의 웃음은 화려하다며 도미에는 그녀들을 쳐다보고 있었다. 문에서 차가 멈추는 소리가 났다. 격자문이 열리고 남자가 뭔가 말하는 소리가 들린다.

"마이쓰루야舞鶴屋입니까?"

라고 맞이하러 나간 하녀의 목소리가 들린다.

"부인은?"

거만한 남자의 목소리가 이어진다.

"어머, 산노스케三之助 씨! 마이쓰루의…… 어서 오세요."

라고 오라치가 뒤돌아보며 큰소리로 말한다.

"오늘은 바쁘니까, 이것으로……."

라는 성인 남자의 목소리. 지마지가 아는 체하는 얼굴로 나갔다.

장지문의 그늘에서 흰 하카타직의 하카마가 나풀나풀거리고, 어깨가 올라간 여름용 천의 검은 문양도 보였다.

"일전에는 고마웠습니다."

라고 남자가 말하고 있다.

　“들어오시죠. 아버지 대신인가요?”

　“예, 그럼 잠시…….”

라고 남자가 부채를 든 손을 앞으로 모으고 머리를 숙이는 것이 보인다.

　“부인에게 안부 전해달라고 하십니다.”

　“산노스케는 화장도 하지 않았네.”

　“예, 여기에다 화장까지 하면 여자가 반할 거니까요.”

　격자문이 닫히자 지마지가 엷은 오동나무색 상자를 들고 웃는 얼굴로 돌아왔다. 장지문의 옆에 서서 엿보고 있는 기에도 지마지와 함께 돌아왔다.

　“기량이 뛰어나서인지 거만하네.”

라고 지마지가 양어머니에게 말했다.

　“선생님 댁에 놀러 와도 거만하네. 별 볼일 없는 배우라고 모두 조롱하니 정말 재밌지.”

　“하루미春彌 씨 집으로 가니?”

　“예.”

　“하루미 씨, 요즘 어때?”

　“잔소리만 하고 무서워요.”

　“분풀이 하는 거야.”

　“예, 다치바나立花의 사건이지.”

라고 혀를 내밀었다. 도미에는 기에가 수선을 피우는 것에 따라서 점차 분위기가 천박해지는 것이 한심해서 그녀의 얼굴을 한참 처다보았다. 이런 사람들 속에 섞여 있으니 모르는 사이에 경박하고 상스럽게 되어 가는 것이 안타까운 생각이 든다. 술렁거리는 분위기 속에 들뜬 사람을 흉내 내며 그것이 좋은 일이라고 생각하는 어린 기에의 앞날이 걱정되어, 어쩐지 자신의 책임 같은 생각이 든다. 남이라고 하면 남이지만, 유일한 육친인 여동생을 엉망으로 망쳐서는 안 되며, 이렇게 보호해 주는 언니의 보람도 없어진다고 도미에는 진심으로 그렇게 생각했다. 기에를 제대로 된 인간으로 하든 어떻게 하든 이제부터라고 생각하고 있다. 벌써 반 정도 흰색이 퇴색해 버렸다고는 알아채지 못하고 있다.

"20일이 발표회에요. 언니 와야 해."

라고 기에는 도미에에게 애교스런 말투로 말했다.

"시바芝의 연예관演芸舘이야. 월례 발표회지만, 이번은 큰 작품이야. 훌륭하게 할 거야."

"기에는 어떤 역할이야?"

라고 지마지가 물었다.

"여러 역할을 맡게 돼서 나도 놀랐어. 양쪽의 역할을 해. 오으미近江의 오카네お兼을 하고, 고후지小藤를 해. 힘들어."

라그 오라치가 다기를 챙기면서 웃으며 말한다.

"잘하니까 어쩔 수 없지. 의상은?"

"모두 낡아서 눈속임이지. 고후지小藤만 괜찮고, 나머지는 긴 속옷이라도 괜찮겠다고 생각해서 흰 비단에 염색을 시켰지."

"그거 좋네."

지마지도 들뜬 얼굴을 한다.

"그리고 언니! 마지막은 선생님과 미와三輪 씨의 가부키무용이야. 나에게 고마치小町를 시킨다고 하더니 안 되었어. 더욱 큰 인물이 되지 않으면 안 된대."

"미와라는 사람은 남자야?"

"배우. 여배우라도 공부를 잘한대."

그리운 이름을 듣고 도미에는 이야기가 나는 쪽으로 얼굴을 돌렸다. 그리고 미와가 누군지 기에에게 물었지만 기에는 몰랐다. 얼굴과 모습을 물어도 기에는 단지,

"아름다운 여자야."

라고 말할 뿐이었다.

도미에가 알고 있는 미와도 곧잘 여배우가 되겠다고 말했었다. 학교를 나와서 도미에한테 가끔 오다가 료쿠시와 관계가 있는 듯이 쓰마코가 의심했기 때문에 미와는 화가 나서 도미에와의 교제를 끊어버렸다. 하지만 도미에에게 미와는 잊을 수 없는 사람이었다.

내가 알고 있는 미와가 아닐까라고 도미에가 말해서 모두

신기한 듯한 얼굴을 했다.

"내일이라도 그 사람의 이름과 주소를 물어봐 줘. 언니가 그렇게 말하더라고 말하지 말고."

"응, 괜찮아. 물어보고 올게. 키가 큰 사람이야. 나에게 재밌는 말을 해."

라고 생각난 듯이 기에는 말을 덧붙인다.

"몇 살 정도야?"

"언니보다도 더 나이 들었어."

"아름다운 눈을 하고 있지 않아?"

"응, 아름다운 여자야. 선생님이 언제나 칭찬하셔. 정말로."

지마지는 그때 오라치 곁으로 가서 뭔가 작은 소리로 이야기를 하고 있었다.

"아니요, 그렇게 하지 않아도 돼요."

라그 말하고 구석의 방으로 일어서서 갔다.

비가 그치고 해질녘의 창이 햇빛을 머금은 모습으로 엷게 밝아졌다.

'부녀세계婦女世界'의 방문기자라며 나카쓰카사 야에코仲司八重子라는 명함을 내민 사람은 도미에 앞에 머리를 숙이며 갑자기 이렇게 스스로 말하기 시작한다.

"나는 모두 찾아가서 이야기를 듣는 식, 그런 성격은 아닙니다."

이런 식으로 말하는 직업의 사람치고는 드물게 품위 있게 머리를 틀어 올려있다. 나쁘게 말하면 말꼬리와 같은 머리털로 윤기는 없지만 숱이 많은 머리카락은 매우 색이 짙다. 이마에 검은 곰보자국이 있고, 얼굴에 안경을 쓰고 있다. 어딘지 격식 있는 장소에 나온 듯이 보이며 색 바랜 하늘색의 비단옷을 입고, 짙은 밤색의 꽃 모양이 수놓아진 비단 띠를 높이 매고 있다. 흰 장식용 옷깃이 뾰족한 턱 아래에 단정하게 겹쳐져 있다.

"꽤나 고생하셨겠군요."

거만한 태도로 제대로 말할 수 없는 모습을 보고 도미에는 불쌍하다고 동정한다.

작년에 대학을 졸업했기에 도미에에게는 선배에 해당한다. 상급생이라고 해도 조금 전에 만났을 뿐으로, 자주 얼굴을 맞대며 인사하고 지낸 정도의 사이는 아니다. 하지만 도미에는 재학 시절 습관을 잊지 않고 선배에 대한 경의를 표했다.

나카쓰카사 쪽에서는 도미에를 사회인으로 보고 있다. 새로운 시대에 처음 나타난 가장 유망한 여자 작가로서 존경한다. 그리고 극작가로서의 여자로서의 입장에 관한 포부를 물어보고 싶다는 것이 오늘의 방문 요지라고 말한다.

"부디 말씀해 주세요."

오키소おきそ가 허둥대듯이 홍차를 두 잔 쟁반에 올려 가져왔다. 도미에는 아침에 일어났을 때 약간 춥다고 생각하고 걸쳐 입은 겉옷을 벗어 오키소에게 건넸다.

홍견紅絹이 다다미에 비친 아침 햇살을 받아서 빨갛게 타올랐다. 부글부글하고 냄비 바닥이 차차 뜨거워질 듯한 아침 날씨가 맑게 갠 하늘 속으로 보이고 뜰 구석의 맨드라미가 빨갛게 마른 색으로 살랑거리는 것도 시원하지는 않았다.

"어머니, 인형에도 마시멜로*를 해줘요. 시즈코에게도요."

"그게 뭐니? 행실 나쁘게. 그렇게 손대지 말고 얌전하게 있어……. 아주머니, 고생하셨네요."

"아니요, 얌전했어요."

---

* 마시멜로 : 여기서는 머리 모양을 의미하는 것으로 공기에 부풀린 사탕 마시멜로에 비유된 머리 형태를 일컫는다.

라고 하는 소리가 다실 쪽에서 들렸다. 료쿠시의 남동생 집
으로 사오일 묵으러 갔던 꼬마 시즈코紫都子를 오늘 아침 언
니가 데리고 와서, 갑자기 아이 때문에 집안이 소란스러워진
다.

　"완전히 더위가 기승이네요."
라고 오키소가 땀범벅이다.

　"시즈코" 하고 도미에는 불러보고 싶어진다. 이쪽으로 불
러서 안아주고 싶다고 오키소에게 그렇게 말할까 하고 생각
하는 사이에 오키소는 바쁜 듯이 가버린다.

　"그래서, 학교는 완전히 그만 두었나요?"
라고 묘하게 단정히 힘을 준다.

　그만두려고는 생각하지 않으나 상황이 나빠져서 학교는
가지 않고 있다. 도미에는 아무 관심 없다는 듯한 얼굴로 우
물쭈물하다가 그만두게 될지도 모르겠다고 말했다.

　"그런데 학교에서 무슨 말이 없나요? 교장의 의견은 어때
요?"

　물론 문제가 되고 있다는 것은 알고 있지만, 여기자는 태
연히 이렇게 묻는다. 도미에는 어떤 정리된 사상이 있어서
펜을 쥐려고 했던 것은 아니니까 장래에도 작가가 될지 어떨
지 모르겠다고 말한다. 도미에가 정리된 이야기를 하지 않기
에 자연히 그 속에 진심이 섞이게 될지도 모르니 그것을 기

사로 하려고 한다. 말은 졸렬하지만 익숙해져서 이러한 작전
도 생각한다.

　"그런 주의主義라서……."
라고 말한 뒤 도미에는 입을 다물어 버린다. 물정에 어두워
순리에 맞지 않는 말이라도 해서 그것이 기사화되면 곤란하
다고 신경 쓴다.

　"애써 이렇게 왔는데, 그럼 작품을 쓸 때 고생담이라도 들
려주세요. 오늘 문제는 다른 날에 찾아오겠으니 하다못해 그
런 이야기라도……."
라고 몰아세운다.

　어쩌 기에에게 물었지만 도통 알 수 없었던 미와 아무개라
는 여자를 오늘 발표회에서 만나 볼 작정이었기 때문에 도미
에는 점점 마음이 급해지기 시작했다.

　"고생이라 할 고생은 없습니다. 단지 조금 쓴 것을 조금
내보인 것뿐인 그 조금이 우발적이라고도 말할 수 있을까
요."
라고 조금 부끄러워진다. 조금 써서 조금 내보였다고 할 때
조금이 해학적이다.

　자신이 만나고 싶어 하는 미와라면 어떻게 할까……, 미와
하쓰메三輪初女라면 뭐라고 하고 만날까, 라고 도미에는 벌써
부터 가슴이 설레어서 집요하게 묻는 나카쓰카사의 안경에

부아가 치밀어 온다. 그리고 곧 "오늘은 좀 급한 용무가 있어서 아무래도 안정되지 않아서요……."
라고 자신의 태도에 변명을 했다.

"아니요. 제가 갑작스럽게 와서 방해를 했습니다. 다음에 한가할 때 꼭 들르겠습니다. 언제쯤이 괜찮으시겠습니까?"
라며 상대편도 끝내려고 했다.

"언제쯤이라고 하셔도…… 그다지 말씀드릴 것이 없어서 이것으로 그만 하려고 합니다."
라고 도미에는 거절했다.

나카쓰카사는 묵묵히 수첩을 정리한다. 머리에 어울리지 않는 안경이 반짝거리고, 동그란 손등에 움푹 팬 양손이 검은 보자기에 감겨서 움직이고 있다.

"조금 집요한 것 같지만 꼭 들르겠습니다. 용무가 없을 때를 봐서 들르겠으니 잘 부탁합니다."
라고 세상물정에 밝은 웃음을 짓는다.

도미에는 더 이상 거절할 수 없다. 거기에는 연령의 차이, 그리고 사회에 나와서 분투적으로 활동하고 있는 사람과 단스마치筆筍町에 있는 형부 집에 무사 평정한 생활을 하고 있는 사람과의 차이가 현격하게 나타난다.

"어떤 말이라도, 한 마디라도 괜찮습니다. 꼭 부탁드립니다."

라고 말하고 나카쓰카사는 한가한 시간을 말한다.

돌려보내고 나서 도미에는 다실로 들어갔다. 조석신문朝夕新聞 기자인 하나자와花澤가 주인처럼 책상다리를 하고 시즈코와 놀고 있었다.

"도미에 씨. 왜 더 진심을 말하지 않습니까? 마음이 약하네요."

라고 도미에의 얼굴을 보고 웃는다. 코가 크고 눈썹이 진한 좁은 얼굴로 고개를 들어 빤히 보고 있다. 가르마 탄 머리카락이 사르르 사각의 이마에 걸쳐 있다.

"이모, 어디 갔었어?"

라고 시즈코가 엄마를 닮은 눈을 동그랗게 떠서 쳐다본다. 가지런히 자른 머리가 치렁치렁 흰 턱받이의 끈 위에 흔들린다.

"시즈코, 오래 있었지? 엄마가 보고 싶지 않았니?"

라고 얼굴을 문지르며 끌어안는다.

"나는 돌아오고 싶지 않았어요."

라고 시즈코는 으스댄다. 작은 손가락으로 하나자와한테서 받은 궐련상자로 만든 인형을 갖고 놀고 있다.

"그렇게 약한 곳을 보니 한다半田가 안절부절 못하지."

하나자와의 레이스로 짠 넥타이가 흔들흔들 움직인다. 부엌 쪽에서 오키소를 야단치는 쓰마코의 목소리가 크게 울린다.

거기로 남동생의 아내인 오키타おきた가 들어왔다. 머리에 빨간 댕기를 달아 앳된 모습을 하고 있다. 가는 회색 명주실로 짠 옷이 빛나 보인다.

두 여자가 인사하고 있는 사이, 하나자와는 시즈코의 머리카락을 잡아당기며 "찍찍" 하고 쥐의 울음을 흉내 낸다. 시즈코가 작은 손으로 자신의 머리를 어루만진다.

"하나자와, 그만 둬."

하고 긴 소매로 하나자와를 때린다.

"도미에, 도미에."

라고 하나자와가 작은 소리로 부른다.

도미에는 들리지 않는 척하며 자신의 방으로 갔다.

"나까지 피하며 도망가지 않아도 되잖아요?"

라고 뒤에서 큰 소리를 하며,

"도망가지 않아요." 시즈코가 말하자,

"그렇지 않아요."

라고 시즈코의 성대모사를 하고 있는 것이 들렸다.

도미에가 서재로 들어오자 가장자리에서 창 너머로 책상 위를 엿보고 있던 서생 요시키가 당황하며 걸레를 양동이 속으로 넣어서 좍좍 빨기 시작한다. 말려 올라간 흰 소매의 실밥이 타져 있다.

'책상 위에 무엇을 올려 두었던가' 라고 앞으로 와서 보자,

우에다 린코上田りん子의 편지가 펼쳐진 채로 있다. '원고라도 있는 건가, 하고 엿보고 있었구나' 하고 재미있게 생각한다. 엉거주춤한 자세로 편지를 도중까지 읽는다.

이야기의 제목은 '허명과 실력'이라고 합니다.

아마도 당신의 '진니塵泥*'을 포함한 이야기입니다.

이름을 밖으로 알리며 희롱거리기보다는 안으로 힘을 키우면…… 이라고 하는 일전의 교장의 이야기입니다. 그날에는 구석에서 여러 가지로 비평을 한 분들도 앞으로는 당신을 갑자기 그리워하며, 천재 오규노荻生野 씨를 잃고서는 문예회가 적막해진다고 야단입니다. 이제 가을의 문예회도 그렇고, 평소보다 교장도 당신의 문학적 재능을 한없이 칭찬하고 도중에 퇴학한 것은 본의가 아니었음을 압니다. 또 어떤 분에게 말씀하시길 교장의 말씀에는 당신을 아끼는 모습이 보였다고 하니 아무렇지도 않게 등교하셔도 괜찮을 거라고 생각합니다.

이번 회에는 저의 시를 2학년 사쿠라가와 요시코櫻川よし子가 낭독하기로 했습니다. '별의 숲'입니다. 거듭 말씀드리지만 퇴학의 의지에 관하여 재고해 주시길 기원합니다.

* 진니(塵泥) : 티끌과 진흙을 아울러 이르는 말로 쓸모없는 것을 비유적으로 일컫는 말.

짙은 보라색 잉크로 쓰여 있다. 다 읽자 다시 한 통을 꺼낸다. 흰 봉투에 오노류*로 후사다 소메코房田染子라는 고등여학교의 5학년 생도 이름이 적혀 있다. 봄의 문예회 때 도미에가 쓴 '하야코 히메早子姫'의 여주인공 역할을 연기한 생도이다.

간신의 말 때문에 멀리 쫓겨난 생모를 찾아 가는 옛날이야기와 같은 것이다. 그날 참석하여 소메코의 '하야코 히메'를 본 생도의 부모와 학교의 생도는 누구라 할 것 없이 감동을 받지 않은 사람이 없었다. 교장까지 눈물 흘릴 정도의 대성공이었다. 충분히 배우가 될 자격이 있고, 천재라고 칭찬을 했다. 소메코는 지금 문부차관의 딸이었다.

그 뒤 도미에는 소메코를 예뻐하기 시작했다.

당신의 아름다운 모습을 동경하여 도서실 앞 오동나무에 기대어 멍히 있었습니다. 모두가 그 오동나무를 소메오동이라고 이름 붙였습니다.

왜 등교하지 않습니까? 소메코를 잊으셨나요? 싫어요. 언니, 편지를 주시지 않으면 원망할 것입니다. 언니를 만나지 못한다면 울고 또 울고 울면서 지낼 것을 잊지 마세요.

* 오노류(小野流) : 불교 진언종(真言宗) 유파 중의 하나임.

도미에는 살짝 편지에 키스를 하자 서둘러 작은 편지지를 꺼내었다.

'당분간 학교에는 가지 않을 거니까 우리 집에 놀러오렴. 기다릴게.'

하고 갈겨 적었다. 우에다上田에게는 답장을 쓰지 않는다.

"한다 씨는 어디에 있어요? 요즘은 얼굴도 보이지 않네." 하는 쓰마코의 목소리가 들렸다. 남녀의 웃음소리가 섞여서 시끌벅적하게 들린다. 반대로 도미에의 마음 상태는 지금 잠잠해져 있다. 해질녘에 부는 가을바람과 같은 뭔가 쓸쓸한 것이 도미에의 가슴 밑바닥을 흔들고 지나갔다. 도미에는 흔들리는 대로 그 외로움에 익숙해지려고 가만히 책상에 기대어 있었다.

7

연예관의 높은 전각 위는 후지마 하루미藤間春彌의 제자 등 친척과 지인으로 만원이었다.

'하루미 씨에게'라는 막이 반이나 축 처져서 끌리고 있다. 축제라니 경사라니 하는 광고지에 섞여서 신기神技라고 쓴 서양풍의 옷을 입은 사람이 창문에서 들어오는 바람에 흔들리며 서서, 만원으로 꽉 찬 연예관의 입장한 사람들을 안내

하고 있다. 사람과 사람 사이에 생선초밥 접시와 사이다 병이 자리를 차지하고 있다.

가게 작업복을 입은 젊은 남자가 처진 눈썹의 일곱 살 정도의 아이를 안고 한가운데로 들어온다. 윗도리의 소매가 남자의 솟은 어깨에서 내려와 있다.

"오오, 어머, 많이 컸네요."
라고 머리를 튼 중년의 여자가 서서 그 아이를 받아 안는다.

"정말 잘 생겼네."
라고 백발의 여자가 부채로 부쳐 준다. 젊은 여자와 중년의 남자, 거의 열 명 정도의 가족이 얼굴을 맞대고 그 아이를 번갈아가며 칭찬하고 있다.

옆 자리의 무리가 멀리에서 보고, 뭔가 하는 얼굴을 하고 있다. '저런 춤이라도 기쁜 것일까' 하고 말할 것 같다. 지마지가 의리로 데려온 듯한 무리들은 상가의 여자들 같은, 손님을 기다리고 있는 여주인 같은, 순진한 처녀 등 열네다섯 명이 무리 속으로 들어가 알선의 노력을 하는 듯이 멋진 모습을 보이고 있다. 도미에는 동반도 없이 혼자 몸으로 뒤의 사다리를 오르는 입구 기둥에 기대어서 이러한 여러 광경을 바라보고 있다.

머리에 꽂는 장식품을 들고 열세 살 정도의 여자아이가 지나간다. 화려한 수레바퀴를 도안하여 염색한 유카타를 입고 보라색 하카타띠를 반폭만 매고 있다. 뒤에서 어머니 같은 사람이 허리를 굽혀서 쫓아간다. 앞서 쥬신忠信을 춤춘 아이와 닮았다고 도미에는 생각하고 있다.

"도미에, 잠시만."

그 뒤에서 사다리를 올라온 여자가 목만 내밀고 도미에를 부른다.

뒤돌아보자 오라치가 손짓을 하고 있다.

"도시락을 분장실에 두었으니 지금 잠시 가서 먹고 와."
라고 먼저 내려간다. 도미에도 따라서 내려간다.

폭넓은 복도로 나온다. 화장실을 옆으로 해서 오른쪽으로 들어가자 의상실 앞이다. 기에가 유카타 위에 복숭앗빛의 띠를 매고 그 방에 서 있다. 옆에 연붉은색의 수렵복을 입고 시마다島田의 가발을 쓴 사람이 앉아 있다. 붉은 색으로 짠 옷의 옷자락이 흰색으로 덮여서 길게 뒤를 끌고 있다. 후리소데*의 소맷자락도 무겁게 양 옆구리로 늘어뜨려져 있다.

버선을 신지 않고 의상을 입은 탓에 앉혀서 신기고 있다.

"버선을 신지 않고 의상을 입는 바보가 어디 있어?"
라며 후견인 같은 사람이 옆에서 나무라고 있다.

그 사람에게 인사를 하고 오라치는 그 방을 지나간다. 도

미에도 함께 간다. 기에는 언니를 보고도 모르는 얼굴을 하
고 말도 걸지 않고 있었다.

　"꽤나 형편없는 곳이지만 2층에서 혼자 먹는 것보단 낫
네."
라고 오라치가 도미에에게 속삭인다.

　"사쿠佐 혼자로는 수가 맞지 않아요. 선생님, 잠시 와 주세
요."
라고 반대편 방 밖에서 젊은 남자가 말을 건다. 거기에 맞추
어 사람이 나온다. 선생님이라고 해서 아름답다고 평판이 난
하루미라고 생각하고 도미에가 주목하고 있자니, 키가 작은
검은색 피부의 여자로 검정색 무늬가 있는 띠를 화살 모양으
로 묶고 있다.

　큰 방으로 따라 왔다. 무리들이 자연스레 한 구역을 이루
어 곳곳에 뭉쳐 있었다. 전기가 켜지자 흰 벽이 조그맣게 밝
아져서 눈에 비쳤다.

　가게 여종업원이 세 명이나 와서 도와주고 있다. 지요다
주머니*와 보자기에 무엇이 들어있는 것인지 그 주위가 한
껏 어질러져 있다. 과일 바구니, 과자 상자, 끈으로 묶은 음료
수 등이 경쟁하듯 늘어서 있다. 이곳에도 생선초밥 접시가

* 지요다(千代田) 주머니 : 고급스러운 천으로 만들어서 입구를 묶을 수 있는 것.

평평하게 펼쳐져있다.

　도미에는 찬합이 겹쳐져 있는 밥상 앞에 앉게 되었다. 여종업원 한 사람이 차를 따라 주었다.

　"장어니까 먹을 수 있지?"

라고 오라치는 애교스럽게 말하고

　"이번은 오카네*니까 대야든지 무명천이든지 정리해서 두어라."

라고 여종업원에게 명령한다. 여종업원은 바로 일어나서 간다.

　"사진사님, 사진사님."

하고 부르는 소리가 복도를 달린다.

　"열어도 좋아. 응, 열어도 좋아."

라고 말하는 남자의 목소리가 그것에 엉킨다.

　"어머니, 어머니! 머리 밑이 아파서 어떻게 할 수가 없어요, 어머니."

라고 보채는 소리도 들린다.

　도미에는 젓가락을 들 용기도 나지 않는다. 너무나도 혼란스럽고 망연자실하여 사람과 사람이 충돌하는 복도 쪽을 바라보고 있었다.

---

* 오카네(お兼) : 무용곡의 하나로, 전설로 알려진 오우미(近江)의 여자 이름에서 따온 것으로 매우 변화무쌍한 작품이다.

"예, 잘 부탁합니다."

소란스런 소리가 들리는 안을 갑자기 비스듬히 자르는 듯한 서늘한 목소리가 들렸다. 감색 윗도리, 흰 버선이 도미에의 눈에 비쳤다. 자연히 눈에 들어오는 대로 도미에는 그 뒷모습을 바라보았다.

감은 머리를 밑에서 나누어서 길게 늘어뜨린 것이 무거워 보인다. 긴 귀밑머리에 뒷머리가 붙어서 흰 뺨으로 흐릿하게 보였다. 흰 견직물의 옷을 입고 있다. 조각천으로 만든 스캘럽 가방을 들고 있다. 어디서 본 듯한 옷처럼 도미에는 쳐다본다. 복도 저편으로 나가려고 하다가 그 여자는 뭔가 생각난 듯이 온 길을 되돌아왔다.

정면으로 향했기에 여자는 방에 있는 도미에를 슬쩍 본다. 도미에도 뒤돌아본 여자의 얼굴로 눈길이 향하자, 그만 번쩍하고 도미에의 눈동자 색이 변했을 때,

"어머, 오규노 아냐? 어떻게 이런 곳에?"

하고 재빨리 상대편이 말을 걸었다. 흰 손이 윗도리의 감색으로 인해 돋보이고 있었다.

"미와."

라고 도미에는 겨우 말했을 뿐, 미와를 응시한 채로 꼼짝하지 않고 있다.

"이상한 곳에서 만나네."

라고 미와는 입구 가까이 왔다. 그리고 서로 보고 있는 사이에 그리웠다는 표정이 눈 속에 새겨놓은 듯 나타났다. 웃지 않고 다문 입이 사람을 편안하게 하는 자상함을 갖고 있다. 긴 눈썹이 깜빡거린다. 마치 눈물을 머금은 사람처럼.

도미에는 그 손을 잡고 싶을 정도로 마음이 뜨거워졌고, 그 가슴에 얼굴을 묻고 무엇이든 회포를 풀 작정으로 이야기하고 싶을 만큼 반가움에 가슴이 들떠 있었다. 그러나 얼굴색은 평온하여서 뭔가 눈에 들어온 것을 인정하며 단지 그것을 응시하고 있는 얼굴이었다. 미와는 도미에 곁의 사람을 꺼리며 들어가지 않고 있었다. 도미에가 일어나 오기를 기다렸지만, 도미에가 무섭게 아무렇지도 않은 얼굴로 일어서려고도 하지 않았기에 잠시 그 심중을 떠보려고,

"나중에 나한테로 와줘."

라는 말을 남기고 미와는 지나가 버렸다. 갈 때 처음으로 웃음을 보였다.

미와, 미와, 라고 도미에는 가슴 속으로 그 이름을 되뇌었다. 그리고 미와라고 가슴으로 부를 때, 그리운 것의 형태가 확연히 자신의 마음속에 나타나는 듯하여, 기쁜 마음이 몸 전체에 퍼지는 기분이었다. 만나고 싶다고 생각하고 있는 사람과 만날 수 있었다는 기쁨이 처음으로 서서히 가슴 밑바닥에서 솟아올랐다.

"친한 사람?"

하고 오라치는 물었다.

"잠시 다녀올게요."

라고 도미에가 그 뒤를 따라가려고 하자,

"이거 먹고 가, 응?"

라고 오라치가 얼굴을 찡그리며 만류했다.

"나중이 되면 여기가 혼잡해서 갈 수 없어요."

라고 언짢은 얼굴을 했다.

하는 수 없이 젓가락을 들자 불쾌할 정도로 가슴이 메인다. 루비색을 띤 가지와 옥색의 절인 무가 작은 접시 위에 아름다운 색으로 담겨져 있다.

"싫어요, 집의 음식 따위는."

라고 기에가 응석을 부리며 들어온다.

"너도 지금 먹어 둬."

"먹고 싶지 않아요. 그딴 요리는."

라고 뽀로통해 있다. 지마지가 오무쓰를 데리고 왔다.

"고생했지? 이번은 표를 끊고 들어와야 하니까 힘들어."

라고 오라치가 빠른 말투로 말한다.

"도미에도 이쪽 무리로 들어오렴. 혼자서 그 구석에 있지 말고."

오늘은 머리를 낮게 틀어 올린 지마지가 도미에에게 이렇게 말했다.

지마지는 아무렇지도 않지만 오라치는 도미에의 지마지에 대한 행동을 유쾌하지 않게 생각하고 있다. 지마지가 이렇게 무리라니 뭐라니 하고, 기에에게는 의자매의 호의를 베풀고 있는데도 도미에는 진짜 언니면서도 그 호의를 무시하고 있는 듯이 보이는 것을 오라치는 불쾌하게 생각하고 있다. 필경 도미에가 지마지에게 마음을 터놓고 오늘 일에 대해서도 감사를 표시하면 좋을 텐데 도미에는 하지 않는다.

기에와 지마지, 지마지와 자신, 그런 의리를 모를 정도의 도미에도 아니다. 기에의 무용 발표회에 사람을 불러 모아 온 것에 고맙다고는 생각하지 않지만, 그러나 이런 사회에 들어오면 그런 것도 하나의 마음씀씀이로, 이쪽에서 알아주지 않으면 안 된다는 것 정도는 알고 있다. 마음으로는 충분히 생각하고 있지만 도미에는 그것을 말하지는 못한다. 오라치의 심중도 도미에는 잘 알고 있었다.

8

흰 물망초가 소매 쪽에 그려진 연한 쥐색의 부드러운 망토를 입고 있었다. 눈에 익지 않은 모습을 본 것만으로 오키소는 도미에에게 손님이 왔다고 알려줄 때 후사다 소메코房田染子라는 이름을 잊어버릴 정도로 놀라버렸다.

망토를 벗자 짙은 자색 호박의 하카마가 고귀한 소리를 그윽하게 울린다. 똑같은 짙은 자색의 부드러운 천에 겐지54源氏五十四첩을 부채꼴로 하여 흩어놓은 모양의 옷을 두 장 껴입고 있다. 그 긴 소맷자락을 봉당*에 끌면서 구두를 벗고 있는 것을 오키소는 조마조마한 표정으로 보았다. 목에 건 금 목걸이가 흔들리며 은 십자가가 얼음처럼 차갑게 가슴을 보호하고 있었다.

차부**가 뒤에서 건넨 꽃다발을 받고 하카마 뒤를 끌면서 올라간다. 뒤에서 가는 오키소의 눈에는 마가렛***으로 묶은 진녹색의 리본이 공작의 깃털을 펼친 것 같이 보였다.

"잘 왔구나."

도미에는 방 앞의 마루에 서 있었다. 소메코는 그 가슴에

---

* 봉당 : 안방과 건넌방 사이 마루를 놓을 자리에 마루를 놓지 않고 흙바닥 그대로 둔 곳.

** 차부(車夫) : 인력거꾼.

*** 마가렛(Margaret) : 묶은 머리의 일종으로 세 개로 땋아서 큰 원을 만들고 리본으로 장식하여 뒤로 올린 형태.

파고들면서,

"건강한 것 같네요."

라고 말했다. 그리고 묵묵히 꽃다발을 도미에에게 건넸다.

장미에 곁들인 메이든 헤어가 가련하게 싸여서 부드러운 풍경을 보이고 있다. 분홍색 카네이션이 보낸 사람의 우아함을 대변하고 있는 듯 보인다.

은색 종이를 받은 도미에의 손에 소메코 손의 온도가 느껴졌다.

"고마워. 나도 만나고 싶어서 견딜 수가 없었어."

라고 도미에는 그 어깨에 손을 올린다.

"어질러져 있지만 이리 들어오렴."

"저기 언니, 언니도 내 꿈을 꿨어요?"

라고 잡은 손을 아직 풀지 않고 있다.

"응, 매일 밤."

"정말이요? 언니."

"거짓말이 아니야. 소메코에게 거짓말은 하지 않아."

소메코는 기쁘게 웃었다.

이렇게 도미에 곁에 있을 때 소메코는 자기 몸 안의 피가 도미에의 입안으로 옮겨져 데워질 정도로 그리웠다. 그래서 잡힌 손을 놓기가 싫었다.

두 사람은 손을 꼭 잡은 채로 한참을 가장자리에 서 있었다.

가는 비가 비스듬히 보슬보슬 내렸다. 이제 끝물이 된 싸리가 옆으로 누워 있고, 빨갛고 작은 꽃이 불면 날아갈듯이 두 곳 정도 남아서 피어 있다. 잠긴 유리문에도 가을의 그림자가 드리워져 있었다.

"이제 학교에는 오지 않을 작정이에요?"라고 소메코는 흰 손수건으로 입 주위에 대면서 말했다. 그곳에서 미소노 향수의 향기가 흩어진다. 빛바랜 붉은 색 속옷 소맷자락 아래에서 황금 팔찌가 찬연했다.

"학교에 가지 않아도 때때로 만나면 되잖아. 그러면 안 되니?"

"저, 이렇게 매일매일 언니 곁에 있을 수는 없잖아요. 왜 친동생으로 태어나지 않았던 걸까요?"
라며 눈물짓고 있다.

"내 여동생으로 태어났다면 너는 불행한 일생을 보내지 않으면 안 돼. 바보 같은 소리하지 마."

소메코는 고개를 저었다. 도미에의 가라앉은 목소리가 슬퍼서 긴 눈썹 속에 넘쳐나는 눈물이 깜박이며 떨어지고, 손은 꼭 잡은 채 도미에의 얼굴을 쳐다보며 서 있었다. 도미에는 소메코를 안고 실내로 들어가 자신의 책상 앞에 앉히자 소메코는 책상에 기대면서

"미란다공주의 이야기를 도중까지 듣고 나서 그 뒤 갑자

기 헤어져 버렸지요."

라고 말하며 울기 시작했다.

여름휴가 때 소메코의 어머니로부터 '당신을 그리워한 나머지 건강이 나빠져 있으니 제발 반나절이라도 좋으니까 오이소大磯로 와 달라'는 부탁을 받고서, 어느 날 오이소로 가서 얼음주머니를 머리에 올리고 누워 있던 소메코를 찾아갔던 일을 떠올렸다.

소메코는 도미에를 보자 사랑한다고 말하고 울어버렸다. 그리고 그 밤은 소메코와 같은 이부자리 속에서 셰익스피어의 템페스트의 이야기를 했다.

"그 뒷이야기를 조만간 해 주지."

라고 말하면서 도미에는 소메코의 젖은 손수건을 들고서 눈물이 묻은 자리에 자신의 입술을 갖다 대었다. 소메코는 이를 보고 겨우 웃는 얼굴을 하고 소맷자락으로 얼굴을 닦았다.

그리고

"이걸 좀 봐요."

라고 말하고 왼손의 팔찌를 풀어서 보였다. 장식으로 되어 있는 작은 시계의 뚜껑을 열자, 그 뚜껑 안에 T와 S가 조합되어 새겨져 있었다. 브로치에 사리모양을 새겨놓은 동전 모양의 금구金具가 쌍으로 열리게 되어 있고, 그 안에는 도미에의 얼굴 사진을 축사한 것이 들어 있었다.

도미에는 그것을 보자 말없이 웃었다.

구석에서 시즈코가 울기도 하고, 쓰마코가 퉁명스럽게 뭔가 말하기도 하며 2층으로 손님이 올라오는 등, 어쩐지 집안이 번잡한 것에 마음이 쓰여 소메코는 생각한 대로 마음을 전할 수 없는 것이 안타까웠다. 결국 돌아가겠다고 말을 꺼냈다.

도미에도 자신을 사랑한다고 말하며 우는 사람을 이대로 돌려보내는 것은 본의가 아닌 기분이 들었다. 하지만 이렇게 마주하고 있어도 두 사람의 감정은 금방 꺼져버릴 것 같고 오히려 지속하지 못할 것이 괴로워서 2, 3일내로 먼 곳으로 둘이서 떠나 하루 종일 놀 약속을 하고 돌려보냈다.

자동차의 빛 속으로 소메코의 모습이 감싸졌을 때, 어쩐지 도미에는 손바닥 안의 뭔가를 잃어버린 듯한 기분이 들었다.

학교 안에 있을 때, 도서실에 있을 때, 음악실에 있을 때, 문득 이상한 느낌에 주위를 둘러보면 반드시 보이는 곳에 소메코가 서서 이쪽을 바라보고 있었다. 인사를 하면 고개를 떨구고 갑자기 어딘가로 도망가 버린다. 친구와 함께 있을 때 만나기라도 하면 소메코는 같이 있는 사람의 소매를 잡아당기거나 어깨를 찌르거나 한다. 그리고 도망치듯 어딘가로 달아나버린다. 그것이 도미에가 소메코에 대해서 주의를 기울이기 시작한 계기였다.

그 다음에 자신을 여동생으로 삼아 달라고 말하고 수려한 문장으로 편지를 보내왔다. 거기에 잡다한 답장을 보내고 나서 4, 5일이 지나 혼자서 도서실 앞의 오동나무에 기대어 있자 그 뒤로 언제 왔는지 소메코가 말없이 서 있었다. 도미에는 그 손을 잡으며 자매가 되자고 약속하면서 교정을 한가로이 거닐었다. 벚꽃이 한창일 때로 소메코의 보라색과 재색의 광택이 나는 비단 코트에 꽃이 흩뿌려진 것을 도미에는 기억하고 있다.

문예회 때 자신이 만든 하야코 히메무子姬를 소메코가 연기하고 나서는 도미에 쪽에서 소메코에게 자신의 맹렬히 타오르는 열정을 써 보낸 적도 있었다.

그러한 일을 생각하고 도미에는 황홀했다. 가랑비가 내리고 있는 중에 돌아갔지만 오늘 밤도 자신을 그리워하며 잠들지 못하는 것은 아닐까 하고 애처롭게 생각되었다. 밤에 잠자리에 들 때까지 시간 안에 편지를 써서 기쁘게 해주자고 생각하여, 그 아이의 잔향이 남아있는 책상에서 보라공주라고 적고, 자신은 오늘 밤 보라색의 꿈을 꾸며, 짙은 보라색에 싸여서 보라색 속을 방황하며, 보라색을 동경하는 꿈을 꾸고 싶다고 썼다.

웃으면서 쓰마코가 그곳으로 들어왔다.

"지금 온 사람은 너를 좋아하고 있는 것 같은데."

"왜?"

"근데, 형부가 지금 그 사람이 너를 좋아한다고 하니까 여자가 여자를 좋아하는 거, 그거 있을 수 있는 일일까. 나는 태어나서 처음 들었어. 그렇게 말하는구나."

"쓸데없는 소리하지 마. 그런 거 아니야."
라고 언짢은 얼굴을 한다.

"그건 언니로 삼고 싶다든가 뭔가가 있다면 그렇게 생각지 않겠지만, 정반대형의 여자가 여자에게 반한다는 건 도리가 아니지 않아? 형부도 참 이상한 말을 하더구나."

"형부는 금방 그런 식으로 해석하지. 정말 취미가 이상해."

"사랑이야. 사랑 때문에 운다는 게 뭘까?"
하고 옆방에서 료쿠시가 말한다.

"너는 그 사람의 애인이야."
라고 쓰마코는 입을 벌려 웃는다. 묶어서 틀어 올린 머리가 어슴푸레하게 안정된 농염함을 보이고 있다. 이제 조금 더 보라색의 그림자를 잘 묘사하고 싶었던 도미에는 안타까웠다. 지나치게 진한 빨간색이, 혹은 지저분한 진흙색이 흘러 들어와서 아름다운 보라색을 덧칠하여 감춘 듯한 기분으로 초조해졌다.

“눈이 번쩍할 만한 사람이야. 저런 사람에게 사랑받는다면 좋겠다. 당신도 한 순간이라도 좋으니 도미에가 되고 싶지?”

라고 비웃는다.

“전혀 아니야. 이런 말을 하면 도미에는 어떤 얼굴을 할까 그것이 보고 싶었어.”

하고 웃고 있는 소리가 들린다.

도미에는 말없이 편지를 봉하고 언니에게 보이지 않도록 하여 겉봉에다 갈겨쓴다.

진흙탕을 밟은 차부의 발소리를 멍하니 듣고서, 보라색 연인의 마음은 여기로 통하리라 하고 도미에는 장미의 향기를 그리워한다.

9

“오늘은 당신이 찾은 진귀한 것의 경력을 물어보려고 왔어요.”

더럿기름이 이마까지 스미어 나온 얼굴을 드러내고 한다는 양복의 가슴을 뒤로 젖힌다. 남자로서는 검은 피부는 아닌터 뻐드렁니가 아무래도 남자다움의 이미지를 더 망가뜨린다.

“너는 버릴 곳이 없네. 정말로 성실하군.”

이렇게 말하는 사람은 문학사 지하야 아즈사千早梓다.

에워싼 탁자 위에는 잡지가 흩어져 있다. 한 손을 의자에서 축 늘어뜨리고 또 한 손으로는 접시 위의 배를 이쑤시개로 찌르고 있다.

“발표해도 괜찮지요?”

“안 돼.”

“왜요?”

“아직 결정하지 않았으니까.”

지하야의 웃는 그림자가 뒤의 책장 유리에 비춰서 안에 나란히 꽂혀 있는 금박의 외국도서가 주인의 웃음을 전해 받은 듯이 흔들려 보인다.

이해할 수 없다는 한다의 얼굴 위로 그림액자 속의 배를 깔고 엎드려 턱을 괴고 있는 나체 미인이 요염한 웃음을 던진다.

“네가 경솔하게 펜을 잡지 않겠다는 약속을 하면 오늘 밤 귀한 사람을 만나게 해주지.”

“그건, 당신이 쓰면 안 된다고 하면 쓰지 않을 겁니다. 그럼 만나게 해 주십시오.”

“절대로 쓰지 않을 거지?”

“절대로 쓰지 않겠습니다. 쓰지 않겠다고 하면 쓰지 않습니다.”

칠기로 된 궐련상자의 메추라기 그림에 작은 침이 튀었다.

가장자리 어딘가에서 청귀뚜라미가 울고 있다.

“그러니까 만나게 해 주세요.”

“열심이군. 일 때문에 만나려고 하는 것은 아니겠지?”

“실은 그런 건지도 모르겠어요.”

지하야가 웃자 한다도 웃는다.

“그렇다면 좀처럼 쉽게 만나게 할 순 없지.”

코안경 안에서 웃음이 사라지지 않은 눈을 하고 멀리 오모리大森의 바다를 바라본다.

재색의 바다가 가까이 그들의 무릎 근처까지 감쌀 듯이 보인다. 엷은 구름에 덮인 하늘이 점차로 갓 모양이 되어서 머리 위에 퍼져오는 듯이 생각된다. 한쪽으로 치우친 난간의 유리문에 바람이 덜커덩 하고 닿자 탁자 위의 잡지 표지가 넘어간다. 지하야의 서지* 소맷자락이 달라붙은 듯이 날아올라 펄럭펄럭거린다.

“도대체 어떤 여자입니까?”

“매우 아름다워.”

“그건 그렇지만, 화장분을 바른 배우가 나이 들어 타락한

---

* 서지 : 무늬가 씨실에 대하여 45로 된 모직물. 본래는 견모교직을 이르는 말이었으나 근래에는 주로 소모사로써 능직으로 짠 옷감을 말한다.

여학생이 된 듯한 느낌 아니겠습니까?”

“아니야.”

“아직 한 번도 무대를 밟지 않았어요? 그렇게 들으니까 별 가치가 없는 듯이 생각되는데요.”

“어이, 어이, 누가 찾아냈다고 생각해? 내가 찾아내서 아사스게朝菅의 모임에 가입시키려고 하는 거잖아?”

“고맙습니다.”

한다는 머리를 긁적인다. 미안한 표정을 어깨를 움츠리는 것으로 표현한다.

당시 실업계에서 그 이름을 날리고 있는 지하야 아이치로阿一郎는 지하야 문학사의 아버지이다.

극평도 한다. 창작도 한다. 각본도 쓴다. 그리고 부富의 힘으로 예술인 사회를 압박하고 있다. 한번 자신의 작품을 올리면 금방 그 극단의 관계자 일동을 초대해서 큰 향응을 베푼다. 하코네箱根 근처로 데리고 가서 등산도 시킨다. 작가는 나중에 지하야의 강요를 받게 된다고는 하지만, 관계자 일동은 이런 지하야의 향응에 만은 깊이 기뻐한다. 소위 연극계에서 진심으로 선생님이라고 존칭되는 사람은 이 학사에 한한 것이다.

지하야는 신문기자는 싫다고 하면서 조석신문의 한다 세키치半田精吉와는 친하게 대하고 있다. 격의 없이 지낸다. 밖

에서는 지하야 그림자에 한다가 붙어있다고 하여, 한다는 아
즈사학사의 남자기생이라고 사내社內에서 수군거렸다.

"그래서 오늘 밤 만나보게. 자네가 도저히 상상할 수 없는
사람이야."

"꼭 데려 가 주세요."

노파가 맥주를 갖고 왔다.

"너는 소메야의 처제를 알고 있다고 했지?"

"알고 있습니다."

"이번에 데려오지 않을래?"

"좋고말고요. 오이타大分 여류작가의 걸물을 모았군요."

"기미 성공한 인물에게는 볼 일이 없어."

연지색의 탁자보가 컵에 넘친 맥주로 짙은 색으로 젖어 갔
다.

으모리 해안을 지나는 전차 소리가 그대로 지나갈 수 없다
고 말을 걸고 가는 양 들린다.

10

두 대의 인력거가 아사스게 엔야朝菅艶弥의 집문 앞에서
정지하자 문 앞을 쓸고 있던 차부가 앞 차의 지하야를 보고
갑자기 양발을 모으고 위에서 누르듯이 머리를 조아린다. 그

리고 뒤에서 내린 한다를 보고,

"한다 씨, 일전에는 고마웠어요."

라고 친구에게 뭔가 말하려는 듯하다.

머리를 묶고 띠를 높게 맨 하녀가 조심스레 현관으로 나온다. 비대한 아사스게의 아내가—원래는 야나기하시柳橋의 예기藝妓라고 하지만, 그런 모습이 조금도 남아 있지 않다—예쁘게 윤기 나는 얼굴로 생글거리면서 무릎을 대고 있다.

옆의 전화실에서 세루의 하카마를 입은 주인 아사스게가 걸걸한 목소리를 내면서

"응, 응."

하고 답을 하고 있다. 수화기를 귀에 댄 채로 지하야 쪽을 흘깃 보고서 눈에 웃음을 머금고 맞이한다. 그리고

"그런데 너 말이야."

라고 전화에 대고 폼을 잡고 있다.

하녀가 안내한다. 두 사람은 굽은 복도를 지나서 정원으로 나간다. 정원을 돌아서 별채로 징검돌을 건넌다.

"지금 수건을 적셔서 가져와 줘. 요우, 너는 차를 준비해."

라고 부인이 가는 목소리로 지시하는 것이 들린다. 한다는 지하야 문학사에 대한 대우는 다르다며 지금 새삼스럽게 감탄한다.

별채의 둥근 창으로 미와三輪가 얼굴을 내민다. 그리고 금

방 사라진다. 한다는 연못 옆의 흰 연꽃이 창가로 흩어져 있는 듯이 생각되었다. 깔린 솔잎이 새파랗게 젖어서 사람의 먼지를 빨아들이듯이 상쾌하다.

"빨리 왔군요."

이렇게 말하면서 지하야는 방으로 오른다.

연한 살색의 천에 싸여서 전등이 희미하게 커져 있다. 향냄사가 한다의 코를 찌른다. 징검돌을 밟고 누군가가 달 같이 생긴 석등에 등을 넣으려고 왔다.

이어서 익숙한 평상복으로 갈아입은 듯이 단의 위에 도라지 색 무지의 하오리를 걸친 스무 한둘의 시마다머리를 한 여자가 곱게 화장한 얼굴로 차를 들고 왔다. 진주가 박힌 조각된 반지가 반짝거린다.

뒤에서 아사스게가 하카마를 입은 채로 하오리를 펄럭이면서 터키산 잎담배를 손가락에 끼고 바쁜 듯이 들어왔다.

남색 바탕의 면직에 손익은 흰 하카타의 띠를 맨 미와의 옷을 시마다는 흘깃흘깃 보면서 차를 놓는다.

"연습하고 오는 길인가요?"

라고 한다가 아사스게에게 묻는다.

"그렇습니다. 한다 씨. 이번만은 아무리 비꼬는 말에 능통한 당신이라도 그 누구도 함부로 말할 수는 없을걸요."

"무슨 말입니까? 꽤나 잘한다는 뜻입니까?"

“물론이죠.”

애교로 익숙한 입가에 내내 웃음이 감돈다. 이 사람 특징인 큰 나무 이파리 모습을 한 눈이 타인의 결점을 놓치지 않겠다는 듯이 움직이고 있다.

“누군가 돈을 벌겠군.”

하고 지하야가 말한다.

“우에마쓰植松의 후지요시藤吉겠지요. 상당히 고생도 한 모양입니다.”

여기서 아사스게는 점검하는 눈초리로 미와를 본다.

미와는 관심 있는 얼굴을 하고 그 이야기를 듣고 있다.

“여배우의 양성은 세 번이나 실패했어요.”

“그렇겠죠. 아사스게 씨는 금방 제휴해 버리니까.”

라고 말하는 한다半田.

“질렸지요.”

“대부분 배우를 하고 있을까요. 지금?”

“거꾸로 예기를 하고 있는 사람도 있지요. 다양하죠. 성실하게 예도를 연구하는 것은 아니니까. 특히 풋내기들은 안 되는 것 같더군요. 누구라도 미남으로 보인다고 하더군요.”

“숭배의 도가 지나치군요. 아마도 막 나온 사람까지 경의를 표하는 결과겠지요.”

라고 지하야가 미와를 보면서 말한다.

“말씀대로입니다. 배우는 드문 일이라 되기가 매우 어렵지요. 예기는 반은 장난이니까, 원래 의미 있는 일이 아니라서 금방 귀찮아서 그만두는데도 비교적 신인들이 열심인 것 같습니다. 그 대신 금세 유혹을 당합니다. 시골로 들어가서 힘들어하는 여학생도 있습니다만. 그래도 이런 사회에 들어와서 유혹도 이기고 세상의 비난에도 끄덕하지 않고 예능을 연마하는 것은 나약한 여자로서는 하기 어려운 일이지요.”

“누구라도 여배우 중에서 퀸이 되길 원하지. 야심도 일어나지만 거기에 이르는 도중에 옆길로 새버리지. 여자만의 죄도 아니야.”

그렇게 말하고 지하야는 다시 미와를 보고 있다. 미와는 아무 말도 않고 있다.

뜰과 뜰이 등을 진 채로 되어 있는 대합실 쪽에서 두세 대의 샤미센 소리가 공간의 공기로 어두운 부분을 건져 올리며 아름답게 울리고 있다. 전등의 꽃 모양 갓이 그 소리에 흔들리그 있고, 그윽한 정취에 미와는 조금 마음이 죄어온다. 족자그림의 인물이 멍하니 희게 보이고, 소매가로 향의 연기가 모이고 있다.

지하야는 미와가 품성과 예술을 위해서 자신을 희생하고 있는 것 등을 칭찬한다. 아사스게는 조금 격식을 차린 딱딱한 말투로 황송해 하는 태도를 취한다.

“직업은 있으니까.”

하고 지하야가 말하자 두 사람은 갸우뚱한 얼굴을 했다.

“그림 그리는 사람이야.”

“화가예요?”

한다는 존경이 담긴 말투로 바꾼다.

“간판을 그리는 사람이야.”

앞머리가 한 중간에서 두 갈래로 갈라져 이마로 내려와 있는 미와를 어떤 광고의 모델 같은 얼굴이라고 아사스게는 바라본다. 그리고 아름다운 사람이라고 몰래 감탄의 한숨을 쉬었다. 지하야가 이렇게 힘을 쓰고 있는 건 뭔가 거기에 연결된 것이 있을 것이라고 생각했다.

“괜찮습니다. 미와 씨가 무대에 오르는 것에 있어서 가능한 한 편의를 봐 드리겠습니다.”

“페인트공입니까?”

한다는 아직 그것에 놀라고 있다. 그리고 이만큼 아름다운 얼굴로 이렇게 말하며 소박한 옷을 입고서 여배우가 되려고 희망하는 마음에는 시대 흐름을 쫓는 허영의 그림자가 조금도 없는 것일까 하고 의심스럽게 바라본다.

“어찌 되었든 성실한 것이 좋은 거니까.”

라고 지하야가 상관없는 말을 덧붙인다.

“열심히만 하면 되지.”

라고 아사스게도 그렇게 말했다. 미와는 특별히 기쁜 것 같
지도 않았다.

<h2 style="text-align:center">11</h2>

도미에는 언니가 요란하게 부르는 소리에 벌떡 일어났다.
사방이 깜깜하여 그 자리에서 갑자기 자신의 몸이 소란스런
와중으로 들어가는 듯한 놀라움에 도미에는 당황했다. 도미
에는 창백한 얼굴로 그 자리에 섰다.

쓰마코의 눈은 충혈되고 얼굴색은 검푸레하여 청색에 검
정색이 섞인 물감을 바른 듯하였다. 마루마게*가 헝클어져
살색 레이스로 된 댕기가 손 안에 쥐어져 있다. 빨아놓은 플
란넬 잠옷 소매의 끈이 풀려 있고, 엷은 노란색 띠도 풀려 있
는 것이 서있는 옷섶에 감겨져 있었다.

마음이 안정된 도미에는 자신 앞에 선 언니의 얼굴을 봤
다. 눈을 치켜 뜬 언니의 모습을 보자 어제 저녁 료쿠시가 돌
아오지 않아서 그 때문에 언니가 화를 내고 있는 것이라고
금방 알아 차렸다.

언제나 있는 이런 일에 도미에는 익숙해 놀라지도 않았지

---

* 마루마게(丸髷) : 일본 여자 머리형의 하나로, 후두부에 약간 평평한 타원형의 상투(마게)
　를 단 모양으로 옛날에는 주로 결혼한 부인들의 머리형.

만, 그러나 지금 료쿠시의 외투 주머니에서 꺼냈다며 쓰마코가 내민 편지를 받았을 때 도미에는 어떻게 해야만 좋을지 몰랐다. 그 편지의 글씨는 기에의 글씨였다.

쓰마코는 지금부터 아즈마東에 다녀올 거라며 수선을 피웠다. 도미에는 아즈마에 가서는 안 된다고 하고, 가면 오히려 이쪽이 수모를 당하는 일이 있을 수도 있다고 했다.

나쁘다고는 생각하지만, 이것이 기에의 글씨면 어떻게 할 것인가, 네가 저지할 권리는 없어, 아즈마에 가서 어머니를 만나 이야기해 보지 않으면 모른다, 하며 쓰마코는 입술을 하얗게 하고 몸을 떨면서 큰소리로 떠들었다. 두 사람은 서로 숨을 몰아쉬며 싸웠다.

"이게 사실이 아니래도 언니는 바로 아즈마 집으로 갈거야?"

"사실이니까 갔다 오는 거야. 네가 뭐라고 해도 안 돼. 가게 내버려 둬. 너까지 형부와 기에 편을 드는 거야? 좋아. 좋으니까 이거 놔."

한 손으로 세게 도미에의 어깨를 뿌리치는 바람에 도미에는 옆으로 넘어졌다. 쓰마코는 거실로 달려갔다.

"안 돼. 뭐라고 해도 말릴 거야. 사실이라고 생각하면 기에를 여기로 불러 조사하면 되잖아. 그런 것을 아즈마의 어머니에게까지 말하는 것은 아니잖아. 언니, 그렇지 않아? 언니.”

도미에는 언니한테 매달리듯 하며 그곳에 앉히려고 한다. 오키소가 졸린 듯한 눈을 하고 현관 쪽에서 들어 왔다. 열린 장지문의 거실에서 전기 불빛이 노랗게 흘러들어 온다.

“벌써 날이 샜네. 그 주위도 다 열어 놔줘.”
라고 도미에는 오키소에게 말한다. 오키소는 평소와는 다른 쓰마코의 모습에 어쩔 줄 몰라 하는 얼굴로 무엇을 생각했는지 그곳에 앉는다.

“쿤을 열어.”
라고 도미에에게 혼나자, 다시 일어나 현관 쪽으로 갔다.

“네가 어떻게 해도 상관없어. 여동생이고 뭐고 아니야. 여동생이라면 더욱 참을 수 없는 거야. 수모를 당한다면 모두가 당하는 것이나 마찬가지야. 왜 아즈마로 가면 안 되는 거야. 너까지 나를 바보로 생각하고 기에를 감싸는 거야. 그래 어차피 바보 취급당하는 거니까.”
라고 말하고 쓰마코는 소리를 내어 울었다.

옷깃이 흐트러져서 가슴이 드러나고 괴로운 듯이 입을 벌리고 숨을 몰아쉬며 창백한 뺨에 눈물이 흘렀다. 그런 언니의 모습을 보자 도미에는 불쌍해졌다.

“나를 아즈마로 보내줘. 네가 뭐라고 해도 갈 거야.”
하고 다시 일어나려고 한다. 그 무릎을 도미에는 누르듯이 해서 앉혔다.

"언니 대신에 내가 갈게. 언니는 집에서 안정을 취하고 있어 줘. 언니가 그런 흐트러진 모습이면 보기 싫으니까 그만두는 게 나아. 내가 반드시 언니의 마음을 풀어줄 테니까."

"흐트러져 있으니까 보기 싫어? 누가 이렇게 했는데. 너는 나의 험담만 듣고 있어. 좋아, 이제 귀찮아. 네가 말하는 것은 듣지 않을 테야. 보기 싫어도 너의 신세는 지지 않을 거야. 놓아줘. 형부와 같은 말로 나를 책망하고…… 너까지 형부 편을 드는구나."

쓰마코는 이를 악물고 울었다.

"그런 일은 없어. 언니가 말하는 것은 나도 알아. 형부가 나빠. 형부의 편을 들거나 해서 그런 말을 하는 것은 아니야. 언니, 아즈마로 가면 안 돼."

엎드려서 쓰마코는 계속 운다. 어젯밤의 화장이 차가운 귀 근처에서 일어나 있다.

지금까지의 마음 상태가 비애로 너무 치우쳤던 탓에 언니는 점차 온화해져 왔다. 그 이후로 아무 말도 없이 있어서 도미에는 걸칠 옷을 가지러 침실로 갔다.

그 방에서 잠을 깬 시즈코가 오키소를 당황하게 했다.

"조금 더 자."

베개에 누운 가지런한 머리의 시즈코를 도미에는 가만히

위에서 쓰다듬어 주었다.

"주인님은 귀가하지 않았나요?"

라고 오키소가 쓸데없는 것을 묻는다. 도미에는 굳은 얼굴을 하고 말이 없다. 언니의 줄무늬 옷을 가지고 빨리 나가려고 하자 자신도 추운 것을 느꼈다.

도키소는 재빨리 도미에의 방으로 하오리를 가지러 갔다.

"기모, 여기로 들어와."

라고 시즈코가 애교를 부린다. 어린 맘에도 절반 울상이 된 도미에의 얼굴을 보고 마음이 쓰인 듯 보인다.

도미에는 말없이 옆에 떨어져 있는 조금 전 편지를 주웠다.

'오늘 밤은 안 돼요. 어머니가 계셔요. 낼 모레라면 곤야마치紺屋町의 아주머니 집으로 가시니까 안 계셔요. 그래도 자고 가는 것은 안 돼요.'

라고 쓴 것을 반복해서 읽는다.

확실히 기에의 필체다. 어째서 이런 대담한 짓을 한 걸까. 봉투가 없으니까 모르지만 산요도山陽堂의 편집부로 보낸 것임에 틀림없다. 아내에게는 숨겨야 한다고 형부가 일러주었을 것이다. 기에의 어깨에 악마의 큰손이 놓여 있다고 생각한 도미에는 잠시도 가만히 있질 못하고 안절부절못하고 있었다. 언니의 질투에 동정하기보다는 어린 여동생에게 다가오고 있는 위험을 생각하고 도미에는 바로 아즈마로 가기로 결심했다.

오키소가 하오리를 가지고 와서 그것을 입고 언니한테로 가자 쓰마코는 아직 그곳에 엎드려 있었다. 하오리를 위에서 덮어 주고 이부자리로 돌아가도록 다독거리자 누군가 천천히 문을 두드리는 소리가 났다.

형부 료쿠시가 돌아왔다.

"언니 화나 있어요. 어젯밤 돌아왔으면 좋았을 것을." 이라고 도미에는 억지로 웃었다. 료쿠시는 쓰마코의 모습을 보고 지병이 발작한 거군, 하고 생각하면서 윗도리의 소맷자락을 말고 아무렇지도 않은 듯이 서 있다. 그리고

"이지마飯島의 집에 있었어. 그만 과음을 해서 쓰러져 버렸지 뭐야. 늦어서 미안해." 라고 머리를 숙였다. 무단으로 남의 집에서 자고 왔을 때의 료쿠시의 변명은 이렇게 뻔하다. 아내의 질투를 겁내면서도 그 눈을 피해서 놀고, 조금 더 교묘한 변명이 있을 것도 같지만 도미에는 오히려 형부가 측은했다.

"또 사람을 속이는군요. 거짓말을 잘도 하는군요." 갑자기 쓰마코는 얼굴을 들어서 소리를 질러댔다.

"어디에 갔었어요? 기에를 데리고 어디에 갔었어요?" 도미에의 눈에는 입이 찢어진 듯한 언니의 얼굴이 비쳤다. 료쿠시는 잠을 못 잔 듯한 창백한 얼굴을 등지고,

"추측하면 안 돼. 상상으로 질투하는 것은 곤란하다구."
라고 중얼거리면서 구석으로 가려고 한다.

"당신, 기다려요."
라고 쓰마코는 료쿠시에게 당당한 모습으로 말했다.

"도미에. 편지를 갖고 와 줘. 기에의 편지를 갖고 와."
라고 양손을 떨었다.

"외투 주머니에서 뭔가를 꺼냈지?"

금방 알아차린 듯한 모습으로 료쿠시는 일부러 웃었다.

"그 편지라면 기에가 보내온 거야. 그것이 어떻다는 거야?"

료쿠시는 다시 일부러 아무렇지도 않은 듯이 말했다. 감춰야 되는 것이라고 생각한 것을 이렇게 밝히는 것에는 당연히 결벽의 뜻이 숨어 있음을 나타내고 있었다.

"그러니까, 둘이서 어디에 갔냐구요?"

그렇게 말하는 사이에도 남편이 기에를 동반하고 어떤 곳에서 술을 마시고 있는 그림이 확연히 쓰마코의 뇌리에 떠오른다. 자신도 그 그림 속의 인물이 되어 남편과 기에가 웃고 있는 곳에 들어간 기분이 든다. 현재 료쿠시를 응시한 눈은 이미 그런 경우의 남편을 본 눈이 되어 있었다.

"그건 편지잖아. 나를 초대한 편지야. 그것이 어쨌다고 이러는 거야?"

"기에와 그런 관계이면서 당신은 모두에게 얼굴이 서요?"

쓰마코는 눈물을 떨구면서 료쿠시의 팔을 잡고 때렸다.

"바보 같은 소리하지 마. 그러니까 쓸데없는 추측을 한다고 하는 거야. 뭘 말해도 너는 지금은 몰라. 나중에 말하지."

"나는 당신만큼 이성을 잃진 않았어요."

쓰마코는 남편에게 조소를 보낼 정도로 냉정해졌다. 언제부터인지 시즈코가 엄마 뒤로 와서 눈을 비비면서 울고 있다.

"기에는 어린애라고 생각하고 마음을 놓고 있었는데 꽤나 성숙해졌어. 이런 편지를 때때로 보내오기도 해. 나도 약해질 때가 있어."

료쿠시는 이렇게 말하고 조용히 두 사람을 보았다.

료쿠시는 기에의 음탕한 짓을 개탄하는 모습으로, 쓰마코가 흥미를 갖고 듣도록 이야기했다.

춤 연습의 귀갓길에 친구를 데리고 일부러 산요도의 앞을 지나는 일, 쓸데없는 편지를 부쩍 자주 써서 부치는 일, 용무가 없는데도 전화를 거는 일, 어머니가 없을 때 료쿠시에 대한 기에의 거동 등을 남김없이 말하고 끝에는,

"당신 여동생도 참 안 되었어. 나중에 배우가 되겠다고 어머니를 울릴 아이야."

라고 말하고 웃었다. 기에에 대하여 이렇게 말하는 이상, 기

에에게 사랑이 없는 것은 이해되지 않는가, 하는 뜻이 그 말 속에 포함되어 있다.

쓰마코는 어느새 남편의 말에 귀를 기울이고 있었다. 남편이 기에를 이렇게 생각하고 있다는 것은 그 아이를 사랑할 리가 없는 것이다. 이제 남편에 대한 질투는 없어졌지만, 그러나 남편을 나무라는 동생을 때려주고 싶을 정도로 미웠다.

"역시 춤 같은 거 배우게 하니까 바람이 든 거야. 돌아가신 어머니의 기질을 닮았어. 어느 정도는."
라고 도미에에게 말했다. 쓰마코는 치밀어 오르는 화를 다스리기 위해서 소중한 어머니를 모욕하는 일도 서슴지 않았다. 도미에는 너무나 황당함에 말도 나오지 않았다.

료쿠시는 시즈코를 안고 구석으로 갔다. 어젯밤 묵은 곳이 편지에 써져 있던 곳이라고 생각하고 있던 차에 그 편지에 대한 의심은 풀리고 기에에 대한 남편의 마음이 사랑이 아닌 것을 알자 쓰마코는 어젯밤 남편이 이지마의 집에 묵었다고 믿어 버렸다.

도미에는 언니의 어리석음이 한심스러웠다.

"이제 일어날까. 좀 더 잘까. 도미에도 빨리 잠을 깨어서 안됐구나. 좀 더 자 두는 게 나아. 너에게도 이렇게 걱정을 끼쳤으니 밤에는 어디 데려가 줄게."

평소대로 돌아온, 오히려 들뜬 태도인 쓰마코도 남편의 뒤를 따라 들어간다.

남편이 다른 여자를 기다리지 않는 것을 알았을 때 그 남편의 사랑은 자신의 전유물이라고 느끼는 것이다. 그러나 그 느낌은 길게 가지는 않고, 어떤 일이 터지면 금방 사랑이 다른 곳에 있는 것은 아닌가 하고 의심하지만, 자신이 사랑 받고 있다고 느낀 그 순간을 기뻐하며 쓰마코는 이제 모두 잊고 있었다.

언니 부부의 뒷모습을 보고 있던 도미에는 영문도 모르는 눈물이 흘렀다.

기에는 음탕한 것일까. 그 음탕을 일종의 흥미로 해석하고, 그것을 자기 자신으로 향해 발현시키려고 한 형부는 더욱 참혹하다. 백치를 잡아서 그 백치스러움을 자신 앞에 드러내놓게 하여서 기뻐하고 있는 것과 다를 바 없다. 형부는 아직 여자가 되지 않은 기에의 몸을 주무르듯이 하여 그 몸 안의 어딘가에 숨어 있는 음탕한 피를 치솟게 한 것은 아닌가. 형부는 정말 비열한 사람이라고 도미에의 가슴에는 분노가 들끓어 올랐다.

기에가 여동생이 아니더라도 타인이라고 하더라도 형부는 용서할 수가 없다고 생각한다. 언니는 어떤가. 남편의 입에서 기에의 품행을 들었을 때, 그 남편의 말을 믿었다면 기에에 대하여 연민의 정이 일어나지 않으면 안 된다. 언니는 육친의 정도 잊고 질투 때문에 미쳐 있다. 그리고 작은 것에 노하여 분풀이를 한다.

좁은 소견의 언니는 따로 두고, 형부에게 문예 작품에 관하여 의견을 듣고, 주의主義를 따르려고 한 자신마저 비겁하게 생각되어 도미에는 그 자리에 자신의 몸을 두는 것이 싫었다. 도미에는 잠시 앉은 채로 있었다. 구석에서는 시즈코의 웃음소리와 함께 료쿠시와 쓰마코의 웃음소리가 들렸다.

부엌 창문에서 흰 빛이 들어오고 오키소가 가마에 불을 붙여서 연기가 방으로 침입해 온다. 소메야染谷 가정의 오늘 아침은 평화스럽다고 생각하며 도미에는 자신의 방으로 갔다.

12

도미에는 기에를 엄하게 훈계하지 않으면 안 된다고 생각하고, 아침식사를 마치자 아즈마로 갈 외출 준비를 하고 있었다.

거기에 한다가 와서 지하야가 초대한다는 뜻을 전했다.

도미에는 갈 마음도 없었기에 거절하자 한다는,

"당신은 미와 씨를 알지요?"

라고 물었다.

역시 오늘 지하야한테 용무가 있어서 간다고 한다. 마침

좋은 기회니까 오규노 씨도 불러 달라는 전화를 받아서 어떤
가 하고 물으러 왔다고 했다.

"그 사람도 아사스게의 한 자리로 들어가기로 되어서 다
음 공연부터 활동을 할 겁니다."
이렇게 말한 한다도 밝은 얼굴을 했다.

요전에 잠시 얼굴을 본 미와와 느긋하게 만나보고 싶다고
도미에도 생각하고 있었다. 그러나 뭔가에 의해 일부러 만날
기회를 만들지 않으면 안 되거나, 일부러 서로 찾아가는 것
도 불편할 정도로 두 사람 사이는 오랫동안 연락이 없었기에
도미에는 오늘 한다의 방문이 마침 좋은 기회라고 생각했다.

"미와가 온다면."
라고 도미에는 가기로 했다.

도미에가 자신의 방으로 외출 준비를 하러 간 뒤에 료쿠시
는 미와의 소문을 이야기했다. 한다가 꽤나 의지가 확고한
여자라고 말하자,

"어째서? 그런데 남자에게 약한 거로군."
하고 료쿠시는 웃었다.

"나는 친하게 지내니까 잘 알고 있지."

한다가 놀란 얼굴을 하고 방석 위에 발을 올렸을 때 도미
에가 마침 들어왔다. 도미에는 두 사람이 지금 무엇을 이야
기하고 있었는지 금방 눈치 챘다. 그래서 차가운 시선으로

형부의 얼굴을 쳐다보았다.

도미에와 한다 두 사람이 오모리의 지하야의 집에 도착했을 때는 벌써 정오를 넘기고 있었다.

다다미방과 마주한 4평 정도의 정원 가득 애송이 심어져 있었다. 애송이 가로수처럼 되어 있는 것 외에는 풀 이파리 하나 눈에 걸리는 것도 없다.

다다미방 벽에는 주인인 지하야가 그린 현재의 배우가 공연하는 무대의 형태를 풍자만화로 한 것과, 그것과 나란히 샤미센 한 정이 금박으로 된 천에 몸체를 감싼 채 옆에 걸려 있었다.

그 중앙에 흰 방석을 깔고 미와는 입센의 '인형의 집'을 읽고 있었다.

도미에를 보자 책에서 눈을 떼고 가볍게 인사했다. 그리고 꿈쩍도 하지 않고 '진니塵泥'의 여주인공은 괜찮은 역이라고 말했다.

"읽어 줬군. 어떻게 느꼈어?"

그렇게 말하면서 도미에는 미와의 옆에 앉아서 뺨과 뺨을 나란히 했다. 가슴에 땀이 배어 후끈하다. 흰 차양 옆으로 유리둔의 마른 햇볕이 닿아 있다.

"정말 좋다고 생각했어. 조금 가사네*의 현대풍의 느낌이던데."

　두 사람은 잠시 '진니塵泥'에 관해 이야기했다. 그리고서 도미에는 미와가 연극하는 것에 관해 여러 가지 물었지만 미와는 그것에는 아무 말도 하지 않았다. 옆방에서,

　"너도 내년이면 박사구나."

라고 지하야가 손님에게 말하고 있다.

　"찬성하지 않아. 나는 박사 폐지론을 문부성에 낼 작정이야."

　"기발하군."

　"그렇지. 박사 칭호만큼 세상 사람을 현혹하는 것은 거의 없겠지. 박사라도 되면 호화스런 생활을 할 것이라고 세상 사람은 생각하겠지. 특히 의과는 그렇지. 박사가 되면 진찰료를 비싸게 받아. 정찰제의 사기꾼이야. 국가가 명령하고 국민을 기만하는 것이나 마찬가지지."

라고 불만을 토로하는 것이 들렸다. 두 사람은 말없이 옆의 이야기를 듣고 있었다.

　미와가 도미에의 낡은 기모노의 어깨를 보고 있는 사이에 도미에도 미와의 고운 얼굴을 보고 있었다.

　"굉장히 조용하네."

* 가사네(累) : 1652년~1673년 즈음, 시모우사(下総)의 하뉴(羽生) 마을에 있었다고 전해지는 추녀(醜女). 남편 우에몬에게 살해되어 그 원한이 일족에게 미쳤다고 한다. 가부키와 조루리로 각색되어 근세 연극에 가사네모노(累物)라는 하나의 계통을 형성하고 있다.

지하야가 옆에서 힐끗 보며 말을 걸었다. 두 사람은 얼굴을 마주하고 그냥 미소 짓고 있었다.

지하야도 한다도 같이 있던 손님도 1층으로 모이자 '진니塵泥' 이야기가 다시 나왔다. 한다도 읽지 않았다고 해서 와 있던 손님을 위해서 지하야가 그 대강의 줄거리를 이야기했다.

어떤 자작의 딸이 원유회園遊会의 여흥으로 나온 뛰어난 미남 마술사에 매혹되었다. 결국 그녀는 집을 나와 그 마술사와 함께 해외로 가서 굉장한 여자 마술사가 되어 돌아온다.

마술사는 해외에 나가 있는 동안에도 여자의 미모 때문에 질투를 일으켜서 여자를 괴롭혔지만, 일본으로 돌아오고 나서 점점 그 질투가 더해져 결국엔 칼로 여자의 얼굴에 상처를 입힌다.

여자는 공연할 때 남에게 얼굴이 보이면 자작의 딸이라고 소문날까 봐 두려워했고, 자신을 사랑하기 때문에 이런 광적인 짓을 저질렀다고 생각하여 남자를 미워하지도 않고, 흉터를 다행히 복면으로 가리고 무대에 나간다. 변함없이 남자와 함께 마술을 하고 갈채를 받고 있다. 여자는 처음에는 남자의 사랑을 위해서 자신의 얼굴이 밉게 된 것을 원망하지도 않고 오히려 만족하고 있었다.

하지만 차차 남편의 애정이 엷어져 가는 것을 느끼고 일그러진 입술과 눈가에 주름이 느는 자신의 얼굴을 비춰보고는 한탄한다. 남자는 원래 죄가 자신에게 있기에 한층 자상하게 대하지만, 여자는 점차 비뚤어져 간다. 관심 없는 여제자 등을 상대로 질투를 일으키고 남편을 괴롭힌다. 마침 남자가 예기藝妓에 빠지자 여자의 질투는 더욱 심해져 간다.

그 여자 마술사를 공연지인 오다하라小田原로 찾아간 두 사람의 남자가 있다. 한 사람은 형부고 한 사람은 정혼한 남작男爵으로, 지금까지의 행동을 참회하고 집으로 돌아오라고 권한다. 여자의 변한 얼굴과 타락한 처지를 목격하고도 자신은 조금도 너에 대한 사랑이 변함없다고 남작은 말한다. 그러나 여자는 집으로 돌아가지 않고 그냥 내버려 두라고 말한다. 자작子爵인 형부는 화를 내며 그것으로 절연한다.

여관으로 돌아와 같이 온 여동생에게 말한다. 여동생은 언니를 잃는 것이 슬퍼서 두 사람에게 비밀로 하고 몰래 언니를 만나러 간다. 언니가 자리에 없었기 때문에 남자를 만나서 언니를 놔 주고 집으로 돌려 보내달라고 부탁한다. 옛날 여자를 유혹한 자신의 죄를 생각하고 여자의 행복을 생각하여 그곳에서 승낙한다. 그리고 자신이 홀몸으로 이런 곳에 온 것을 알면 형부의 질타를 받으니까 오늘 밤 해안의 소나무 숲으로 언니를 데리고 와 달라고 부탁하고 돌아간다.

　남자는 아내가 돌아오자 친정으로 돌아갈 것을 권한다. 자신의 죄를 속죄하기 위해서도 네가 집으로 돌아가지 않으면 안 된다고 말한다. 여자는 지금에 와서 남자가 자신과 떨어지기 위해서 자신을 속이고 떨쳐내는 거라고 말하며 듣지 않는다. 오히려 술을 마시고 달래는 남자를 괴롭힌다. 그리고 부재중에 아름다운 여자가 왔다는 것을 여제자한테 듣고 남편에게 따진다. 남편은 여동생이 와서 부탁한 것이라고 하지만 그녀는 그것은 거짓말이라고 말하고 거부한다.

　직접 언니를 만나 이야기하게 하고 낮 동안의 오해도 풀기 위해서 남자는 여동생을 부르러 소나무 숲으로 간다. 여자는 남편의 거동을 수상히 여기며 필시 정부를 만나러 가는 것이 틀림없다고 생각한다. 그것을 속이고 자기를 위협했다고 말하며, 예전에 자신을 상처 입힌 단도를 여제자 앞에서 목에 대어 보이고 크게 웃으면서 급히 남편의 뒤를 쫓아간다. 소나무 숲에서 젊은 여자가 울고 있다. 그 옆에 선 남자의 모습을 한 눈에 보자, 여자는 금세 미친 듯이 되어 갑자기 소나무 그늘에서 남자를 찌른다. 여동생이 남자를 감싸며 자신은 당신의 여동생이라고 말한다. 그래도 여자의 귀에는 들리지 않고, 결국 죽이고 나서야 여동생의 목소리가 귀에 들어와 정신을 차린다. 제정신이 되자 남자의 얼굴에 입을 맞추고 기절한다.

여기까지가 줄거리.

"재밌어. 정말 좋은데. 꼭 빨리 읽어 봐야지."

줄거리를 듣고 나서 한다는 이렇게 말했다.

손님이 독일에서 봤다고 하는 '살로메'의 이야기에서부터, 지금의 따분한 신파극이나 구극은 역시 보존하지 않으면 안 된다고 하는 등의 이야기가 오갔다. 여배우의 목소리만 높아서는 정말 기량이 뛰어난 훌륭한 배우가 나오기까지 아직 멀었다고 손님은 미와를 앞에 두고 말했다.

한다는 미와가 남자에게 약하다고 료쿠시에게 들은 것을 생각해 내고 미와의 얼굴을 보고 있었다. 그 눈은 늘 뭔가를 찾고 있는 듯한 눈이라고 생각했다. 헤픈 여자라고 혼자서 납득하고 있었다.

13

도미에는 미와와 함께 지하야의 집을 나왔다. 그리고 오늘 아침부터의 이야기를 미와에게 말하고 꽤나 걱정이 되니 아즈마에 잠시 들르고 싶다고 했다. 미와도 함께 갔다.

격자문 밖에서 들여다보자 큰 무늬의 하오리를 걸치고 붉은색 긴 속옷을 벌린 채로 옆으로 앉아 기에는 뭔가를 집어 먹고 있었다.

"어머니는 안 계셔?"

라고 말을 걸자,

"여, 안 계셔요. 누구세요?"

라고 먹으면서 기에는 나왔다. 옆집에서 막 돌아온 듯이 보이는 기에는 흰 버선을 신은 채였다. 소매를 걷어서 보라색 긴 소맷자락이 뒤집힌 모습이 전등의 그림자로 어두워졌다 환해졌다 하여 아름답게 보였다.

언니의 모습을 보자 기에는 소매를 내리고 게다를 끌면서 흙바닥으로 내려왔다.

도미에는 같이 온 사람이 있으니까 오늘 밤은 길게 있지 못한다고 말하고 기에의 다카마게*로 땋은 물방울처럼 떨어지는 머리 모양을 보았다.

"어젯밤, 기에는 어디에서 잤니?"

"집에 있었어. 왜?"

라고 이상하다는 듯 표정을 지었다. 먹다 만 과자를 손가락으로 비비고 있다.

"형부한테 기에가 편지를 보냈지?"

여기에는 아닌 척을 할까 하고 생각했지만 기에는 아무렇지도 않았다.

---

* 다카마게(高髷) : 높게 틀어 올린 여자 머리 모양의 한 가지. 옛날, 주로 미혼 여성이 틀었고, 현재는 시집가는 새색시가 트는 머리.

“나에게…… 뭔가 볼 일이 있다고 해서 그곳으로 오라고 전화로 불렀어. 그래서 편지로 사정이 좋은 날을 적어서 보낸 거야. 내가 그런 짓하면 어머니에게 혼나니까, 정말 큰일 나. 그래서 거절의 편지를 보낸 거야. 언니 읽었어?”

“거절의 편지가 아니잖아. 어머니가 안 계신 날을 말했잖아.”

기에는 말없이 버린 과자를 게다로 밟고 있었다.

“기에, 거짓말을 해서는 안 돼.”

엄한 도미에의 말이 기에는 무서웠다.

“언니, 용서해 줘.”

기에는 금방 용서를 빈다. 그리고 울 듯한 얼굴이 되어서,

“어머니가 안 계신 날을 알려달라고 해서 형부가 그렇게 말해서 그만 써서 부쳤어. 나쁜 짓을 했어.”

기에는 시무룩하게 고개를 숙였다. 목덜미의 붉은 속옷의 옷깃이 짙은 색으로 물든 것을 보자 도미에는 예뻐서 화도 내지 못했다.

형부가 말하는 것은 기에를 위한 게 아니기 때문에 결코 형부를 믿고 그 말대로 해서는 안 된다. 혼이 나도 좋으니 형부와는 떨어져 지내지 않으면 안 된다고 도미에는 반복해서 말했다.

“정말 어젯밤은 어디에도 가지 않았지?”

“가지 않았어. 형부가 저녁에 왔지만, 어머니가 있어서 돌아갔어.”

“기에가 형부한테 전화를 걸거나 편지를 하거나 한다고 들었지만 그런 일은 없지?”

“응, 그런 일 없어.”

라며 빙그레 웃고 있다.

도미에는 기에를 어린애라고 생각할 정도로 귀여워했다. “다시 오마” 하고 도미에는 그렇게 돌아갔다. 기에는 예전처럼 들러붙어서 막으려고 하지 않았다.

모퉁이를 나오자 미와가 기다리고 있었다. 두 사람은 긴자銀座 거리를 느릿느릿 걸었다. 이렇게 어깨를 부딪치며 게다를 나란히 하고 가는 것이 도미에는 기뻤다.

“몇 년 만에 함께 걷는 걸까?”

라고 미와도 말했다.

밤 가게의 양등 빛과 양관건물 상점의 전등가스 빛이 서로 노려보고 있는 벽돌 길에 많은 사람들이 그림자를 짙게 하고 걸어간다. 밝은 그림엽서 가게 앞에 사람들이 모였다.

도미에는 요즘 자신의 여러 가지 일에 관한 감정을 미와에게 말했다. 그러나 미와는 옛날의 도미에로 생각하고 그녀를 이야기 상대로 하여 연극계로 나가는 포부를 이야기하거나 자신의 감정을 도미에 앞에 드러내 보이려고 하지 않았다.

지금 도미에에게는 이야기 상대가 되지 않았다. 뭐라고 해도 자신이 생각하는 길을 가겠다는 것처럼 깊은 이야기도 하지 않고, 그 순간만 넘기고 있는 것이 도미에에게는 마땅치 않았다.

도미에는 미와가 마음을 털어놓지 않기 때문에 이렇게 서로의 마음이 뿔뿔이 떨어져 있는 것이라고도 생각하지 않았다. 옛날은 둘이서 빨간색이라고 생각했던 것도 지금 자신에게는 자색으로 보이고, 미와에게는 노란색으로 보일 정도로 두 사람이 헤어져 있던 세월이 제각각 자신이라는 것을 만들어 버렸기 때문에 어쩔 수 없다고 생각했다. 그리고 두 사람은 그다지 이야기도 나누지 않고 걸어갔다.

교바시京橋의 정류장까지 오자 미와는 함께 자기 집으로 가자고 했다. 도미에는 그곳에서 전차를 타고 아사쿠사浅草의 다이치*의 미와의 집까지 갔다.

미와의 집 근처는 이미 적막해져 있었다. 처마 아래 등이 닫힌 미와 집 문을 외롭게 지키고 있고, 낮은 울타리에 비난가즈라**를 말린 듯한 잎이 창백했다.

도미에는 미와를 따라서 집안으로 들어갔다. 일의 막간으

---

* 다이치(代地) : 도쿄도 다이토구 야나기바시(東京都台東区柳橋)의 스미다강(隅田川)의 강기슭의 통칭.

** 비난가즈라(美男鬘) : 교겐(狂言) 의상에서, 여자 역할에 쓰이는 쓰개의 한 가지. 길이 약 5m의 흰 천을 머리에 두르고, 양끝을 얼굴 좌우로 늘어뜨려 허리띠에 질렀던 것.

로 보여서 집안은 깨끗하게 정리되어 있었다. 다다미방의 도코노마*에 기요미즈데라淸水寺의 세겐淸玄과 사쿠라히메櫻姬를 그린 간판이 서 있는 것이 열려 있는 화려한 장지문 사이로 보였다. 그림도구 냄새가 났다.

도기에는 사쿠라히메가 입은 기모노의 빨간색에 눈이 부셔서 미와 뒤를 쫓아 올라갔다.

미와의 어머니는 도미에를 보자 오랜만이라고 말하고 반가워했다. 도미에도 미와의 어머니를 만난 것이 반가웠다.

미와는 도미에를 2층으로 올라오게 하고는 자신은 바로 아래로 내려갔다. 도미에는 미와의 방다운 다다미방 안을 쳐다보았다.

책상 옆 벽에 올가 네더솔**이 카르멘역으로 분장한 극채색의 사진판이 흰 종이에 붙어서 걸려 있었다. 그 옆에 캐밀로 분장한 프랑스 여배우의 사진판이 눈이 번쩍 뜨일만한 정도의 크기로 나란히 붙어 있다. 이름이 없어서 도미에는 누군지도 모르고 보았다.

악어가죽의 화장 상자가 책상 위에 벼룻집과 잉크병과 섞여 있다. 차륜매*** 한 송이가 하얗게 시든 채 꽂혀 있다. 지하

* 도코노마(床の間) : 일본식 객실의 특별히 꾸민 곳.
** 올가 네더솔(Olga Nethersole, 1863-1951) : 영국의 여배우 겸 연극 연출가.
*** 차륜매(車輪梅) : 장미과의 상록목. 혼슈 남서부 규슈의 해안에 자생. 잎은 장추원형으

야 문학사가 저술한 프랑스 연극사를 읽고 있는 중인지 책상 중앙을 차지하고 있었다.

"목욕하지 않을래?"

하고 아래층에서 미와가 불렀다.

내려가자 나루미시보리*의 유카타를 입은 미와가 수건을 들고 있었다.

도미에는 미와가 꺼내 온 폭포 무늬의 유카타를 입고, 두 사람은 부엌과 이어진 욕실로 갔다.

욕조 앞에서 문하생 단고丹吾가 불을 지피고 있었다. 이 남자는 농아였다. 키가 작고 피부가 희고 눈썹이 진한 배우의 무대 얼굴을 하고 있는 아름다운 남자다. 진짜 나이는 서른여섯이라고 하지만, 스물둘 셋 정도밖에 보이지 않는다. 미와 아버지의 문하생으로 지금도 단고의 손으로 모든 작업이 이루어지고 있는 거와 같다. 그림을 그리는 데는 방법이 있어서 주문받은 그림의 밑그림을 그리지 않으면 단고의 붓은 움직이지 않는다. 지금은 미와가 아버지 대신 밑그림을 그리고 있다. 금세 천성의 재주로 단고는 그림을 완성한다. 불구자만 아니면 간판그림을 그리기에는 아까운 사람이라고

로 가지의 위에 차바퀴 모양으로 밀생한다. 5월쯤 줄기 끝에 매화를 닮은 흰 꽃이 무리 지어 핀다. 열매는 흑자색.

* 나루미시보리(鳴海絞り) : 나루미(鳴海) 지방에서 생산되는 목면을 염색한 것.

미와는 도미에에게 말하면서 들어간다. 단고는 정중하게 머리를 숙이고 나갔다.

"추웠지? 들어와."

미와는 뒤따라 들어온 도미에에게 말하면서 새하얀 상체를 욕조에 띄우고 뿌연 욕조 속의 등불을 쳐다보고 있었다. 도미에는 미와를 보았다. 미와의 따뜻한 살갗과 자신의 차가운 살갗이 팔 근처에서 살짝 스쳤을 때 도미에는 이상하게 부끄러웠다.

목욕을 하고 난 도미에는,

"네 피부는 과연 인간 세상에 불고 있는 바람을 아침저녁으로 쐬고 있을까, 하고 생각하면 불가사의하다."
라고 말하며 웃었다.

"선녀잖아."
라고 말하고 미와도 웃었다.

미와의 어머니는 초밥을 배달시켜 도미에를 대접했다. 그리고 한때 도미에의 형부 료쿠시가 매일같이 와서 곤란했다고 말했다. 미와는 가만히 있었지만 도미에는 너무 미안한 마음이 들었다.

그러나 자신은 그 형부의 능력으로 살고 있다.

부모님이 남긴 것은 적어서 자신이 오늘까지 먹을 비용조차도 되지 않는다. 지금에야 형부를 미워하게 되었지만 형부에 의해서 자신은 오늘날까지 부족함 없이 대학에도 다닐 수 있었던 것이라고 생각하니 도미에는 매우 슬펐다. 한번은 소메야 료쿠시染谷緑紫라고 하는 소설가가 자신의 형부라고 자랑한 일도 있었음을 생각하니 도미에는 식은땀이 흘렀다.

도미에는 자신이 생각한 것을 미와에게 말하고 형부의 손을 놓고 독립하고 싶다고 말했지만, 미와는 거기에 아무 말도 하지 않았다.

올가 네더솔의 사진판을 보고 이 여배우는 사퍼와 카르멘을 연기하면 너무나 요염하여 사람을 매혹하기 때문에 정부에서 반윤리적이라고 하여 공연을 금지시킬 정도였다는 이야기를 했다. 그렇게 미와는 뭔가를 동경하며 그것을 좇아가려는 눈을 하고 가만히 생각하고 있었다.

유카타 위에 덧입은 격자무늬의 겉옷도 기개에 차 보였다. 가는 좁은 속띠가 아래로 흘러 내려져 있었다.

도미에는 이 아름다운 얼굴을 자기 혼자서, 단지 이렇게 무의미하게 바라보고 있는 것이 아깝다고 생각되었다. 그것을 말하자 미와는 도미에의 얼굴을 보고 잠시 웃었다. 미와는 나른한 듯 책상 위에 걸친 목욕물에 데워진 손을 뒤집어서 주먹을 쥐거나 하며 다시 아무 말도 하지 않았다.

두 사람은 서로 가슴에 스치는 아무런 것도 없이 헤어졌다. 그래도 돌아갈 때 미와는 전차 역까지 배웅해 주었다. 도미에는 미와가 자신과 함께 있던 동안 내내 신나지 않은 얼굴을 하고 있었다고 느끼며 아자부로 돌아왔다.

14

병이 나서 다바타田端의 별장에 혼자 와 있다는 소메코로부터의 편지가 와 있었다. 변함없이 언니가 그립다고 하는 내용이 몇 번이나 써져 있었다.

정오부터라도 가볼까 하고 생각하고 있으니, 야마토좌大和座 소속의 작가가 찾아 왔다.

다음에 '진니塵泥'을 상영하는 것에 관한 여러 가지 의논도 하고 의견도 듣고 싶다고 해서 대략 내정된 배역 등도 이야기했다. 혁신좌革新座의 아사스게 엔야朝菅艶弥와 대립하며 신파 측의 수장이라 불리는 야마토좌의 가미자와 도켄加美澤杜鵑의 일파와 연기하기로 되어 있어서 여주인공의 고마나小滿名 역을 할 다사토 유메이田里有名가 꼭 한 번 만나 뵙고 싶다고 했다며 전했다.

엷은 마마자국에 없는 머리카락을 쓰다듬어 올리며 기모노의 앞섶을 넓게 한 예의 바른 남자다. 료쿠시의 소설을 이 남자가 각색하고 한두 번 무대에 올린 일이 있어서 료쿠시는 이 작가를 잘 알고 있기에 일부러 피해서 여기에는 오지 않는다. 도미에도 역시 아직 익숙하지 않고 모든 것에 관하여 준비가 되어 있지 않았다. 따라서 이런저런 주문도 생각나지 않는다.

"여러분이 좋으신 대로 해 주십시오."

하고 도망갔다.

"소메야 씨에게 상담을 부탁할까요?"

라고 요시오吉櫻는 말했다.

하지만 네 작품이니 네 마음대로 처리하라고 밉살스런 말을 들었기에, 형부에게 의견을 구하고 자신이 만든 각본을 처치 곤란해 하고 있다는 소릴 듣게 하는 것보다는 모두 연기자에게 맡기는 편이 낫다고, 가만히 있는 편이 똑똑한 거라고 생각한다.

"형부는 귀찮아해서요."

"그럼 너무 수고를 끼치게 되는 거지요."

라고 말하고 돌아갔다.

나중에 식사 시간 때 도미에는 료쿠시와 얼굴을 마주 했지만 료쿠시는 아무 말도 하지 않았다. 도미에도 묵묵히 있었다. 쓰마코가 혼자서,

"고마나 역할의 다사토는 반드시 잘할 거야. 갈채를 받을걸."

하며 기쁜 듯이 말했다.

료쿠시는 웃으면서 모두 작품을 비난하겠지만 화를 내서
는 안 된다고 말했다.

도미에는 밖으로 나왔다. 하늘이 맑게 개어서 깊고 깊은
청색이 하늘의 바닥을 비추고 있는 듯했다.

잠시 걷고 있으니 명주실로 짠 겹옷이 탈 것처럼 뜨거워졌
다. 건조한 공기에 호흡이 멎을 것 같은 따뜻한 날씨였다.

도미에는 다바타로 갔다.

소메코는 머리도 묶지 않고 풀어헤친 채로 시중드는 여자
에게 손을 맡긴 채 문에 서 있었다. 하오리의 짙은 포도색이
가을 햇살을 받아 진하게 보였다.

소메코는 어젯밤 내내 도미에 이야기만 하고 조금도 자지
않았다고 여자가 말했다. 그리고 인형을 갖고 와서는 그것을
도미에한테 소메코가 보낸 기념품이라고 울며불며 애원하다
시피 전해 달라고 해서 어떻게 할 수가 없었다고 했다. 소메
코도 어젯밤은 인형이 말을 알아듣는 것 같고 그래서 자신이
생각하고 있는 것을 남김없이 언니에게 전해줄 것 같아서 견
딜 수가 없었다고 하며 가슴속에서 그 인형을 꺼내어 도미에
에게 보였다.

"오하마おはま가 어젯밤 고생했지?"
하고 소메코는 여자를 보고 살짝 웃었다.

소메코의 눈은 닦아 놓은 칼처럼 빛났고 얼굴은 침울한 빛

으로 창백했다.

　"언니, 이 인형의 입이 움직일 것 같지 않아요? 눈이 언니를 보고 있어요. 이 인형 속에 내 마음이 들어 있어요. 언니가 보고 싶다고 울어요."

　소메코는 이렇게 말하고 인형을 쓰다듬었다. 도미에는 갑자기 소메코의 손을 잡고 그 손등에 입을 맞추었다.

　소메코는 얼굴을 발갛게 하고 도미에의 소매 안에 얼굴을 묻으면서,

　"많이 해줘요."

라고 말했다.

　소메코는 도미에가 올 때까지 자신의 머리에 아무도 손을 대지 못하게 해서 이렇게 미친 듯이 풀어헤친 머리를 하고 있다고 오하마가 말했다. 도미에는 리본으로 묶어주었다. 그리고 아무리 네가 나를 사랑하더라도 너는 너, 나는 나로 따로따로 이 세상에 태어난 것이 운명이라서 어떻게 해도 너와 함께 살 수는 없으니까 쓸데없는 생각 말고, 밤에도 자지 않고 몸을 망치거나 부모님의 심려를 끼친다면 나는 너를 위해서 오지 않을 거라고 도미에는 확실히 소메코에게 말하자 소메코는 울었다.

　어머니도 아버지도 오빠도 그 누구도 싫고 단지 언니 한 사람만이 좋은데 떨어져 있는 것은 싫다고 울고 있었다.

"아무리 좋아도 나는 평생 이렇게 네 곁에 있을 수는 없어."

그것을 듣자 소메코는 말없이 창가로 가서 그 위에 엎드린다. 그때 마침 뒤의 피아노대에서 음악책과 함께 금색 핀이 미끄러져 바닥 위로 상쾌한 소리를 내며 떨어졌다.

도미에는 이쪽에서 소메코의 우는 모습을 잠시 바라보고 있었지만 소메코는 언제까지나 울고 있었다.

도미에는 오늘 밤 머물기로 하고 한동안 소메코의 기분을 풀어주려고 함께 뒷마당 밖으로 나가 보았다.

우리그릇에 하늘색 물이 담긴 듯한 하늘에 점점 저물어가는 저녁놀의 엷은 어둠이 내려와 있었다. 해질녘에 양옥의 짙은 갈색 페인트 도색이, 삼나무 가로수가 해질녘에 썩은 듯한 색으로 보였다.

언덕에 오르자 미카와지마三河島의 전답이 한눈에 보였다.

"춥지?"

도미에는 소메코의 맨발이 추워 보여 이렇게 말했다.

"훌쩍 탔긴 탔는데……."

라고 어디서 비와가琵琶歌를 부르는 소리가 끊어져 들렸다. 그것은 두 사람이 나란히 서 있는 발아래의 풀숲에서 울리는 듯하여, 그저 한 송이 피어 있는 자색 꽃이 경쟁하고 있는 듯이 생각되었다.

흰 리본으로 묶은 머리가 소메코의 파란 얼굴로 내려와 부스스 나부끼고 있다. 풀숲 속 빨간 꽃과 소메코의 속옷 소매의 연분홍빛이 살며시 근처의 경치 속에서 부드럽고 유연하게 보였다.

도미에는 쭈그리고 앉아 논밭 쪽을 바라보았다. 흙색, 황색, 풀색, 황록색 등 잡아 당겨놓은 듯한 논밭의 표면은 연분홍빛이 섞여 있다.

소나무, 오리나무 등이 곳곳에 뭉쳐있는 사이로 판자지붕 집이 멀리서 잡으면 손바닥에 잡힐 듯 보였다. 공장의 연통이 두껍고 길고 짧고, 연기를 내뿜고 있는 것도 내뿜고 있지 않은 것도 있어서 여기저기 각각의 공장이 세력을 경쟁하듯이 등을 돌린 듯 마주한 듯 서 있었다.

하늘에는 거친 파도를 맞고 있는 바위처럼 구름이 뭉게뭉게 떠 온다. 그 찢어진 곳에서 연지를 짠 듯한 붉은 석양구름이 조금 보였지만 어딘가로 어느 새인가 떠내려가 버렸다.

도미에는 아직 본 적이 없는 고향땅이 생각났다. 그리고 아직 만난 적도 없는 할머니를 떠올렸다.

자신이 모시지 않으면 안 되는 할머니, 그리고 이럴 때도 엽서 한 장 소식 전하지 않아 심히 불효한다고 생각하고 있는 계모도 떠올렸다.

그리고 또 소메코가 사랑스러웠다. 도미에는 소메코의 손

을 잡았다. 소메코는 외로운 듯이 바라보는 도미에를 자기도
바라보며 서 있었다. 거기에 가을 찬바람이 불어서 두 사람
은 살갗에 한기를 느꼈다.

15

언니가 좋아한다고 해서 소메코는 오하마가 말리는 것도
듣지 않고 어젯밤 남색이 도는 보랏빛의 두겹옷을 입고 잤
다.

긴 옷자락을 발에 걸치면서 흰 요 위에 몸부림을 치며 자
고 있던 모습을 밤중에 불현듯 잠에서 깨어 바라본 느낌을
지금 도미에는 마루에 서서 기이한 꿈처럼 되새겼다.

하늘이 흐려서 정원의 빛이 가라앉아 있다. 달리아 꽃이
흐드러지게 피어 있는 곳에 서서 소메코는 꽃을 따고 있었
다. 도미에는 마루 끝에서 웃음을 보냈지만 소메코는 고개를
숙이고 선 채로 달리아의 꽃잎을 손가락으로 당기고 있었다.

갑자기 도미에는 저 아름다운 한 사람을 자신의 생각대로
했다고 하는 자부심이 일었다.

"이쪽으로 오렴."

소메코를 불러 보았다. 소메코는 얼굴을 들어서 도미에를 보
았지만 얼굴을 갸웃거리며 울타리 뒤로 들어가 버렸다. 어젯

밤 기모노의 자색 긴 소매가 차가운 빛으로 흔들리고 있었다.

세수를 하고 나서도 소메코는 어디에 숨어 있는지 얼굴이 보이지 않았다. 오하마가 모처럼 묵어간다 하시니 평상시의 반 정도도 수선을 떨지 않고 있다며, 참 알 수 없는 일이다, 고 말했다. 도미에는 말없이 웃고 있었다.

다다미방으로 가자 테이블 위에 그날의 조석신문이 놓여 있었다. 펼쳐서 3면을 보자 금세 2단 근처에서 '아사스게 극단의 신여배우'라고 하는 제목이 눈에 들어왔다. 아름다운 미와의 사진이 실려 있었다.

지하야 아이치로千早阿一朗 씨의 애첩이라고 한다. 아즈사梓학사가 여자연극 극단에서 빼와서 아사스게 극단으로 보냈다고 쓰여 있다. 그리고 끝에는 무대에서의 표정은 아이치로 씨를 뇌쇄시킬만한 것이라고 냉소적으로 쓰여 있었다. 미와의 사진은 그 기사를 자랑하듯이 대중에게 보란 듯이 살짝 웃고 있는 얼굴이 특히 선명하게 인쇄되어 있었다.

한다가 그저 생각나는 대로 쓴 것이라고 생각했다. 그리고 도미에는 전체를 다 읽기 전에 거짓 기사라고 생각했다. 분명 미와는 이 기사에 대하여 분개하고 있을 것이라고 동정했다. 지하야 따위의 첩이 되어 신배우 극단에 들었다고 하는 모함을 받는 것을 분하게 생각하고 있음에 틀림없을 것이다.

상처 입은 인격을 슬퍼하고 있음에 틀림없다고 생각했다.

신문을 들고 일어서자 앞에 소메코의 모습이 보였다. 도미에는 뒤돌아서 마루 끝의 기둥에 서 있던 소메코의 옆으로 가서 그 손을 잡으면서,

"왜 그래?"

하고 그 빨간 귓불에 입을 가까이 했다.

"왜 옆으로 오지 않아?"

이렇게 물은 도미에도 자신의 가슴이 두근거리고 있는 것을 알고 있었다.

도미에는 우유가 흐를 것 같은 소메코의 뺨을 빨고 싶다고 생각했다. 그리고 소메코의 부끄러움을 담은 표정을 보고 싶다고 생각했다.

"응?"

자신이 바라는 것을 요구하듯이 그 어깨를 흔들었지만 소메코는 말없이 아래를 보고 있었다.

"뭐라고 말을 해."

도미에가 다시 그 어깨를 누르자 소메코의 머리가 등과 기둥 사이에서 풀려서 도미에의 가슴으로 떨어졌다.

눈두덩에 남은 엷은 화장분도 귀여웠다. 숨을 쉬고 있는 것인지 빨간 입술을 반쯤 벌리고 있었다. 소메코의 눈은 이제 사랑을 알게 된 눈처럼 마음이 움직이는 대로 빛나고 있

었다. 도미에는 그것을 응시하고 있는 사이에 불현듯 이야기 거리가 생각났다.

귀엽고 아리따운 여자아이가 죽자 승려는 미쳐서 여자아이의 시체가 썩을 때까지 그 뼈를 핥거나 살을 먹거나 하며 집착하는 무시무시한 이야기를 생각해 냈다. 절 안에서 밤에도 자지 않고 뼈와 가죽만 남아 쇠약해진 승려가 옷을 벗고 그 부패한 살을 먹는 그림이 어른어른거린다.

도미에는 어쩐지 오싹해져서는 소메코와 떨어져 그녀를 보았다. 그리고 소메코가 자신이 사랑하는 사람과 그 사랑이 이루어졌다고 하는 느낌으로 오늘 아침을 보내고 있을까 하고 도미에는 다시 어젯밤의 이상한 일을 곰곰이 생각하고 있었다.

16

도미에는 이틀을 다바타에서 지내고 다음날 낮에 아자부로 돌아왔다. 집에는 형부도 언니도 없었다.

자신이 다바타에서 묵는 동안 료쿠시도 돌아오지 않았다고 한다. 쓰마코는 료쿠시가 아무래도 기에를 어디로 데려갔을 것이라고 심하게 화를 내고서 조금 전에 아즈마로 갔다고 오키소가 말했다.

차라리 다 까발려서 서로 으르렁거리는 편이 낫다고 도미에는 그렇게 생각했다.

도미에는 자신의 방으로 들어갔다. 소메코가 어느 날인가 갖고 왔던 장미가 시들어 머리에 꽂는 장식품처럼 이파리가 바삭바삭 말라 있었다. 그 옆에 앉아서 이상했던 요 이틀 사흘을 되새겨보았다.

머릿속의 피가 계속 움직이고 있는 것처럼 어떤 것을 보면 팔랑팔랑거리는 것이 사이를 가로막는다. 어젯밤의 일, 그저께 밤의 일이 몽롱한 꿈처럼 생각된다. 마치 머리가 지쳐 있는 새벽녘에 본 연극을 다음날 개인 아침에 다시 보는 듯한 기분이 든다. 그저께부터 지금까지 여기에 있으면서 자신의 공상을 실제의 인물을 등장시켜 그리고 있었는지도 모른다고 생각될 정도로 도미에의 머리는 멍했다.

흐린 하늘이 장지문에 비쳐서 실내가 어둑해졌다. 까슬까슬한 책상 위에 엎드리자 매일 밤의 수면부족으로 인해 어느새인가 꾸벅꾸벅 졸았다.

소메코가 저쪽에서 자신을 보고 달려온다. 빨리 옆에 오면 좋을 텐데 하고 초조해해도 좀처럼 가까워지지 않고, 자신이 다가가려 하자 발이 무거워서 땅에 달라붙은 것처럼 꼼짝할 수가 없다.

소메코는 역시 자신을 향해서 달려오고 있구나, 하고 생각하고 있으니 오키소가 깨웠다. 식사준비를 다했다고 해서 일어나려니 눈이 침침하여 다리가 비틀거린다. 어깨를 누가 누르고 있는 듯하고 입 안이 말랐다.

"어머나, 창백한 얼굴 좀 봐."

오키소는 놀라서 도미에를 보고 있었다.

"너, 자색 띠를 매고 있구나."

"예, 모슬린천이에요."

라고 띠 앞을 만져 보이고

"비단처럼 보이지요?"라고 웃었다.

도미에는 귀찮은 듯이 시력을 모아서 그 띠를 바라보자 갑자기 차 소리가 시끄럽게 나더니 쓰마코가 시즈코를 데리고 돌아왔다.

언니는 어디에 갔었는지도 무엇을 했는지도 아무 말도 없이 짙은 보랏빛을 띤 회색 코트를 걸치고 화로 앞에서 차를 꿀꺽꿀꺽 소리 내면서 마시고 있다. 화난 것처럼 눈이 충혈되어 술에 취한 사람처럼 뺨도 눈의 가장자리도 이마까지도 빨갛게 되어 있었다. 화로에 쬐고 있는 한 손만이 서리를 맞은 모양으로 시퍼렇게 언 듯한 색을 하고 있었다.

도미에는 오키소가 시중드는 그 옆에서 식사를 하고 있었다. 도미에는 언니의 모습을 살며시 보니 아마도 아즈마로 가서 어머니에게 심한 말을 듣고 온 모양이었다. 불쌍한 마음이 들어서 언니에게 뭔가 물어보는 것도 죄를 짓는 것처럼 생각되어 이쪽도 말없이 있었다.

"지금 돌아왔어?"

쓰마코는 갑자기 그렇게 말했다. 도미에가 대답도 하지 않고 그 얼굴을 보고 있으니,

"이런 때 잘도 무단으로 외박을 하고 오는구나. 그렇게 해서 품행이 점점 나빠지는 것은 생각지 않는 거니? 네 형부도 함께 집을 비우니 내가 세상 사람들한테 면목이 없어. 정말 여기도 저기도 하나라도 제대로 된 형제가 없어. 품행이 단정치 못한 여자만 모아놨어."
라고 쓰마코가 큰 소리로 말했다.

도미에는 괜한 화풀이라고 생각하고 가만히 있었다. 쓰마코는 위압적인 자세로 이것저것을 말했다.

갑자기 시골 이야기를 꺼내며 너를 보내려고 한다고 했다. 학고는 그만두고 외박은 하고 어슬렁어슬렁 놀고 있고 문학 연구도 이제 질린다. 어차피 그렇게 하고 있는 사이에 제대로 된 일은 없이 타락해 버릴 것이다. 첫째로 이렇게 두어서는 너를 위해서도 나를 위해서도 되지 않기에 고향으로 보내려고 한다. 형부 옆에 너를 둘 수는 없다고 쓰마코는 거기까지 말했다.

도미에는 묵묵히 집을 나왔다. 문 있는 곳에서 비가 똑똑―

하고 뺨에 떨어졌지만 도미에는 우산을 가지러 돌아가지 않았다.

"이제 돌아오지 않아도 돼. 언니를 버리고 아무 데나 가버려."

안절부절못하며 큰 소리를 내던 언니의 목소리가 창문 너머 도미에 뒤로 들러붙듯이 들렸다. 갑자기 시즈코가 왕— 하고 우는 소리가 났다.

부엌으로 통하는 출입구로 돌아서 뒤로 나오자 옆집 살창의 장지가 엷게 열려 있고 사람 그림자가 언뜻 보인다. 그 아래를 지나가자 뒤에서 오키소가 달려와서 아가씨, 아가씨 하고 부른다.

"아가씨, 집으로 가요. 주인님이 돌아오시면 소동이 일어날 테니 저 혼자서는 곤란해요."

오키소는 불안한 얼굴을 하고 우는 소리를 한다. 도미에는 잠시 그 얼굴을 가만히 보고 있었지만,

"몰라."

한마디 하고 급하게 걷기 시작했다.

"저기, 아가씨, 아가씨!"

말까지 거칠어져서는 오키소는 계속 도미에를 불렀지만 도미에는 뒤돌아보지도 않고 지나갔다.

전차를 타고 미와가 있는 곳에 갔지만 미와는 없었다. 도

착했을 때 비는 본격적으로 한바탕 내리기 시작해서 도미에
의 옷은 모조리 젖었다. 옷을 말리면서 딸을 기다리는 게 낫
겠다며 그 집 어머니가 권유해서 도미에는 집안으로 올라갔
다. 어머니는 종종 곁에서 챙겨주면서 한동안 오지 않은 이
유를 묻기도 한다.

신문 기사의 이야기를 피하면서 도미에는 묻지 않고 있었
지만 어머니가 말을 꺼냈다.

"그런 일이 신문에 나왔더군요. 그 애도 화가 나 있어요.
어떻게 된 일인지 저쪽에서 유학을 보내주겠다는 이야기로
벌써 정리된 듯한 말을 하고 있어서요."

"저쪽이라면 지하야입니까?"
라고 도미에는 놀란다.

"예, 무슨 일인지 모르겠지만 나이 든 사람하고 가는 것이
괴롭네요."

어머니는 벌써 눈이 젖어 있다.

"훌륭하게 된다면 좋지만 닷새나 열흘 만에 왕복할 수 있
는 곳도 아니고…… 그렇지요?"

도미에는 끄덕였다. 어머니도 그 뒤로 입을 다문다.

비가 더욱 세져서 근처의 함석지붕이 시끄러운 소리를 내
고 있다.

도미에는 지하야가 어떻게 유학비용 등을 댈지 수상하게

생각했다. 그것에 관해서는 미와를 의심해 보거나 지하야와
어떤 관계가 있는 것은 아니었던가 하는 등을 생각하며 쉽게
이해되지 않는 사이, 날은 저물었다.

미와는 아직 돌아오지 않았다. 지하야와 만날 약속이 있어
서 나갔지만 늦어질지도 모르겠다고 어머니가 말한다. 자신
때문에 수고하고 계신 것이 미안하고 언제까지 기다려도 끝
이 없을 테니까 우산을 빌려서 도미에는 미와 집을 나왔다.
도중에 만날 수도 있을까 하고 주위를 살폈지만 닮은 사람도
만나지 못했다.

신문기사가 유학비용을 대줄 만큼 지하야에게 약점이라고
는 생각되지 않는다. 미와는 그 기사를 이용한 것이리라. 상
처 입은 명예 배상금액이 유학비용일지도 모른다. 그렇지 않
으면 신문기사가 사실일지도 모른다고 생각하니 도미에는
역겨웠다.

어쩐지 미와와는 멀리 떨어져 버릴 것 같은 기분이 든다.
자신과 마주한 적진 속에 미와가 서 있는 듯이 느껴졌다.

기리토오시가미切通し上에서 내려서 자신의 '진니'을 무대
에 올리는 극장 앞으로 가 보았다.

비는 그치고 간판의 틀만이 외롭게 젖어 있다. 입구를 막
은 철문이 영원히 열리지 않을 것처럼 녹슬어 보인다. 자동
차와 마차가 운집하고, 무대로 나올 듯이 분장한 아가씨들이

소매를 말고 들어가는 개장중開場中의 모습은 그려지지 않는
다. 천고의 기념건축인지 뭔지의 형태처럼 무겁고 거북하고
새까맣게 보였다. 마주한 찻집의 닫힌 문의 처마에 꽃무늬
포렴이 엷게 걸려 있었다.

도미에는 잠시 서 있었지만, 어쨌든 여기서 신파新派의 일
류一流라고 불리는 배우들이 자신의 작품을 위해서 심신을
수고하고, 다시 그것을 많은 사람들이 보러 와서 진지하게
비평을 하겠구나 하고 생각해 보았다. 그래서인지 마음이 들
뜬 듯한 자긍심도 맛볼 수 없었다.

겨우 신파 배우의 일원이 된 것을 스스로 웃고, 이번 신문
기사를 좋은 구실로 해서 지위도 이름도 없는 여자의 몸으로
구미欧米로 날아갈 행복을 만든 미와를 도미에는 장하다고 생
각했다.

확연하게 스스로 길을 만든 그 사람의 눈이 어둑한 극장
앞에 비친다. 몇 년인가 뒤에 여배우학교에서 주목받는 여배
우도 나오지 않고, 봄고사리처럼 일렬로 쑥쑥 머리를 내민
신인 여배우가 아직 다 자라지 않은 사이에, 서양에서 명성
을 얻고 또 평판이 훌륭한 미와를 일본에서 맞이하게 될 날
의 모습이 도미에에게 보인다.

도미에는 옛날 길로 돌아서 왔다. 거기에서 우에노上野까
지 걸었다.

큰 손으로 달을 잡은 구름이 그 손바닥을 폈다 오므렸다 하는 하늘이다. 도미에는 빌린 우산을 귀찮아하면서 야마노테센山の手線의 전차 정류장으로 들어갔다.

전차 안에서 프록코트를 입은 남자와 하카마를 입은 남자가 서로 신기한 듯 얼굴로 마주 보고 인사를 하고 있었다. 도미에는 그 옆에 앉았다. 그 남자의 이야기 속에

"저쪽의 전차는 더러워요."

라고 한 말이 도미에의 귀에 들어왔다. 저쪽의 전차란 것을 서양의 것으로 해석하고 들으니 묘하게 가슴이 두근거렸다.

차장이 짐 번호를 하나하나 수첩에 기록하고 있다. 터질 것 같은 화산맥 위에 서 있는 기분이 들게 하는 음향이 전차 바닥 아래에서 나고 있다. 도미에는 불안한 눈으로 자신의 발아래를 바라보고 있었다.

도미에는 소메코가 있는 곳으로 갈 작정으로 전차를 탔지만 소메코의 집에 도착할 때까지 소메코를 생각하지 않았다.

사방이 캄캄한 심야에 삭막한 집에서 소메코의 호흡을 생각했을 때 갑자기 그 사람이 그리워졌다.

뒷문으로 숨어서 주방출입문으로 돌아갈 때까지 집안사람은 누구도 도미에가 온 것을 알아채지 못하고 있었다.

"오규노 씨입니까?"

전등을 앞에 내밀고 나오며 노파가 그렇게 말했다. 백발이

등불에 그늘져 흔들리고 있었다.

"아가씨는 집으로 돌아가셨습니다."

라고 미안해하며 다시 말했다.

병이 심해져서 오늘 낮 어머니가 데리고 아카사카赤坂의 본가로 돌아갔다고 했다.

"심하다니, 오늘 아침엔 아무렇지도 않았는데."

"갑자기 낮부터 상태가 좋지 않았는데 부인이 오셔서 의사가 오려면 시간이 걸린다고 말씀하셔서서요……."

도미에는 낙담하며 부엌의 발판에 앉았다. 등불이 켜져 있지 않은 구석에서 소메코의 목소리가 들리는 것 같다.

친절하게 노파는 제등을 켜 주었다. 다바타田端의 정차장으로 되돌아갔을 때는 벌써 8시를 넘기고 있었다.

지친 도미에는 오한이 나고 목덜미에 소름이 돋는 것을 피부가 죄어들 정도로 스스로 느꼈다. 소메코의 상태를 조목조목 물어도 노파의 입에서는 아무것도 얻을 수 없었지만 단지 노파는 이렇게 말했다.

"모든 게 당신 때문입니다. 반드시 오늘은 당신이 온다고 약속을 하셨다고, 소메코 씨가 기다려야 한다고 말씀하시니까 부인은 어디로 오게 해도 같다고 하셔서서요……."

전차가 오자 도미에는 겁먹은 듯한 발걸음으로 탔다. 단풍놀이를 마치고 돌아가는 사람들로 만원을 이루어 젖은 단풍

잎이 도미에의 얼굴에 닿았을 때 깜짝 놀랐다. 열이 난 것이라고 스스로 자신의 몸을 살폈다.

형부 집으로 돌아가는 것이 싫었지만 밖에서 잘 만한 친한 집도 없는 도미에는 하는 수 없이 다시 단스마치簞笥町로 돌아갔다. 집으로 들어갈 때 양손을 문에 걸치자 그제야 비로소 빌린 우산을 다른 집에 두고 온 것이 생각났다.

오키소에게 묻자 쓰마코는 자고 있다고 했다. 오키소는 풍자만화를 시즈코에게 보이며 놀고 있었다.

“아직 안 잤어?”

“아버지 안 오셨어.”

라고 걱정스런 얼굴을 이모에게 향하고 시즈코는 엎드렸다.

도미에는 자신의 방으로 들어가 안심하면서 어둠 속에 망연히 서 있으니 오키소가 놀란 모습으로 전등을 들고 왔다. 걱정하며 전등대를 잡고 있는 오키소의 빨갛고 두꺼운 손이 도미에의 지친 눈에 어쩐지 매우 크고 기분 나쁠 만큼 명확하게 보였다. 그리고 그 손에 자신의 눈이 점점 빨려 들어갈 것 같아서 도미에는 놀란 모습으로 옆으로 눈을 옮겼다. 옮긴 곳은 캄캄하다.

어느 샌가 오키소는 이부자리를 봐 주었다. 멍히 벽에 기대어 있던 도미에 옆으로 와서 작은 소리로

“안녕히 주무세요.”

라고 갈하고 가버린다. 도미에는 옷을 벗지도 않고 그대로 이부자리 속으로 들어갔다. 베개에 머리를 대자 깊은 땅속으로 자신의 몸이 잠겨 가는 듯했다. 머리를 움직일 수 없을 정도로 무거워졌다. 도미에는 아무것도 생각하지 않고 단지 자신의 두뇌가 가장자리에서 중앙으로 조금씩 마비되어 갈 것만 같은 기억으로 잠들었다.

갑자기 신음하는 남자의 소리에 눈을 떴다. 꿈에서 막 깨어난 도미에는 가슴이 찢어질 정도로 쿵쾅거리고 있었다. 남자의 신음소리가 더욱 가까이 귓가에 울리고 있는 것 같다.

"그럼, 너 좋을 대로 해."

이것은 확실히 들린다. 그것은 형부의 목소리였다. 계속해서 언니의 우는 소리가 들렸다. 일어선 것인지 어떤 것인지 다다미를 강하게 밟는 소리가 났다. 바로 이어서 오키소의,

"어머, 어머."

하는 소리가 났다.

도미에는 가만히 이불속에서 몸을 오므리며 숨을 참고 있었다.

그 후 거실은 조용해졌다.

도미에는 한숨 푹 자고 일어났으나 몸에 열이 나서 불에 타는 듯이 뜨거웠다. 다바타에서 돌아오는 길이 매우 힘들었

던 것이 불현듯 생각나서, 이렇게 편안히 이불 속에서 쉬고 있는 것이 마치 특별히 얻기 어려운 행복인양 기쁘게 생각되었다. 도미에는 몸부림치면서 열이 나는 한 손을 잠옷의 차가운 한쪽 소매 안으로 넣었다.

<h1 style="text-align:center">17</h1>

도미에는 병이 났다. 아침밥도 먹지 않고 이부자리를 벗어날 수가 없었다. 오키소는 부엌일이 바쁜지 잠시도 얼굴을 내밀지 않고 있다. 쓰마코는 보러오지 않았다. 도미에는 가끔 불편하게 눈을 떠서는 다시 깊이 잠들었다.

오키소가 낮에 달걀을 갖고 왔다. 뭘 먹지 않으면 몸이 지친다는 게 오키소의 주의였다. 도미에는 먹고 싶지 않았다. 잠이 깨서 먼저 화장실로 갔을 때 오키소는 도미에의 잠옷이 땀에 절어 있는 것에 놀랐다.

"너무 심하게 아픈 것 아니에요?"

라고 오키소는 다시 가만히 도미에의 얼굴빛을 살폈다. 도미에는 발이 뜬 것 같은 기분이고 툇마루에 비친 햇살에 눈이 아팠다.

다시 이부자리로 들어가려고 하자 오키소는 지난밤의 편지를 책상 위에서 꺼냈다. 소메코로부터였다.

"너무 심하게 아픈 것 아닌가요? 힘들지 않아요?"

라고 오키소는 덧붙여 묻는다. 도미에는 단지,

"그렇지도 않아."

라고 말할 뿐 소메코의 편지를 읽었다.

꺼내 온 베개에 헝클어진 머리를 붙이자 오키소는 도미에의 잠옷을 가지고 와서 갈아입히려고 했다. 도미에는 차가운 것이 피부에 닿는다고 생각하는 것만으로도 몸에 소름이 돋는 것 같아서 싫었다. 그러면 따뜻하게 해서 주겠다고 하고 오키소는 나갔다.

바로 오키소는 모리타守田의 후리다시*를 뜨겁게 하여 찻잔에 넣어서 가져와 주었다. 도미에는 뜨거운 김에 약의 향내를 맡으면서 찻잔의 가장자리와 끈에 손가락을 걸어서 싫은 듯이 마셨다. 오키소는 바로 다시 잠옷의 온기가 빠져나가지 않도록 말아서 안고 온 것을 도미에에게 입힌다. 도미에는 잠깐 옷을 벗은 사이에도 벌써 온몸이 차가워져 오한을 일으키고 있었다. 피부에 천이 닿는 것이 바늘로 찌르는 것처럼 생각되었지만 이부자리에 들어가자마자 바로 나른할 정도로 열이 나서, 쏟아지는 잠이 도미에의 몸을 빨아들이듯 금방 잠들어 버렸다.

---

* 후리다시(振出し) : 조그만 베주머니 등에 넣고 뜨거운 물에 담가 흔들어서 우려내어 마시는 약.

자고 있는 사이에도 사람이 왔다갔다한 것은 기억이 났다. 언제나 오키소인 듯했다. 한번은 자신이 그 이름을 부른 것 같기도 했지만 들어온 사람은 자신의 자는 얼굴을 보자 당황하며 나갔다.

잠시 후 눈을 떴을 때 옷이 땀에 흠뻑 젖어서 몸을 조이고 있었다. 도미에는 낮은 목소리로 오키소를 불렀다. 오키소는 금방 왔다.

"더운 물을 줘."

오키소는 더운 물을 가지러 갔다.

그것을 갖고 오면서 약도 함께 가져 왔다.

"뭔가 먹지 않으면 안 되잖아요?"

"먹고 싶지 않아."

도미에는 일어나서 몸을 문지르면서 아프다고 말했다.

"밤에 진찰을 받는 게 좋겠어요. 야마자키山崎 씨를 부르는 것이 좋겠다고 주인님이 아까 그렇게 말씀하셨습니다."

"의사 말이지."

그렇게 말하고 나니 언니는 자신의 병에 왜 조금도 관계치 않는 것인지 이상하게 느껴졌다. 누구보다도 소란스럽게 많이 걱정할 사람이 말도 걸어 주지 않는 것이 수상하게 생각되었다. 도미에는 어제 낮의 논쟁이 이렇게까지 뿌리 깊은 것인지 생각지도 않았다.

“언니는 뭘 하고 있어?”

도미에의 질문은 가벼웠지만 오키소는 답변이 어렵다는 얼굴을 하고 가만히 있었다. 오키소는 도미에의 말 속에 언짢음이 묻어 있음을 알고는 꺼렸던 것이다. 쓰마코는 도미에가 자고 있는 것이 자신을 대하기가 머쓱해서 꾀병을 부리고 있는 것이라고 아까 오키소에게 말했다. 오키소는 료쿠시의 일을 도미에에게 말하고 함께 화를 내려고 생각하고 있었지만, 도미에의 말이 어쩐지 화를 내고 있다고 생각이 들자 말하고 싶은 것을 그만둬 버렸다. 그밖에도 재미없는 것을 말하는 것도 마음 아파서 아무 말도 하지 않았다. 도미에도 듣고 싶어 하지 않았다.

밤이 되자 오키소가 어젯밤처럼 그림자를 만들며 손전등을 두고 간다. 도미에는 어젯밤 전등 빛을 봤을 때의 불쾌감을 생각해 내고 오늘 밤은 그것보다 기분이 나아진 것 같다고 생각했다.

다음날 도미에는 일어났다. 공허한 곳을 이제부터 채워갈 거라는 희망이 있어서인지 병이 나은 후의 힘 빠진 몸은 오히려 병 때문에 크게 힘이 없었던 때의 몸보다도 괜찮은 상태였다. 하룻밤을 잔 다음날인 오늘은 한 달이나 두 달이나 앓고 나서 한참 만에 일어난 듯한 즐거움을 도미에는 맛보았다.

거실에서 언니와 얼굴을 마주했지만 쓰마코는 입을 열지 않았다. 쓰마코는 경대 앞에서 머리를 빗고 있다. 도미에는 그 뒤에 서서 한동안 말없이 보고 있었다.

“이모는 자고 있었지?”

라고 시즈코가 앉은 채로 도미에에게 묻는다.

“시즈코, 어른이네.”

도미에는 고개를 숙이고 미소 지었다. 거기에,

“오늘 아침은 죽으로 할까요?”

라고 오키소가 물으러 오자

“편한 환자네.”

라고 언니는 냉소하면서 말한다. 도미에는 언니의 어깨 너머 거울 속의 창백한 얼굴을 바라보았다.

“죽도 과분하지.”

도미에는 언니의 말을 농담으로 받고 자신의 방으로 갔다.

습한 방은 처마의 그림자마저 차갑게 느끼게 했다. 도미에는 장지문을 닫고 가슴팍에 손을 넣고서 그 장지문에 기대어 있었다.

흐리게 비친 장지문 종이 색과 같이 도미에의 마음은 우울하고 외롭다. 이렇게 변함없이 자신의 방에 같은 다다미의 색을 쳐다보고 있는 것조차도 괴로울 만큼 자신 주변의 것이 모두 싫증나기도 한다. 어쩐지 지금 같으면 급히 변할 사건이 실제로 일어난다면 만족스러울 것 같기도 하다. 바람을 맞아도 한기를 느끼지 않게 된 그 상쾌함을 기뻐한 것은 아침뿐이었다. 그때는 익숙한 것까지 새롭고 신기하여 무엇을 봐도 눈에 환희가 가득 차 있었지만 몸이 예전으로 돌아감과 함께 한때 피고 진 꽃처럼 마음도 예전으로 돌아와 평소의 외로운 마음으로 되어 버린다. 도미에는 그냥 곰곰이 생각에 빠져 있었다.

평소라면 과자를 준비해 언니가 부르는 시간이었다. 무엇 때문에 자매는 불화가 되어 말도 섞지 않는 것인지 그것이 안타까웠다.

도미에는 거실로 나갔다. 쓰마코는 신문을 읽고 있었다.

도미에는 평소대로의 모습으로,

"이제 간식시간이잖아?"

라고 태연히 웃으면서 물어 보았다.

"그래."

쓰마코의 답은 그것뿐으로 분을 바른 목덜미를 빼고 부드러운 한 손은 신문 위에 올려놓고 있다.

"바보 같아. 싸워도 웃기잖아? 내가 뭘 어떻게 했다는 거야?"

쓰마코는 가만히 있다. 읽고 있는 기사 중에 재밌는 것이라도 있다는 양 혼자 웃고 있다.

"싫은 얼굴을 서로 하고서 뭐가 재밌어?"

"조금도 재밌지 않아."

쓰마코는 갑자기 그렇게 말하고 몸을 일으켰다.

"그럼 평소처럼 하면 되잖아? 언니는 태평스러워."

"태평스럽다마다. 태평하니까 하루라도 살 수 있는 거지."

"질투만 하면 그것으로 충분하니까 태평하지. 형부를 위해서 화장하고, 형부를 위해서 화내고 울고 있으면 그것으로 충분하니까. 언니의 안중에 동생 따위는 없지."

"돌봐야 하는 동생은 필요 없어."

"필요 없어도 버릴 수도 없잖아."

두 사람은 언쟁을 했다. 쓰마코는 기에를 대할 때와는 달리 도미에에게 노골적으로 자신의 추측을 내보일 수는 없었다. 쓰마코는 자신의 의심을 풀기 위해서 일전에 외박한 곳을 묻고 싶었지만 자신의 가슴속을 다 보일 듯한 기분이 들어 그것조차 물을 수 없었다. 그렇다고 해도 쉽게 동생에게 털어놓을 수도 없었다. 단지 어딘가 개운하지 않은 어투라서 기분이 나아지지 않았다.

따로따로 될 거니까, 하며 도미에는 말을 꺼냈다. 그리고 그런 작은 다리 기둥 아래에서 휘돌고 있는 회오리 속에 자신도 빨려 들어가는 것은 싫다며 웃었다.

"그것으로 됐어. 그렇게 뭐든 좋아하는 것만 하는 거야."

쓰마코는 이렇게 말하고 화로에 올려놓은 냄비 속의 우유를 휘저었다.

18

이삼일 도미에는 자신의 방에 처박혀 지냈다.

집에 있는 것이 싫지만 그렇다고 어디 갈 곳을 생각해 보면 다땅히 갈 곳도 없었다. 소메코를 만나보고 싶었지만 그녀를 만나려고 하면 이런저런 순서대로 먼저 다른 사람들을 만나야 하는 것이 귀찮았다. 그 때문에 소메코의 문병을 갈 마음도 없어져 버렸다.

해질녘이 되어서 비가 추적추적 내리기 시작했다. 집에 있는 사람은 모두 솜옷을 입고 오늘의 추위를 이야기하고 있다. 도미에 방으로도 화로가 들어왔고, 방방마다 장지문을 닫는 소리가 겨울나기 준비의 하나처럼 울린다.

도미에는 코트를 입고 집을 나왔다.

전차를 타자 비에 젖은 사람이 구석구석에 앉아 있는 모습이 추워 보였다. 감기가 다 낫지 않은 몸이라 피부에 닿는 차가운 바람도 기분 좋지 않았다.

도미에는 아즈마로 갔다.

가게의 여종업원 두 사람만이 놀러 와 있고 한 사람은 샤미센을 켜고 있었다. 기에도 윤기 나는 머리칼을 묶은 머리로 노래를 부르고 있었지만 도미에가 오자 모두 금방 멈추고 가게로 들어갔다.

"쓰마코에게도 질려버렸어."

갑자기 오라치お琦는 도미에에게 그렇게 말했다. 오라치는 뭔가 생각하면서 튕기고 있던 주판을 옆에 두고 무릎 위에 장부를 소리 내며 덮는다.

도미에는 오랫동안 만나지 못했던 집의 사람들이 모두 그리웠다. 기에를 불러서,

"변함없이 잘하네."

라고 한다.

"이 애는 벌써 식구 중에서 제일 잘하지."

기에는 가만히 웃고 있다. 그 웃는 얼굴이 도미에에게는 달리 보일 정도로 어른스럽게 보였다.

"도미에가 좋아하는 금옥당金玉糖이 있었지. 꺼내와."

"예."

기에는 대답까지도 평소와 달랐다. 과자상자 옆에 앉아서 얌전하게 물건을 꺼내는 모습을 도미에는 무슨 실험을 지켜보는 눈으로 찬찬히 본다.

기에가 입은 하오리의 소매는 변함없이 길고, 가는 목덜미에는 언제나처럼 화장분이 두껍게 칠해져 있다. 하지만 과자

를 큰 그릇에서 작은 그릇으로 옮기는 익숙한 손놀림과 젓가락을 맞추면서 상자 안을 원래대로 정리한 후 유리문을 잘 맞춰 닫고 과자그릇을 쟁반채로 들고 일어선 모습까지 평소의 기에와는 완전히 달라져 있었다.

"언니, 하나."

기에는 다시 그렇게 말했다. 도미에는 대답할 틈을 놓쳤다. 그리고 그저 기에의 얼굴을 쳐다보고 있었다.

"그 이후로 쓰마코는 어때?"

으라치가 묻는 말에 도미에는 대답하는 것이 괴로워서 자신도 병이 나서 언니의 상태는 전혀 모르고 언니가 여기 온 것도 모르고 있었다고 말했다. 그리고는 기에의 변한 태도를 보려고 그것만 생각하고 있었다.

오라치는 쓰마코가 여기로 왔을 때의 모습을 자세하게 도미에에게 말했다. 도미에 이외에 그것을 듣고 싶어 하는 사람은 오라치의 지인 중에는 없었다. 이야기해 봤자 신문의 3면기사라도 읽고 재밌어 할 사람뿐으로, 오라치의 입장을 동정하거나 기에를 불쌍히 여기거나 그 사건에 분별력을 가지고 대답해 줄 사람은 한 사람도 없었다. 도미에라면 자신이 위로받을 만큼의 대답을 해줄 뿐 아니라 도미에는 도미에만으로 자기에게 말하고 싶은 불평도 있을 거라 생각했다.

하지만 도미에는 그다지 오라치가 격할 정도로 언니에 관해 이것저것 말하지도 않았다. 더욱이 그 일로 자신까지 이상한 오해를 받고 아직 사이가 좋지 않다는 사실조차 조금도 말하지 않았다. 도미에는 오라치뿐만 아니라 누구에게도 그런 부끄러운 일은 말하고 싶지 않았다.

기에는 단정하게 가만히 앉아 두 사람의 이야기를 듣고 있었다.

요 며칠 사이에 이렇게 태도가 바뀐 이유가 도미에는 궁금했다. 어떤 일에 관해 심한 잔소리라도 들었는지도 모른다. 기에는 투정을 부렸지만 나이에 어울리지 않는 노숙한 면도 있는 아이다. 기에는 심한 질타 때문에 일부러 아이다운 면을 버렸는지도 모른다고 생각했다. 이 잔소리도 형부와의 관계 때문이라고 판단했다.

“기에는 꽤나 어른스러워졌네. 뭔가 약이라도 먹은 것처럼 보여.”

도미에는 기에의 순수한 면이 없어진 것이 불만이라 일부러 비꼬아서 말했다.

오라치는,

“그렇지도 않아. 도미에가 있으니까 잠시 내숭을 떠는 거야. 금방 본색을 드러낼 거야.”

라며 크게 웃는다. 기에는 찌르는 것처럼 턱을 옷깃에 문지르면서 아래를 본다. 도미에에게는 그것이 매우 불쾌한 태도로 보였다.

도미에는 기에 때문에 흥이 깨졌지만 그래도 오늘 자신이 온 이유를 오라치에게 말했다. 오라치는 눈썹을 모아서 쉽지 않은 것을 캐묻고 있는 듯한 얼굴을 하고 있었지만,

"왜 혼자 따로 살려고 생각하는 거니? 집에 무슨 일이라도 생긴 거야?"

라고 혼자 산다는 것의 옳고 그름보다도 우선 이유가 궁금하다.

"그렇지는 않아요. 단지 혼자 사는 게 재밌을 것 같아서요."

"재밌다니, 젊은 여자가 혼자서 가계를 꾸릴 수도 없고 하숙도 할 수 없고, 그런 집에 사는 건 세상에서 밀린 사람이 하는 짓이야. 네가 살 수 있는 입맛에 맞는 집이 없진 않겠지만 그것만은 잘 생각하는 게 나아, 도미에. 안 되면 우리 집으로 와."

도미에는 그것은 싫었다.

"집을 가지는 정도라면 저라도 할 수 있어요. 단지 집의 일을 봐주는 노인은 없겠지요?"

이것이 도미에의 이유라니 오라치는 화가 났다. 친절하게 말해주는 것을 거절하고 자신의 말이 끝까지 옳다고 하는 태도가 오라치에게는 건방지게 받아들여졌다.

“없지도 않겠지. 왜 그렇게 혼자서 생활하려고 하는 거야?”

도미에는 끄덕이고 있다. 이런 사정이니까 별거한다든지, 별거하려면 어떻게 하면 좋을지, 도미에가 상담을 하지 않으니 오라치도 재밌는 대답을 할 수 없었다. 오라치는 그렇다면 빨리 사람을 고용하는 게 낫다고 하며 얼굴빛이 금방 변했다.

하지만 웃는 얼굴로,

“도미에처럼 이유도 말하지 않고 그저 그렇게 하고 싶다고 하면 상담을 할 수 없잖아. 왜 혼자가 되고 싶은지, 그걸 알면 나도 힘이 될 수 있을 텐데.”

라고 힘겹게 말했다. 도미에는 이제 그 이상은 부탁하지 않았다. 그래서 이야기는 다시 쓰마코의 일로 되돌아왔다.

“정말 나는 맘대로 독설을 퍼부었어. 친척이나 마찬가지니까 부끄럽지 않다고 생각해서 그랬겠지. 기에도 한소리 들었어. 너 미친 거냐고 하니까, 미쳤다고 말했어. 미치광이를 상대하고 싶지 않으니까 빨리 돌아가 달라고 하니 울어버리는 거야.”

“지병이니까 할 수 없지만 참으로 곤란해.”

“도미에도 언니와 사이가 나쁜 것은 아니니?”

도미에는 마음을 털어놓지 않았다.

그날 밤 도미에는 처음으로 아즈마의 집에서 묵었다. 지금까지 묵은 적이 없는 도미에가 오라치의 권유대로 묵겠다고 말해서 오라치는 매우 기뻐했다. 오라치는 도미에와 친해지면 친해질수록 만족함으로 오늘 밤도 이불선택에까지 목소리를 높여 가며 집안사람들을 바쁘게 할 정도로 수선을 피웠다.

<h2 style="text-align:center">19</h2>

다음 날이 되자 한동안 이렇게 여기서 지내는 것이 어떤가 하고 오라치는 권유했다. 결코 공부와 소설에 방해가 되지 않도록 조심할 테니까 괜찮다면 머물러도 괜찮다고 말한다. 오라치는 도미에를 집에 묵게 하고 다른 사람에게 자랑도 하고 싶었다. 그만큼 오라치는 도미에를 존경도 하고, 세상눈을 두려워하지 않는다는 것을 알고 있다. 이미 연극으로 알고 있는 말더듬이 마타헤*와 히다리진고로** 등의 명인들은 세상일에 어둡다는 것을 본보기로 하여,

---

* 마타헤(又平) : 인형분라쿠(文楽)의 하나로 말더듬이 마타헤이에서 온 명칭. 순박하고 사람을 좋아하는 어수룩한 역에 사용된다.

** 히다리진고로(左甚五郎) : 에도시대 초기에 활약했다고 전해지는 조각장인. 라쿠고(落語)와 강담(講談)으로 유명하고 히다리진고로작이라고 전해지는 작품도 각지에 있음. 강담에서는 다른 직공의 질투로 오른팔을 잃어서 왼손으로 썼다고 하여 히다리(左)라는 성을 붙였다는 설도 있음.

"어떤 것에도 굴하지 않고 다른 사람보다 먼저 깨친 사람
은 모두 저렇다."

라고 오히려 감동하는 쪽이었다. 그래서 자신의 집을 편하게
여기며 맘대로 하게하여 보살펴주는 쪽이 기쁘지만, 기에가
보고 싶어서 이렇게 자주 오는 것만으로는 만족할 수 없었
다.

언니와 헤어지려고 한다면 이 집으로 오는 편이 낫지만 그
저 혼자가 되고 싶다고 한다면 다시 상담해야 하는데, 그것
에 대해 도미에는 조금도 자신의 생각을 말하지 않는 것이
견딜 수 없이 답답했다. 아침에 한 이야기는 그런 것이었지
만 오후가 되자 도미에는 오라치에게 게다를 빌려 기에를 데
리고 집을 나왔다.

긴자에서 물건을 사려는 것이다. 도미에는 기에에게 뭔가
사주고 싶어서 두 사람은 놀면서 벽돌 길을 걸었다.

기에는 이것도 갖고 싶고 저것도 갖고 싶다고 염치없이 말
을 했다. 오라치의 옆에 있을 때와는 달리 어딘가 여유가 생
긴 얼굴이 예쁘게 보였다.

"기에는 뭐든 갖고 싶으면 어머니가 다 사주니까 좋겠네."

"아무리 사줘도 아직도 갖고 싶은 것이 있는 걸."

도미에는 그 말투가 우스웠다.

두 사람은 사에구사三枝로 들어가 꽃비녀를 샀다. 흰색 큰

꽃 비녀로 아직 이런 것을 꽂고 싶어 하는 모습이 귀여웠다.
두 명의 견습예기가 시마다에 꽂을 엷은 분홍색 조화를 같은
크기로 만들고 있는 것을 기에는 보고 있었지만, 그들의 얼
굴을 보고나서는 자신의 용모를 자랑하듯 얼굴을 옆으로 향
해 쳐다보았다. 그것을 도미에는 가만히 위를 쳐다보았다.
그곳을 나오자 도미에는 어슬렁어슬렁 신바시 쪽으로 향했
다. 기에는 박품관*으로 들어가자고 한다. 도미에는 기에의
부드러운 손을 잡고,

　"좀 더 먼 곳으로 놀러 가자."
라고 말했다.

　"먼 곳이라니, 어디, 우에노上野?"

　기에가 자기가 생각하는 먼 곳을 물어 본다.

　"더 먼 곳. 기차를 타고 갈 만한 곳."

　왕래하는 여자 중에 벌써 목도리를 하고 있는 사람도 있었
다. 갠 날씨에 햇살이 비추고 있었지만 바람이 입술에 차갑
게 닿는다.

　"기차로? 힘들어."

　기에는 조금 놀란 목소리를 낸다. 기에는 가만히 신바시의
정류장으로 들어갔다.

* 박품관(博品館) : 1899년 도쿄 긴자에 백화점 형태로 개업한 일본의 소매상.

도미에는 기에를 데리고 하코네箱根로 가려고 생각했다. 고즈国府津*행의 기차는 발차까지 겨우 15분밖에 남지 않아서 도미에의 마음은 더욱 조급했다. 도미에는 표를 끊고 유쾌한 듯이 기에를 보고 웃었지만 기에는 기분이 상해서 기차 타는 것이 싫다고 우겼다.

"이런 옷으로 그런 곳까지 갈 수 없어. 소문이 나빠질 거야."

기에는 이렇게 말하고 그래도 걸치고 나온 유센지지멘의 하오리를 만지작거려 보았다.

"옷으로 가는 것이 아니야. 뭐든 괜찮잖아."

"나는 싫어, 데리고 가 주는 것은 좋지만 그러면 일단 집에 가서 예쁜 옷으로 갈아입고 가지 않으면 싫어."

어제 형부 집을 나올 때부터 도미에는 하코네라도 가려고 생각하고 있었다. 기에가 원하지 않으면 혼자라도 갈 작정으로 개찰구로 갔을 때 기에는 쫓아 와서,

"금방 돌아오지?"

라고 물었다.

"언제 돌아올지 몰라."

라고 말했는데도 기에는 도미에를 따라 들어갔다. 표를 두

장 끊고 사람들에게 밀려가면서 플랫폼으로 달렸다.

기차 속에서도 기에는 집을 걱정하는 듯한 말은 하지 않았다. 단지 온천에 가는데 이런 옷으로는 안 된다는 것만 되뇌고 있었다. 손에 들고 있는 것이 귀찮아서 아까 산 꽃비녀를 상자에서 꺼내서 머리에 꽂았다. 도미에는 상자를 찌그러트려 창밖으로 던졌다. 마침 오이소 부근의 소나무 숲이 지나쳐 보인다.

기에는 여름 겨울의 온천요양에 익숙해서 기차여행을 신기해하는 모습은 없다. 집에서 발판에 앉아서 장난하고 있는 듯한 자세로 기차에 앉아 몸을 기대고 있다. 유리창에 기에가 꽂은 꽃비녀가 희게 비치며 반짝반짝거린다.

실내에는 다른 한 무리의 손님이 있을 뿐 조용했다. 그 손님들 중 한 사람은 창에 붙어 의자를 다 차지하고 모포를 감싸며 자고 있는 병자 같은 남자이고, 그 남자를 두 여자와 한 남자가 둘러싸고 있었다.

머리를 올린 중년의 여자는 아주 힘차게 보였다. 흰 소맷자락이 짧다. 발이 마비될 것 같아서인지 때때로 앉은 발을 의자 아래로 뻗는다. 새하얗고 작은 양말이 게다를 찾을 때마다 소맷자락이 펄럭이며 감긴다. 담배를 한 대 피우자 꽁초를 그릇으로 받고서, 바로 정중히 담배통에 담배를 넣은 양손을 무릎에 놓고 조금 몸을 구부리고 있다. 말을 할 때 눈

썹을 올리고 목덜미의 머리를 신경 쓰는 것이 예사롭게 보이
지 않았다.

같은 일행의 여자는 이 사람에 비해서 촌스러웠다. 그러나
반지와 옷이 중년 여자에게 지지 않을 정도로 사치스러웠다.
남자는 말투로 보아 두 사람이 부리는 사람 같았다.

병자는 젊은 여자의 남편같이 보였다. 젊은 여자는 일행을
언니라고 부르고 있다. 기에와 마주보는 곳에 있는 중년의
여자는 기에를 반가운 눈초리로 보면서,

"어디에 가시나요?"

라고 물었다.

"하코네요. 비녀를 사러 나온 도중에 갑자기 가게 되어 버
렸어요."

라고 염치도 없이 어리광부리듯 기에는 대답한다. 저쪽의 여
자는 웃고 있었다.

"언니는 이렇게 함부로 하는 사람이에요."

라고 말하고 그래도 도미에의 소매를 붙잡고 있다. 여자는
기에가 말하는 것이 이해되지 않는다는 얼굴로 다시 웃었다.

"거기로 가면 전보를 치는 거야. 오늘 밤은 어머니가 소란
을 필거야."

기에는 오히려 그것이 재밌겠다는 듯이 이렇게 말한다.

"전보를 보면 내 옷을 갖고 금방 올 거야."

기에는 어린 맘에도 이런 갑작스런 일이 재밌게 느껴졌다. 그리고 사람을 놀래주며 소란피우는 것도 즐거웠다.

"언니와 함께 있으니까 잔소리는 안 들을 거야."

라고 마음이 안정되자마자 이렇게 기뻐했다.

고즈에 도착하니 2시가 넘어 있다. 거기에서 전보를 치고 두 사람은 바로 전차를 탔다.

오다하라小田原의 마을은 썰렁하고 모래먼지가 일고 있었다. 기에는 기차에서 내렸을 때 그때야 비로소 도쿄에서 멀리 떨어진 느낌이 밀려와서 불안해졌다. 그리고 매우 추웠다.

"이제 도쿄가 아니네."

라고 외로운 얼굴을 한다. 이제부터 여행하겠다는 결심으로 온 것이 아니라서, 꽃비녀를 사러 나온 그 길을 곧장 옮겨온 것같이도 느껴졌다.

"내일은 돌아갈 거지, 그렇지 언니?"

도미에는 기에와 둘이서 이렇게 아는 사람들이 있는 곳에서 떨어져 여행하면 기에와 친해지고 익숙해지리란 것이 기뻤다.

"언제까지나 놀고 싶지 않아? 언니와 둘이서."

라고 말하고는 기에의 등에 손을 뻗쳤다.

"추워. 하코네는."

기에는 창을 통해서 자신의 작은 이마에 다가온 산을 되돌아
보며 몸을 움츠렸다.

20

온천 여관에 도착했을 때는 이미 전등이 켜져 있었다. 가
방도 없고 갈아입을 옷도 없는 것이 이상하다며 기에는 방
앞에서 웃었다. 이 집은 기에에게도 도미에에게도 익숙했다.
복도로 나와 기에는 아직 완전히 어둡지 않은 산과 하늘을
올려다보고 있었다.

두 사람은 목욕을 했다.

기에는 재빨리 옷을 벗고 욕조 안으로 뛰어 들어가 꺅꺅
하며 떠들었다. 그리고 도미에를 얼간이라며 늦다고 놀렸다.

"단풍이 빨갛게 물들었지?"

기에의 눈에 남은 인상은 여기 올 때까지 산에 빨간 단풍
나무 하나였다.

목욕을 마친 기에의 얼굴은 예뻤다. 흰색과 자색의 띠를
매고 기에는 식사하러 갔다. 속옷의 깃이 볼록하고 둥근 목
에 닿아 있다. 눈의 가장자리가 주홍색을 바른 듯이 발갛게
된 것을 깜박거리면서 기에는 오늘 불현듯 이렇게 멀리까지
온 것을 급사의 하녀에게 이야기했다.

"이것을 사러 나온 거예요."

라고 말하며 꽂았던 꽃비녀를 빼서 여자에게 보였다.

"집에선 걱정하고 있겠네요."

라고 여자는 기에에게 물었다.

"나와 함께 있으니까 걱정 따윈 하지 않을 거예요."

"내일은 제일 먼저 어머니가 달려올 거야. 아마 분명히 이렇게 말할 거야. 도미에도 도미에네. 뭐라고 언질이라도 하고 갔으면 좋았을 텐데 말이야."

목소리까지 굵게 하며 흉내를 내서 도미에도 하녀도 웃었다.

손님이 적어서 방이 비어 있었다. 계곡의 물소리가 때때로 기에의 들뜬 기분을 가라앉혔다.

"좋은 날씨라면 달이 있을 텐데 흐리지요?"

도미에가 묻자 하녀는 식사한 그릇을 내가면서 흐려 있다고 대답했다.

"밖에 나가는 건 싫어. 인형이라도 들고 올 것을 그랬어."

"그럼 다리 근처까지 가는 것도 싫어?"

"내일 해."

기에는 화로 옆에 앉아서 지금 시간이라면 전보를 보고 놀라서 소란을 피우며 내일 출발 준비를 하고 있을 어머니가 눈에 어른거려서 이렇게 말했다.

"다시 목욕하러 갈까?"

"하고 싶으면 하러 갔다 와."

기에는 또 목욕하러 갔다. 뒤에서 도미에는 망연히 액자를 쳐다봤다. 액자는 당시의 유명한 서예가와 문사 등이 비단 천에다 한 자씩 휘갈긴 것이었다. 그 중에 료쿠시의 이름을 찾아내고 신기하게 바라보았다.

기에는 하녀에게 분첩을 빌려서 화장을 하고 왔다.

"언니, 나 이제 도쿄에 돌아가고 싶지 않아."

"하코네에 있을 거야?"

"하코네에만 있을 수는 없지만."

이라고 말하며 기에는 생각하고 있다.

"그럼 어디에 있고 싶어?"

"역시 이런 곳이겠지. 하고 싶은 것 하며 놀고 싶어."

도미에는 자신도 어머니의 피를 받았고, 기에도 자신과 같은 어머니의 피를 받았다고 생각하며 잠시 그 얼굴을 쳐다 보았다.

"나, 어머니가 싫지는 않지만 무서워서 싫어."

기에는 또 그렇게 말했다.

그림이 그려져 있는 그릇의 뚜껑을 열어서 기에는 안을 들여다본다. 갈홍색의 바나나과자에 흰 가루가 뿌려져 있는 것이 쌓여 있다.

톤도의 덧문 밖에서 산기운이 덮쳐오는 것을 도미에가 피부로 느꼈다. 두 사람은 뜨거운 물에 들어갔다 온 흔적의 온기가 달아나지 않도록 몸을 다시 따뜻하게 잠옷 안으로 넣었다. 손바닥과 발바닥에 기름이 올라와서 녹을 것 같은 부드러움을 자신의 피부로 느꼈을 때 둘은 기분 좋게 누웠다.

기에는 계곡의 물소리가 귀에 울려 잘 수 없다며 이불 속에서 뒤척였다. 도미에도 잠들지 못했다.

"나, 꿈꾸고 있는 것 같아. 이곳에 와서 이렇게 언니와 자고 있는 게."

기에는 언니 쪽을 본다. 밝은 전기 아래에 기에의 머리가 검은 그림자를 만들어 베개가 흔들렸다.

"어쩐지 긴자 거리를 걷고 있는 듯한 기분이 들어."

자매는 생모의 이야기를 시작했다.

도미에는 기에와 헤어지고 나서 이렇게 같은 방 안에서 자는 것은 처음이었다.

"기에와 함께 있었을 때는 만날 언니하고만 함께 잤었지."

역시 기에도 그것을 그립게 떠올렸다.

"나는 세 분의 어머니를 가졌어."

세상에도 드문 일이라고 기에는 말한다.

"어떤 어머니가 좋아?"

"글쎄, 진짜 어머니가 제일 좋지만 잘 모르겠어."

기에는 일어나서 옷깃을 만지면서 베개가 불편하다고 짜증을 부렸다. 도미에는 일어나 방석에 자신의 띠를 쌌던 천을 말아서 건넸다. 기에는 목침을 옆에 던지고 언니한테 받은 베개에 깊숙이 머리를 묻고 언니 쪽을 보았다.

"언니와 둘이서 어디로 가버리면 어떻게 될까?"

"언니와 어디라도 갈 거야? 기에는?"

기에는 금방 답을 하지 않았다. 도미에는 소메코를 생각했다. 기에가 소메코라면 왜 두 사람은 이렇게 평생 함께 있을 수 없는 것일까 하고 울었을 거라고 생각했다.

기에가 홍역을 앓았을 때 열에 시달리면서도 도미에를 불렀다. 후처였던 오이요お伊豫와는 조금도 친해지지 않았다. 아버지도 싫어하고 오로지 언니만 좋아했던 이야기를 도미에가 들려준다.

"기에가 다섯 살 때야. 한밤중에 괴롭다고 울기 시작했어. 그러자 내가 이제 30분만 지나면 곧 열이 식을 거니까 조금만 참으면 된다고 하자 내 소맷자락을 붙잡고 그게 언제냐고 물었어."

기에는 킬킬거리며 웃었다.

"기억하고 있어?"

"응, 어렴풋이 기억이 나. 그것보다 화상 입었을 때가 더 선명히 기억이 나."

친구와 방에서 귀신놀이를 하고 있었을 때, 담배합을 엎는 바람에 안에 있는 작은 담뱃불이 기에의 무릎 옆에 붙어버렸다. 그 화상 때문에 매일 붕대를 맨 다리를 뻗고 앉아 있었던 것을 기억하고 있다.

"어렸을 때는 정말 울보였지만, 지금은 그러면 안 돼."

기에는 거만하게,

"어른이 되면 이제 울지 않을 거야."

라고 말하곤 이불 속에서 뒹굴뒹굴거리며 웃었다.

"어른이 되어서도 우는 사람이 있어."

"그럼 바보지."

기에는 졸린 눈으로 도미에의 얼굴을 가만히 보고 있었지만 서서히 눈꺼풀이 무거워져 눈을 껌뻑껌뻑거리면서,

"졸려."

하고 풀썩 머리를 베개에 떨어뜨린다. 도미에는 아무 말도 없이 기에의 잠들어 가는 얼굴을 바라보고 있었다. 앞머리의 아래쪽으로 비스듬히 흰 꽃비녀가 빠질 듯 다다미 위를 향하고 있다. 도미에는 손을 뻗어 꽃비녀를 빼 주었다. 뺀 꽃비녀를 눈앞으로 가져 와서 잠시 기름 향내를 맡았다.

산에는 새소리도 나지 않았다. 점점 겨울로 가는 산의 황량한 모습이 가슴에 스미어 도미에는 쓸쓸한 환영을 그리고 있었다.

21

아침 일찍 두 사람은 온천 근원지로 가려고 했다. 여관의 하녀도 함께 따라 왔다. 추웠지만 아침 햇살이 산을 비추어 상쾌한 기분이었다. 여관은 모두 문이 닫혀 있었고 유리문과 장지문에 낙관의 그림자를 남기고 있는 듯 음산한 집도 보였다.

산골짜기에는 자색의 들국화가 피어 있었다. 폭포까지 오자 몸이 떨릴 정도로 추웠다. 여름에 도시 사람들이 빌려서 사는 집은 문이 잠겨 있고, 울타리에 거의 시든 덩굴이 떨어져 있는 것도 쓸쓸했다.

폭포물이 회색으로 보였다. 기에는 추우니까 돌아가자고 말했다. 기에가 먹고 싶다는 과자를 하녀에게 사오도록 부탁하고 두 사람은 왔던 길로 되돌아가려는 데 뚱뚱한 여자가 인력거를 타고 느릿느릿 길을 올라가는 것이 보였다. 작게 틀어 올린 머리를 자주 좌우로 여기저기 움직이고 있었다.

"어머니야."

기에는 이렇게 외치고 달려갔다. 그러나 인력거는 멈추지 않고 지금보다도 속력을 내서 달렸다. 기에는 발을 멈추고 뒤에 오는 도미에를 기다리고 있었다.

"왜 저렇게 빨라. 첫차로 온 걸까."

"첫차라도 하코네까지는 오지 않아."

두 사람은 서둘러 걸어갔다. 다마노오玉の緒 다리까지 오자 자신들이 묵고 있는 여관 앞에 지금 간 차가 멈추는 것이 보였다.

"어머니가 오셨습니다."

여관의 여주인은 두 사람을 맞이하며 이렇게 전했다. 기에가 총총걸음으로 달려서 2층으로 올라갈 때 오라치는 방에 앉아서 반코트를 벗어 걸고 있는 참이었다.

"일찍 오셨네요."

"일찍 이라니?"

오라치는 이렇게 말하고 한숨을 쉬고 있었다.

"걱정하셨죠?"

도미에는 웃으면서 뒤따라 들어와서 앉았다.

"걱정은 하지 않지만."

오라치는 곤란한 얼굴을 보이는 것조차 싫었다. 어제 전보를 받았을 때는 여자아이들의 변명에 대담하다고 생각하고 화를 냈지만, 지금 이렇게 두 사람의 모습을 보자 물건을 사러 나간 김에 온천으로 목욕하러 왔을 정도로 가볍게 생각되기도 했다. 오히려 어젯밤 7시 50분 기차로 고즈까지 와 있었던 자신이 너무나 허둥대어서 바보스러웠다.

"뭐가 어떻게 되었든, 이 애가 평상복이니까 갈아입을 옷을 갖고 왔어.”

기에는 가방을 당겨 금방 갈아입으려고 했다.

“전보를 보자마자 바로 준비해서 어젯밤에 고즈에 와 있었어.”

“그래서 이렇게 빨랐구나.”

기에는 가방을 열었다. 오라치는 옷을 기에에게 건네고 나서 긴 속옷에 새 유모지湯文字*까지 준비해서 옆방으로 갖고 갔다.

“도미에도 코트도 입고 오지 않아서 추울 거라고 생각해서 갖고 왔어.”

라고 옆방에서 오라치는 말을 걸었다. 도미에는 수고를 끼쳐서 미안하다고 하면서 그곳으로 가서,

“오늘 돌아가실 건가요?”

라고 물어 보았다.

“돌아가지 않으면 가게 일도 안 되고 여자끼리 이곳에 있는 것도 도미에에게 좋지 않으니까 돌아가는 편이 좋아. 이런 곳에 오려면 집 정리를 확실히 해 두고 나서야 올 수 있으니까.”

오라치는 기에의 띠를 묶어 주려고 다시 가방이 있는 곳까

---

* 유모지(湯文字) : 옛날 여성이 목욕할 때 몸에 두르던 옷.

지 갔지만 생각을 고쳐서 안에서 홀치기 염색한 것을 꺼냈다.

"이거."

라고 기에에게 던져 주자 기에가 그것을 후르르 풀어서 빙빙 감았다.

오라치도 작은 상자에서 반지를 꺼내 그것을 기에에게 건넸다. 기에는 언제나 빨간 돌이 박힌 반지밖에 끼고 있지 않았다. 오라치가 건넨 것은 진주가 세 개 박힌 것과 목단을 조각한 두꺼운 것 두 개였다. 기에는 그것을 두 손가락에 낀다. 하녀가 두 사람이나 와서 기모노 입는 것을 도와 주웠다. 그리고 오라치는 기에를 데리고 목욕탕으로 갔다.

도미에는 멍히 있었다. 그러나 오라치에게 반항하며 여기에 혼자 남는 것도 시시해졌다. 도쿄로 돌아가는 것도 시시하다고 생각하면서도 역시 그곳으로 돌아가는 수밖에 없었다. 도쿄로 돌아가서 형부 집으로 들어가는 것 이외에는 도미에의 몸이 머물 곳도 없었다. 도미에는 낙담하여 앉아 있었다.

"오후라면 몇 시 기차가 됩니까?"

오라치는 하녀에게 물으면서 복도를 돌아왔다. 기에가 먼저 들어가 경대 앞에 앉자 다시 가방 안에서 화장도구를 꺼내주었다. 기에는 유카타를 벗고 능숙하게 화장을 했다. 여자는 세면기에 따뜻한 물을 퍼 왔다. 그때 오라치는 춥다며 장지문을 닫게 했다.

"이제 하코네도 별 재미없는 시절이 되었네요."

라고 오라치는 여자에게 말했다.

"그렇지요. 벌써 겨울도 깊어서요."

라고 여자는 미소 지었다.

기에는 손을 씻고 나서 일단 뺐던 반지를 다시 단정하게 하나씩 끼웠다. 여자는 그것을 주시하고 있었다.

4시 반 고즈발의 기차로 돌아가기로 정하고 오라치는 점심밥을 주문했다. 도미에는 묵묵히 있었다.

"기에는 하코네에 와서 재밌었어?"

오라치는 물었다.

"나는 좋았어요."

기에는 명료하게 대답하고 가방 안을 보고 있었지만,

"이런 맛있는 과자가 있으니까."

라고 말하고 종이꾸러미를 꺼냈다.

"오늘 고즈에서 사왔어. 먹어봐."

기에는 종이를 펼쳐서 언니 앞에 놓았다. 설탕이 발린 과자를 집어서 기에는 그 손가락을 입에 물었다.

"어머니, 걱정했어요?"

"연극연습이라고 해서 늦는 건가 하고 생각했더니 전보가 왔어. 처음에는 깜짝 놀랐어. 너무 대담한 행동을 도미에가 했으니까."

도미에는 쓰게 웃었다. 그러나 그것에 관해서 사과할 이유는 없다고 생각해서 아무 말도 없이 있었다. 오라치도 화내는 것 같지도 않았다.

"적어도 갈아입을 옷이라도 가져갔으면 괜찮은데, 이런 복장으로 하코네까지 오다니. 기차는 2등석이었어, 3등석이었어?"

"2등석이야."

"잘도 부끄럽지도 않았네."

기에는 무엇이 우스웠던지 갑자기 웃기 시작했다.

"알몸으로 있는 거나 마찬가지라고 해도 옷을 입고 있었으니 괜찮아요."

오라치도 웃었다. 기에는 꾸밈없는 예전의 기에가 되어 어머니 앞에서도 재롱을 부렸다. 도미에는 그것이 만족스러워 기뻤다.

세 사람은 온천의 근원지까지 걸었다. 기에는 오라치의 주의로 시계까지 끼고 있었다. 흑백 화살깃의 반코트 밑으로 보라와 흰색에 큰 무늬가 그려진 화려한 옷이 보였다. 일이 없는 여관의 사람들은 아름다운 기에를 밖으로 나와서 배웅하며 수군거렸다. 오라치는 으스대는 눈을 빛내면서 걸어갔다.

신바시에 도착하자 7시를 지나고 있었다. 정차장으로는 전보를 받고 마중하러 온 젊은 사람이 기다리고 있었다. 도쿄는 바람이 불고 눈도 바로 뜨지 못할 정도로 심한 먼지가 밤거리에 퍼져 있었다.

도미에는 오라치의 만류로 아즈마로 일단 돌아가기로 했다. 그리고 오라치는 오늘 밤 천천히 어젯밤 도미에가 말한 신변의 이동에 관하여 상담해주려고 했지만 도미에는 오히려 그것이 참견으로 느껴졌다. 하지만 함께 아즈마까지 가기로는 했다.

언제 샀는지 오라치는 선물을 꺼내 모두에게 나눠 주고 있다.

"도미에 덕분에 좋은 보양이 되었어."
라고 말하며 오라치는 크게 웃었다. 가게의 여종업원이 차례로 오라치한테 와서 인사를 했다. 기에는 지친 얼굴도 하지 않고 가방과 자신의 물건 등을 하나씩 구석에 넣어서 정리하고 있었다. 목욕을 하고 있던 아주머니는 그때 목욕을 다 마치고 와서,

"어서 오세요. 피곤하시죠?"
라고 오라치에게 인사를 하고 나서는,

"정말 당신은 보기와는 달리 대담한 사람이야. 나이 찬 여

자아이를 하코네까지 데리고 가다니. 남자라도 하기 어려워
요."
라고 도미에에게 말했다.
　"당사자는 아무렇지 않아도 주위에서 놀라니까 신바시新
橋의 지마지도 크게 걱정했어요."
　"그래, 그 아이는 따라갔나 보지."
라고 오라치는 담배를 피우면서 입을 오므렸다. 언니 집에서
오무쓰를 데리고 갔다고 말하고 나서 노파는 도미에를 찬찬
히 바라보고,
　'도대체 이 자매들은 특이하다니까.'
라고 눈으로 웃었다.
　"도미에는 별개야. 그렇게 말하는 게 좋아."
라고 오라치는 맞장구치지는 않았지만 도미에는 강한 얼굴
을 하고 노파의 얼굴을 다시 보았다.
　도미에는 금방 아즈마의 집을 나왔다. 오라치는 이런저런
말로 만류했지만 도미에는 아자부에서도 걱정한다고 핑계를
대고 돌아갔다. 기에는,
　"안녕."
이라고 말하고는 나오지도 않고 있었다. 도미에가 돌아간 후
조금이라도 어제 일의 잔소리를 가볍게 할 요량으로 도미에
와 소원하게 보이려고 했지만 그것이 도미에에게는 말하고

들리는 것 같이 뻔히 보여 불쌍해졌다.

오늘 오라치가 마중하러 왔을 때 자신과 하코네에서 더 놀고 싶다고 말했다면 얼마나 기뻤을까. 어머니한테 붙을지 언니한테 붙을지의 구별을 확실히 하지 않고, 놀고 싶다고도 돌아가고 싶다고도 자신의 의지를 드러내는 일 없이 그저 화장하고 예쁘게 치장하며 사람들 앞에 나선 기에는 언니와 함께 갔던 것처럼 다시 어머니와 함께 돌아왔다. 도미에는 기에가 밉지는 않았다. 단지 눈앞에서 본 기에의 동작 하나하나가 몸이 불편한 사람이 움직이는 손발처럼 도미에에게는 측은하고 슬프게 생각되었다.

22

집에 돌아오자 오키소는 변함없이 친절한 얼굴로 도미에를 맞아 주었다. 쓰마코는 아무 말도 없었다. 도미에가 방에 들어가서 잠시 지나자 형부 료쿠시가 불렀다. 도미에는 2층 서재로 갔다.

“요즘 자주 집을 비우더구나. 어디를 가는 거니?”

형부는 웃으면서 이렇게 물었다. 붉은붓을 쥔 료쿠시는 책상 앞에서 교정을 하고 있었다. 도미에는 묵묵히 있었다.

“응? 어디로 가는 거야? 언니가 걱정하니까 내가 묻는 거지만 괜찮으면 나만 듣고 말게.”

　형부는 붓을 놓고 담배를 피기 시작했다. 물론 료쿠시는 도미에의 행선지를 수상하게 생각하지는 않았다. 언니 쓰마코보다도 형부가 도미에의 성격을 잘 알고 있었다. 어딘가 산이랑 물이 있는 곳까지 갔을 거라고 추측은 하고 있지만 자신은 쓰마코한테서 이상한 말을 들었기에 그 의심을 풀기 위해서 료쿠시 자신이 도미에가 간 곳을 묻고 있는 것이었다.

　“그런 걸 우리한테 말하지 않으면 다들 걱정하잖아.”
라고 형부는 말했다.

　“미안해요.”

　도미에는 깨끗이 사과하고 이제 다시 그런 걱정은 끼치지 않을 거라고 했다. 료쿠시는 웃으면서,

　“그렇게 말하면 내가 미안하지. 사과할 필요도 없지만 언니한테만은 말해줘라. 걱정하니까.”

　끝말을 묘하게 올리며 료쿠시는 말했다.

　“여행이라도 갔다 왔니?”

　“아니요.”

　두 사람의 말은 그것으로 끝이 나 버렸다. 이야기가 끊어지자 도미에는 자신의 방으로 돌아갔다. 소메코한테 편지가 와 있었다.

쓰루가다이*의 병원에 있다고 했다. 내일 아침 일찍 가기로 하고 도미에는 바로 잠자리에 들었다.

다음날 도미에가 병원에 가려고 집을 나왔을 때 쓰마코는 형부의 여행 준비를 도와주고 있었는데 최근 보기 드문 밝은 얼굴이었다. 쓰마코는,

"오늘도 나가?"

라고 물었다. 도미에는 언니의 얼굴을 신기한 듯 쳐다보며 소메코가 입원했기 때문에 병원까지 갔다 온다고 대답했다. 그러고는,

"형부는 여행가는 거예요?"

라고 물었다.

"당분간 집을 비울 거니까 잘 부탁한다."

라고 료쿠시가 웃으며 대답했다. 도미에는 여행처를 묻지 않고 나오려는데, 쓰마코가,

"빨리 돌아와."

라며 현관까지 나왔다. 신발까지 신경을 써주며,

"만나면 안부 전해줘."

라고 언니는 기분이 좋아져서 입에 발린 소리까지 덧붙였다.

도미에는 병원에서 돌아오는 길에 어디 작은 집이라도 찾

---

* 쓰루가다이(駿河台) : 도쿄도(東京都) 지요다구(千代田区)의 대지 명칭.

아볼 요량이었다. 그리고 계암*에 부탁해서 집안일을 봐줄 노파를 두는 것까지 생각하고 있었지만, 오늘 언니의 모습에 당혹하여 도미에는 집을 찾아서 혼자 따로 살 기분도 잃게 되었다. 언니가 말하는 대로 빨리 돌아가서 오랜만에 자매끼리 얼굴을 대고 이야기해보고 싶었다. 도미에는 걸으면서 언니를 생각하고 있었다.

도미에가 쓰루가다이의 병원에 도착한 것은 10시경이었다. 소메코는 씻으러 갔는지 병실에는 없었다. 집에서 따라 온 노파가 엄숙한 얼굴을 하고 의자에 앉아 있었다.

"문병 오셨나요?"

라고 안내 간호원이 말했을 때 노파는 공손하게 서서 도미에를 맞이했다.

"지금 목욕 중입니다. 앉으시지요."

노파는 이렇게 인사를 했다. 흰 옷깃을 목 언저리까지 내고 있는 것이 도미에의 눈에 들어왔다. 노파는 서서 옆 침실이 있는 방으로 가서 조금 뒤 커피를 갖고 왔다. 탁자 위에는 여러 가지 그림엽서라든지 위문편지라든지 문병 온 사람들이 갖고 온 선물이라든지 명함 등이 정리되어 있었다.

"병이 심한가요?"

* 계암(桂庵) : 고용인 소개업(자).

“아니요, 움직일 수 있을 정도입니다. 이렇다 할 일도 없는 듯합니다.”

“병명은 무엇인가요?”

노파는 고개를 갸웃거리며 깎은 지 열흘정도 된 눈썹을 팔자로 만들며 생각하는 듯했지만,

“잊어버렸습니다.”

라며 겸연쩍은 듯 웃었다.

옆방 문이 열리고 두세 사람의 발소리가 조용히 났다. 노파는 바로 옆으로 갔다. 사이의 문도 꼭 닫고 갔다. 젊은 사람의 목소리가 비단에 스치듯이 사각사각 하고 들린다. 다시 한 사람이 밖에서 들어온 듯 했다. 구두소리도 섞여서 났다. 노파는 한동안 나오지 않았다. 도미에는 이상할 정도로 오래 기다렸다.

맞이하러 온 사람은 간호부였다. 가보니 소메코는 핼쑥해진 얼굴로 침대 위에 일어나 있었다. 노파도 옆에 서 있었다. 간호부가 세 사람 뒤에 있었다. 차려입은 여자가 소메코의 몸을 뒤에서 부축하고 있었다. 문 입구 옆에는 양복을 입은 남자와 젊은 하녀가 나란히 서 있었다. 도미에는 많은 사람들에게 넋을 잃고 입구에 선 채로 멀리 소메코 쪽을 보자 소메코는 웃는 얼굴을 하고 정중히 인사를 했다. 도미에가 머리를 숙였을 때 방에 있던 사람들이 맞춘 듯이 일제히 고개

를 숙였다.

　도미에는 옆으로 다가가도 할 말이 없었다. 도미에는 옆의 사람이 들어도 가식적인 말은 이런 경우에 아무래도 할 수 없었다. 하는 수 없이 도미에는 가만히 그저 소메코의 얼굴을 볼 뿐이었다. 소메코의 눈에는 눈물이 고여 있었다. 차려 입은 여자는 가는 손가락으로 소메코의 머리카락을 뒤로 만지고 있다. 그때마다 향내가 풍긴다. 누구도 한 마디도 하지 않기에 병실에 사람들은 위치에 선 채로 있을 뿐이다.

　그곳에 또 누군가 문병을 왔다. 친척인 듯한 부인이었다. 그 사람은 사람들에게 가볍게 인사하고 성큼성큼 소메코의 옆으로 가서,

　“어때요? 상태는 변함없어요?”

라고 부드럽게 물었다. 하녀가 의자를 두 개 가져와서 침대 옆에 놓는다. 부인은 거기에 앉으며,

　“앉으세요.”

라고 도미에에게 권했다.

　도미에는 소메코에게 말할 기회를 놓쳤다. 부인은 달변가로 세상의 일을 이것저것 이야기했지만, 차려 입은 여자와 소메코의 친척 등과 관계있는 이야기가 많아서 도미에는 마치 타인과 같았다. 소메코는 슬픈 듯한 얼굴로 내내 웃으며 그 이야기에 귀를 기울이고 있는 듯이 보였지만 부인이 옆방으

로 갔을 때,

"언니."

하고 불렀다. 도미에가 서서 옆으로 가자,

"이런 곳에서 실례를 하네."

라고 말하고 묵묵히 있었다. 도미에는 단지,

"맘대로 움직이지 말고 몸조리 잘해. 금방 나을 거야."

라고 위로했다.

소메코의 뒤에 있던 여자는 부인 뒤를 따라서 옆방으로 가 버렸지만 두 사람은 듣는 사람이 없는 이때에도 나눌 이야기가 없었다. 옆방은 소란스러웠고 부인의 웃는 소리가 제일 잘 들린다.

흰 커튼에 아직 아침 햇살이 흔들리고 있다. 그때 비누냄새 나는 간호부가 들어와서 소메코의 맥박을 쟀다. 속에서 여자용 시계를 꺼내려고 가슴을 펴고 있는 것이 도미에 눈에는 안타깝게 보인다.

"주무시지 않으면 안돼요."

라고 간호부는 딱딱한 말투로 말하고 옆에 있는 간호부에게 뭔가를 지시한다. 간호부는 침대 옆에서 표를 들고 건넨다.

소메코는 간호부가 시키는 대로 누웠다. 그리고 그 머리맡에 서서 가루약을 오블라토* 하는 것을 보고 소메코는 이 사람이 하도록 해달라고 부탁했다. 간호부는 웃으면서 그것을 도미에에게 건넸다. 도미에는 오블라토를 물에 띄워서 안에 가루약을 떨어뜨렸지만 능숙하게 그것을 쌀 수가 없어서 곤혹스런 얼굴을 한다. 소메코는 그것을 보고 웃음을 참지 못했다.

간호부가 싼 것을 도미에는 이쑤시개 끝에 걸어서 소메코의 입에 넣었다. 그리고 다시 간호부한테 찻잔을 받아서 소메코의 입가로 가져갔다. 소메코는 다시 일어나 그것을 손으로 받치고 두 모금 정도 마셨다.

문병 온 손님들은 각각 돌아갔다. 그 중에는 노파의 응대만 받고 돌아가기도 했다. 먼저 온 부인은 오늘 하루 간병할 거라고 말하며 신간소설을 갖고 와서 소메코의 머리맡으로 다가왔다. 이곳을 좋은 놀이터라고 생각하고 있는 듯이 도미에에게는 생각되었다.

도미에가 한참 후에 돌아가려고 하자 소메코는 조금만 더 있어 달라고 했다. 부인은 이상하다는 듯이 소메코가 말하는 것을 듣고 있었지만,

"용무가 있으신 것 같은데 오늘은 숙모가 있어줄 테니 함부로 떼를 쓰면 안돼요."
라고 소메코를 말렸다. 소메코는 도미에가 돌아가는 모습을

---

* 오블라토 : 먹기 어려운 가루약 등을 싸는 데 쓰는, 녹말로 만든 얇은 막.

배웅하자 눈에 눈물이 고였다. 도미에는 돌아갈 때 배웅해
준 간호부에게 소메코의 병명을 묻자 간호부는 호흡기병이
라고 대답했다.

23

도미에는 조금도 가고 싶지 않았지만 그날 밤 쓰마코에 이
끌려 신바시의 연예관으로 갔다. 일류의 만담가만 모여 조직
한 무슨 회가 열린다는 것이었다.

이야기 중에 때때로 쓰마코는 소리 높여 웃었다. 함께 온
두 사람이 웃는 것에 정신이 빼앗겨 있었다. 다시 두 사람이
마음껏 웃으며 자지러지는 것이 도미에는 부럽기도 했다.

"재밌는 얼굴이네. 저것 좀 봐."

세 번째 젊은 만담가가 나왔을 때였다. 쓰마코는 이렇게
말하고 킥킥 웃기 시작했다.

"진짜네요. 저 얼굴은 진짜 눈코가 작은 숟가락 같은데
요."

도미에는 두 사람의 이런 평가가 재밌어서 웃음이 나올 정
도였다. 그러나 만담가는 훈련되지 않은 것처럼 보였지만 능
숙했다. 너무나도 만담 같아서, 대화 중에는 일부러 웃음을
섞지 않고 어디까지나 진지하게 풍자적인 것을 늘어놓는 것

이 꽤나 비범한 솜씨로 보였다. 그 이야기 솜씨는 마치 어떤 소설가의 필치와 닮아 있는 듯했다. 사건에서 사건으로의 연결이 자연스럽고, 그래서 다음 사건이 일어나기 전까지 듣는 사람으로 하여금 다음 사건에 대한 흥미를 불러일으키게 하는 점이 능숙하다고 도미에는 감동하며 들었다. 그 외에는 가벼운 것도 있었고 쓰마코나 오키소 같은 사람을 웃게 하는 것도 있었다.

연예관을 나왔을 때 오키소도 쓰마코도 눈을 빨갛게 하여 운 듯한 얼굴을 하고 있었다. 시즈코는 무엇이 재밌었는지 엄마 무릎에서 자지도 않고 있었다. 그곳에서 일행은 전차를 타고 아자부로 돌아갔다.

돌아오고 나서도 쓰마코는 만담의 줄거리를 반복해서 오키소와 실컷 떠들며 웃었다. 어떻게 하면 저렇게 웃을 수 있을까, 도미에는 다시 아까처럼 새삼스레 부러워졌다.

"도미에는 어쩐지 우울해 보여."

라고 쓰마코는 잠자리에 들기 전에 도미에에게 물었다. 하지만 오키소는,

"아직 병이 다 낫지 않아서겠지요."

라며 도미에의 얼굴을 보았다. 도미에는 그 두 사람의 얼굴을 번갈아 보며,

"여러분의 태평스런 모습에는 당할 수가 없네요."

라고 말하며 웃었다.

"뭔가 걱정되는 일이 있는 건 아니야?"

쓰마코는 도미에의 얼굴을 살폈지만, 걱정이라면 혼자서는 하지 않아, 반드시 나눌 테니까 안심하라고 말하며 도미에는 자기 방으로 돌아갔다.

가라앉은 기분을 무리하게 휘저어서 다시 진흙이 고인 것 같아 도미에는 마음이 아팠다. 억지스런 기분으로 도미에는 약한 두통을 느낀다. 오키소는 약이 남아 있을 거라고 하고선 약을 가져다주었다.

이야기 서두에 도리노이치*가 이제 곧이라고 오키소는 말했다. 도미에는 세월 가는 것이 겁날 정도로 빠르다고 생각했다.

"그날에는 꼭 가보고 싶어."
라고 쓰마코가 이 이야기를 듣고 거실에서 말했다.

"언니는 해가 바뀌어도 빨간 댕기."

도미에는 농담 반으로 장난스런 말을 차분해지지도 않는 기분으로 말해 보았다.

"시즈코의 동생이 생길 때까지 빨간 것을 달고 있을 거

---

* 도리노이치(酉の市) : 매년 11월 유일(酉日)에 거행되는 오토리 신사(鷲神社)의 제례 때 서는 장. 복(福)과 부(富)를 긁어모은다는 갈퀴를 비롯하여 여러 가지 행운의 물건을 파는 장이 섬.

야.”

언니는 화내지도 않았다. 그리고 내일은 아사쿠사에서 우에노 쪽으로 시즈코를 데리고 갈 건데 도미에는 가지 않겠냐고 했다. 료쿠시는 오늘 낮에 북쪽으로 여행을 갔다. 형부가 집에 없으니 쓰마코는 외출하는 것이 버릇이 되었다고 도미에는 생각했다.

24

료쿠시의 부재는 쓸쓸했지만 평화로웠다. 쓰마코는 화장을 하고 시즈코를 데리고 외출했다. 도미에는 거의 집에 있었다. 한 번 병원에 다녀온 것뿐이었다. 소메코의 상태는 그다지 좋지 않았다.

평소와 다름없이 소메코의 병실에는 화려하게 치장한 두세 사람이 꼭 나왔다가 들어갔다가 하고 있다. 하녀와 관리인이 예의 바르게 문 앞을 지키고 있다. 도미에는 그것이 싫어서 소메코를 찾아갈 마음이 나지 않았다. 소메코도 그것을 알고 억지로 부르지 않았다. 그것이 다시 도미에에게는 가여운 마음도 들었다. 일전에 병원으로 도미에가 갔을 때,

“얼른 퇴원해서 오이소로 갈 거니까 그러면 나와 함께 있어 줄 수 있어요?”

라고 소메코는 물었다. 도미에는 반드시 갈 거라고 약속했
다. 또 소메코는,

"내가 당신의 진짜 여동생이고, 그리고 가난하여 내가 이
렇게 병이 들었을 때 당신이 그 괴로움 속에서 약을 사오거
나 간병해 주거나 하면 슬플까요, 기쁠까요?"

이런 말을 하고 즐거워하기도 했다.

"만약 죽는다면 나는 이렇게 가난하게 언니 옆에서 죽고
싶어. 나는 이렇게 병원에 있으면서 많은 사람들이 왁자지껄
있어도 역시 죽지 않으면 안돼요."
라고 말했다. 소메코는 울고 있었다. 도미에는 위로할 말도
없어서 아무 말도 할 수 없었다.

그때, 옆에 있던 사람들이 신경을 흥분시키는 것은 몸에
좋지 않기 때문에 도미에를 옆방으로 불러서 다음번에 나아
졌을 때 다시 와달라고 노파가 말했다. 소메코가 만나고 싶
다고, 꼭 와달라고 해서 도미에는 그날 병원으로 달려갔던
것이다. 도미에는 왠지 기분이 나빴다. 노파는 다시 이렇게
말했다.

"당신이 계시면 계시는 동안은 매우 기쁘게 생각하지만,
돌아가고 나면 의기소침하여 평소보다도 더 나빠지기 때문
에 그런 것이 매우 몸에 좋지 않습니다. 이미 병원장의 주의
로 사이좋은 친구 분들의 면회도 삼가도록 하고 있습니다.

마음을 안정시키는 것이 무엇보다 중요하기 때문입니다."

도미에는 소메코에게 인사도 전하지 못하고 노파가 말한 것이 옳다고 생각하고 돌아왔다. 그리고 편지를 보내는 것도 그만두었다. 단지 매일 예쁜 그림엽서에 뭔가를 한 구씩 적어 보내는 것을 일과로 하고 있었다. 소메코한테서는 가끔 흐트러진 글체의 편지가 왔다.

도미에의 기분은 다시 안정되어 그날그날의 날씨에 따라서 콤도 정신도 순리대로였다. 여행 중의 형부에 대해서는 때도 그리워질 때도 있었다. 이즈음 출판된 형부의 작품을 읽었을 때, 다시 돌아볼 가망도 없을 정도로 낡고 빤한 기교의 필치를 보고 도미에는 뒤처진 사람에게 보이는 동정의 눈물이 고였다.

자신은 뒤처져 버렸음에도 아직도 시대에 발맞추어 빨리 보조할 수 있다고 확신하는 사람과, 시대가 진보한 것이 아니타 단지 변천한 것뿐으로 자신의 시대는 단지 조금 앞선 시선 뒤에 있다가 곧 자신의 시대로 돌아올 것이라고 태연하게 있는 사람이 있다. 형부는 그 전자로 뒤처지면서도 자신에 차 있다. 뒤처져 버린 주제에 시대와 나란히 간다고 생각하지만, 나서는 것도 밉지 않아서 좋다고 도미에는 형부에 대해서 이렇게 평가했다.

도미에는 이런 일로 대화 상대 없는 날을 보내고 있었다.

그 사이에 '진니'의 연극이 시작되었다. 매우 많은 사람이 들었다고 한다. 첫날에 도미에는 가지도 않았는데 신문에는 여류각본가 오규노 씨도 왔다고 요란하게 쓰여 있었다.

이삼일 지나자 평이 신문에 났다. 가벼운 작품이지만 여자의 작품치고는 괜찮았다고 하는 평도 있었다. 무리하게 애수를 만들어낸 곳이 있어서 좋지 않았다는 것도 있었다. 반면, 장마다 변화가 있고 매우 재밌다, 대단원에 소나무 숲 장면 등은 배우의 기량과 잘 맞아서 매우 훌륭하다고 칭찬하는 말도 있었다. 배우는 모두 대체로 칭찬을 받았다. 평을 보고 나서 도미에는 언니와 함께 보러 갔다.

그날도 만원이었다. 도미에는 언니 뒤에 숨듯이 하여 보았다.

한다半田는 도미에가 보러 온다는 것을 듣고서 합석했다. 도미에는 아무 말도 없었지만 어디에서 듣고 왔는지 금방 한다가 와서 얼굴을 내밀었다. 그리고는 여러 사람들을 데리고 와서 도미에에게 소개했다.

자신의 붓 하나로 이렇게 많은 사람들이 열심히 노력하고 움직이고 있다고 생각하니 도미에는 오히려 가엾다는 생각이 들었다. 다사토田里가 맡은 고마나小滿名 역도 원작보다 낮고, 여제자로 분장한 배우도 소품도 모두 자신이 쓴 것 이상으로 훌륭하다고 생각하며 보았다. 그리고 이 연극을 보고 함께 울거나 웃거나 기뻐하거나 하는 관객에게도 감사했다. 오늘은 배우의 기량에 갈채하는 사람이라고는 생각되지 않고, 자신의 작품을 칭찬하여 박수쳐 주는 것으로 생각되었다.

한다는 옆에서 이렇게 평을 했다. 3막째의 고마나가 남편에게 버림 받는 장면에서 버림을 받으면서도 남편에게 순종하려고 하는 표정이 아직 부족하다. 그러나 대단원의 취한 남편을 쫓아서 가는 장면은 다사토만의 기량을 보여서 종횡무진하다고 평을 했다. 쓰마코는 듣고,

"정말 그렇네요."

라고 감동했다. 하지만 도미에는 뭐라고 해도 배우의 기량은 평범하지 않다고 생각하며 기뻐했다.

관람석에 가득 찬 손님은 어쩐지 자신의 영예를 나타내주는 꽃처럼 보였다. 그 꽃이 자기 한 사람을 둘러싸고 찬연하게 차 있는 것처럼 눈을 혼란스럽게 했다. 도미에는 기분이 들뜨지 않을 수 없었다.

한다는 자리를 왔다갔다하다가 막 중간에 하카마의 소맷자락을 날리면서 도미에를 부르러 왔다. 그리고

"미와가 왔어요, 미와가 왔어요."

라그 한 방향을 가리켰다. 도미에가 기뻐서 일어나려고 하자,

　“일행이 있으니까 그만둬요.”
라고 만류하며,

　“다사토가 만나고 싶다고 하니 잠시 갑시다.”
라고 자신 쪽으로 도미에를 당겼다. 도미에는 그것은 싫다고 거절했다.

　“잠시만이라도 좋아요. 내가 데려오겠다고 말했어요.”
　도미에는 끝까지 가지 않았다. 대신에 갈 수 있다면 자신이 가고 싶다고 쓰마코가 말하자, 한다는

　“그럼 함께 가면 되잖아요. 도미에 씨와.”
라고 말했다. 쓰마코는 열심히 도미에를 부추겼지만 도미에는 결국 가지 않았다. 쓰마코는 매우 안타까워했다.

　미와가 있는 곳을 한다에게 물어도 일행이 있으니까 그만두는 편이 낫다고 하여 가르쳐주지 않았다.

　도미에는 미와를 찾으러 자리를 나온 사이 생각지도 못한 사람과 마주쳤다. 그것은 지마지千万次였다.

　신바시 무리의 요염한 모습이 도미에의 눈에 스며들 듯이 들어왔다.

25

　도미에는 미와를 찾을 수 없었다. 그날 밤 돌아오자 3시경

까지 도미에는 쓰마코에게 붙들려 연극 이야기, 배우의 소문 등을 들었다.

'당신이 만든 것보다 훨씬 좋아요. 훌륭하니까 꼭 보세요.'

쓰마코는 이렇게 료쿠시한테 편지로 쓸 거라며 즐거워했다. 연극을 보러 갔을 때 다사토가 보내온 대나무로 만든 화장바구니도 쓰마코가 나서서 어딘가에 감춰 버렸다. 도미에는 그것이 갖고 싶어서 꺼내달라고 말했지만 쓰마코는 듣지 않았다. 도미에는 그 바구니를 기에한테 건네서 지마지에게 줄 작정이었기에 언니한테 빼앗긴 것이 안타까웠다.

오늘 지마지가 다사토의 이야기를 하며 다른 예기들에게 놀림당하는 것을 보고 눈치를 챘다. 지마지는 그때 얼굴이 빨개져서,

"어차피 짝사랑이야."

라고 말했다. 어찌된 일인지 도미에에게는 그 소리가 잊히지 않는다. 그래서 다시 지마지의 부끄러운 듯하면서도 그 어떤 부드러움을 가미한 모습이 도미에의 눈앞에서 떠나지 않았다. 그래서 도미에는 그 바구니를 지마지에게 보내려고 생각하크 있었던 것이다. 바구니는 분장실에서 사용할 수 있도록 이번에 두 개를 만들었는데 그 중 하나라고 말했다. 그런 한 짝을 선물하는 것은 실례일지도 모르지만, 고마나의 역을 할

때 처음 사용한 것이라서 기념으로 보낸다고 하는 구실이 있었다. 세공사가 이 바구니를 만들기까지 1년이 걸렸다는 둥, 모든 게 교묘하게 이루어져 있었다.

다음 날 신문에 한다의 필체로 그 화장바구니의 일이 실려 있었다. 거기에는 그림까지 넣어서 오규노 씨는 반갑지 않을지도 모르나 다사토는 부부바구니 중 하나를 여류작가의 손에 보낼 기회를 얻은 것을 평생의 영예라며 기뻐했다고 했다. 도미에는 과장된 문장에 기가 찼다. 쓰마코는 그것이 집의 보물이라도 되는 양 종이로 싸서 상자에 넣는 소란을 피웠다.

"그런 거 집에 두어도 필요 없잖아."

도미에는 이렇게 말했지만,

"기념이잖아."

라고 쓰마코는 자기 것인 양 소중하게 보존할 듯한 모습을 보였다.

"그럼 보관하지 말고 사용해."

"아깝잖아."

라고 쓰마코는 말을 듣지 않았다. 도미에는 그 바구니를 화장분으로 더럽히고 싶다고 생각했다. 어떻게 해서든 쓰마코의 손에서 빼와서 지마지에게 줄 방법은 없을까 하고 눈을 모아서 궁리해 보았다.

그날 밤 아즈마에서 생각지도 않게 사람이 왔다.

유명한 화장바구니를 보고 싶으니까 제발 함께 와달라며, 그 바구니를 주문하고 싶다고 말하는 사람이 있으니 제발 보고 싶다고 반복해서 말한다. 도미에는 쓰마코에게 그 사람을 보이고 화장바구니를 찾자 쓰마코는 아즈마로 가져간 날에는 빼앗겨 버린다고 하며 응하지 않았다.

"저렇게 보고 싶어 하니까 빌려줘."

라고 도미에는 웃으면서 이렇게 말하고 바구니가 있는 곳을 들고 스스로 꺼내 와 심부름 온 사람에게 가져가도록 했다. 거기에 편지를 동봉해 이것은 지마지 씨에게 전해달라고 하며, 그럴 작정으로 드리는 거니까 소중하게 여겨달라고 썼다.

그날은 모르는 사람한테 편지를 몇 통이나 받았다. 여자한테서도 있었다. 제발 답장을 써 주십사 하는 것도 있었다.

밤늦게 한다가 와서 연극 이야기, 미와 이야기 등을 하고 갔다. 미와는 지하야의 아버지가 되는 사람의 첩이라고 했다. 어제도 그 사람과 와 있었다는 것이었다. 한다가 자신에게 미와가 있는 곳을 가르쳐 주지 않았던 것은 역시 세상물정을 아는 사람이었기 때문이라고 감동했다.

26

기후岐阜의 어머니가 상경한 것은 이미 11월도 끝날 즈음이었다. 마침 소메코가 퇴원해서 오이소로 향했다는 편지를 소메코의 어머니한테서 받고 나서 삼 일째 되는 날이었다. 소메야 집에서는 여행에서 돌아와 얼마 되지 않은 료쿠시한테로 많은 손님이 찾아 와서 오키소도 쓰마코도 소매를 걷어 붙이고 일하고 있었다.

도미에는 자신의 방에서 쓰다만 단막물의 각본을 정리하려고 책상 앞에 앉았지만 거실이 소란스러워 조금도 구상이 정리되지 않았다. 망연히 허공을 보고 있는 사이에 오이소로 가고 싶은 맘이 생겼다. 얼어붙은 듯한 흐린 하늘이 산에 내릴 눈을 연상시킬 정도로 추운 저녁나절이었다.

오이요お伊豫는 돌연히 그날 저녁에 소메야 집으로 왔다. 문 앞의 인력거에서 짐을 내리고 있는 것도 닫힌 문 안의 집안사람들은 아무도 몰랐다. 문이 열리고 나서도 온 사람의 모습보다도 짐을 나르는 사람의 모습만 보고 집안사람들은 누가 왔는지 알 수가 없었다. 오키소가 말해서 뛰어나온 쓰마코도 짐에 놀라워하며 보고만 있었다. 온 사람은 문 밖에서 차부에게 돈을 지불하고 나서 처음으로 안에 들어왔다. 그것은 오이요였다. 방에 있던 도미에는 물론 부를 때까지 몰랐다.

"기리 알리려고 했지만."

라고 오이요는 모두에게 말했다. 헤어졌을 때보다 열 살이나 늙어 보였다.

도미에는 어머니 앞에 나가자 언제나 아무 소식 없이 지내던 것이 면목이 없었다. 오이요는 기에가 두 살부터 여섯 살까지 보살폈다. 쓰마코는 열네 살부터 열여덟 살까지 오이요와 같은 식사로 아침저녁을 함께 했다. 도미에는 아홉 살부터 열일곱 살까지 자매 중 오이요와 가장 오래 함께 있었기 때문에 가장 친했다. 그래서 오이요의 눈에도 도미에의 모습이 먼저 들어왔다.

"많이 컸네."

오이요는 기후 태생의 사람이었다. 오래 도쿄에 살아서 사투리는 없어졌지만 고향의 공기를 쐬고 있어서인지 원래의 말투가 나온다. 도미에는 그 까무잡잡하고 평평한 오이요의 평범한 얼굴이 자신과는 떨어지기 어려운 인연을 가진, 세상에 단 한 사람뿐인 얼굴이라는 것을 의식하며 쳐다봤다.

"어머니는 연세를 드셨군요."

어떤 인사도 없이 쓰마코는 앞치마도 벗지 않고 이렇게 말했다. 오키소는 먼저 서생에게 말하여 짐을 거실로 옮기도록 했다. 손님에게 마실 것을 가져올 때까지는 안정되지 않아서 쓰마코는 멀리서 온 손님을 두고 부엌으로 갔다. 만나기 어려운 사람과 만난 것 같은 희열의 빛은 보이지 않았다.

오이요는 도미에의 방에 들어가 한참 앉아 있다가 바로 서서 짐 쪽으로 갔다. 선물을 꺼내려고 했다. 도쿄에 함께 있을 때는 마음이 맞는 사람이었는데 이렇게 허둥대는 모습은 정말 시골사람 같다고 도미에는 바뀐 환경의 힘에 놀랐다.

"그런 것은 나중에라도 괜찮잖아요."
라고 도미에는 어머니의 안절부절못하는 모습이 가여워서 말렸지만,

"난 바로 야마오山尾한테로 갈 거다."
라고 오이요는 작은 짐 속에서 여러 가지를 꺼냈다.

야마오라는 사람은 오이요의 남동생으로 후카가와深川에서 술집을 하고 있다. 소메야 집과는 겨우 명절에만 교류가 있고 그것도 이쪽에서 가는 일은 드물었다.

오이요는 미농지美濃紙로 싼 것에다 신문지도 포장한 기후의 부채 두 개를 도미에에게 건넸다.

"겨울 선물로 부채는 웃기지만 특산물이니까 가져왔어. 여름이 되면 요긴한 것이 될 거야."
라고 하며 철을 박은 이를 보이며 오이요는 웃었다.

"미농지도 특산물인가요?"
라고 도미에는 싼 종이를 펼치며 물었다.

그날 밤 오이요가 야마오한테로 간다는 것을 료쿠시도 말려서 소메야에서 묵기로 했다. 오이요는 도미에와 함께 근처 목욕탕으로 갔다.

두 사람은 돌아오자 도미에가 앉지도 않고,

"어머니는 완전히 시골사람이 되어 버렸어. 왜 그럴까요?"

라고 웃음을 터뜨렸다. 오이요도 그것이 재밌다는 듯이 웃으면서 쓸어 올린 젖은 머리 밑으로 빛나는 귀를 보이고 인사를 했다.

"잘 먹었네."

그것을 듣자 쓰마코도,

"정말로 어디에 내놔도 간사이関西 사람이네."

라고 말하며 웃었다.

그향의 장사 이야기, 할머니의 이야기에서 끝이 났다. 장사는 거울 가게였다. 올해 예순 셋이 되는 부부가 선대부터 가게를 해 오고 있어서 자신은 편하다고 오이요는 편한 얼굴이었다.

"시골사람은 충성스러워서 나를 주인처럼 대해주지. 나도 거울을 닦고 있지. 내 손을 보렴. 이렇게 되었단다."

라그 말하고 두 손을 내밀었다. 목욕을 막 마친 손가락은 피부가 물고기 비늘처럼 일어나 있었다.

할머니도 이제 여든이었다. 그래도 능숙하게 빨래든 뭐든 한다며 오이요 자신도 놀란 얼굴을 하고 말했다.

"단지 때때로 정신이 혼미해지실 때면 힘들어. 얼마 전에도 담배를 한 손에 들고서도 한 손에 찻잔을 들고 이렇게 말하는 거야."

라고 오이요는 그 모습을 흉내 내며,

"물을 따르는 흉내로 밖에는 보이지 않아서 '어머니, 무엇을 하고 계셔요?' 하고 물으니 '이 주전자에서는 차가 안 나오니 네가 부어봐'라고 하시더라. 주전자와 담배상자를 혼동하다니, 할머니는 어지간히 눈이 나빠지셨는지 크게 웃어 버렸지."

이 이야기에 모두 웃었다. 현관의 서생 요시키美樹까지 웃는 것이 들렸다. 도미에는 나이 들어 노쇠한 할머니가 눈에 밟히도록 측은했다. 작은 주름진 눈을 깜박거리며 모든 물건이 선명하게 보이지 않는데도 차를 마시고 싶다는 생각에 80년간 습관으로 손은 차를 따르는 흉내를 낸다. 그래서 마시고 싶은 차가 왜 나오지 않는 것일까 하고 이상하게 그것을 쳐다보고 있는 목각과 같은 노파의 얼굴이 도미에에게는 선명히 보였다.

"그러면 어머니도 힘드시지요?"

쓰마코는 조금도 고통을 이해하지 못하면서도 동정하는

말투로 이렇게 말했다. 료쿠시는 당분간 여기서 보양하면서 조금 안정을 취하는 편이 낫다고 친절하게 말했다.

"저도 요 며칠 전에 여행에서 돌아왔습니다. 어머님도 피곤하면 푹 쉬는 편이 나아요."

라고 침상의 상태 등을 쓰마코에게 묻기도 했다.

"고마워. 이번에 온 것도 이 애가 학교를 그만두었다고 해서 일단 신상문제를 상담하는 게 좋지 않을까 해서 온 거야."

오이요는 그 이야기도 오늘 밤 하고 싶은 눈치였지만 아직 날이 있으니까 하고 료쿠시가 이야기를 끊고 자러 가기로 했다.

오이요는 2층에서 잤다. 도미에는 오이요를 2층으로 보내고 곧 자기 방으로 들어가 버렸다.

27

도미에는 평소부터 계모의 처지에 연민을 갖고 있었고 자신이 짊어져야 할 책임도 알고 있었지만, 이렇게 생각지도 않게 상경해 온 어머니를 보면 거기에 갑자기 해결하지 않으면 안 되는 문제가 일어난 듯해서 성가셨다.

그날 밤 도미에는 잠들지 못했다. 자신이 도쿄에 있으면서 좋아하는 일을 하고 싶다고 생각하는 한, 그것은 역시 형부에게 부탁할 수밖에 없었다. 자신은 남자가 아니다. 젊은 여자다. 그날 밤 도미에는 매우 슬펐다.

다음날 아침 도미에는 가벼운 애수를 안고 어머니를 만났다. 어머니는 도미에가 있는 방으로 들어가 옷 등을 봐 주거나 겉옷에 맞는 속옷 등을 구별하여 말해주기도 했다. 역시 부모 자식이 되어 긴 시간을 지내온 정이 사소한 것에도 엿보였다. 도미에에게도 그 평화스런 마음이 반갑게 받아들여졌다.

'진니'을 하고 있는 극장은 아직 개장 중이다. 가장 좋은 선물이 될 거라 생각하고 료쿠시는 일부러 자신이 오이요를 데리고 나갔다.

집을 비운 사이 도미에는 따분한 시간을 보냈다. 언니도 도미에가 생각하고 있는 것에 관해서는 도통 간섭하지 않았다. 저녁식사 때 아즈마로 빌려준 화장바구니를 도미에에게 물었다. 오늘 연극에 관해서 쓰마코는 잊고 있던 것을 불현듯 생각해 낸 것이었다.

"어떻게 됐는지 몰라?"

쓰마코는 화가 난 기색이었다.

"그건 줘 버렸어."

"누구에게?"

"필요하다는 사람이 있어서."

도미에는 그렇게만 말했다. 쓰마코는 남에게 함부로 줘버릴 물건이 아니라는 것을 화를 내며 말했다.

"그런 것보다 나의 신상에 관해서 생각 좀 해줘."

라고 도미에는 한숨은 쉬지 않고 있었다.

"자신의 일은 자신이 알아서 해야지."

쓰가코는 일부러 냉담하게 말했다. 화장바구니의 원망을 푸는 것이었다. 도미에는 화난 언니의 얼굴을 바라보고 입을 다물었다.

오이요는 다시 료쿠시를 따라서 돌아왔다. 오이요는 이렇게 말했다.

"무엇을 도미에가 만들었어?"

누구도 여기에 대답을 하지 않았다. 단지 모두가 얼굴을 마주하고 그 이해하기 어려운 말을 서로 눈으로 알아내려고 하는 듯했다.

"모두 도미에가 만들었어요."

료쿠시는 한참 뒤에 의심스런 말투로 말해 보았다.

"저 손으로 만든 거야?"

"그렇고말고요. 누구도 도와주지 않았어요."

료쿠시는 다시 이렇게 대답하고 오이요의 얼굴을 보았다.

오이요는 무슨 일인가 하고 생각하고 있었다. 오이요는 어릴 때부터 엄한 부모 손에 자라서 연극은 본 적이 없었다. 오이요의 부모는 신분은 낮았지만 무사였기 때문에 가정의 무사적 교육으로 연극을 본다든가 하는 것은 용서되지 않았다. 그래도 도미에 자매의 엄마가 되기 전에 결혼한 남편이 연극을 좋아했다. 자주 연극이야기를 하며 연극을 본 적 없는 오이요에게 그 재미를 설명해 주어서 두어 번 정도 동행한 적도 있었다. 그 남편은 남동생과 동업으로 술집을 하다가 일찍 죽었기에 오이요는 도미에의 아버지와 재혼한 것이었다. 도미에의 아버지는 연극에는 관심이 없었다. 그리고 오이요가 시집 왔을 때 부부가 연극을 보러 갈 여유도 없었기 때문에 오이요는 세상에 연극이 존재한다는 것조차 까맣게 잊고 있었다.

도미에가 어떤 것을 만들었는지 오이요에게는 이해되지 않았다. 오이요가 도미에를 칭찬하지 않는 것이 오히려 모두에게는 의외였다.

"저 정도로 만들다니 만 명 중의 한 사람 정도예요."

쓰마코가 재촉하는 말도 오이요의 어둔 머릿속으로는 들어오지 않았다. 쓰마코는 일전의 신문을 찾아와서 오이요에게 보였다.

"자, 보세요. 사진이 나와 있지요. 오규노 도미에荻生野冨枝라고 이 애의 이름이에요."

또 하나의 증거물로 배우한테서 온 화장바구니를 보이려

고 했지만 그것은 마침 없었다. 그것에 대해선 원망 어린 눈
으로 도미에를 째려보았다.

　"대체로 배우란 가난한데도 그런 사람에게 선물을 받았다
는 것이 고맙지 않냐? 그리고 신문에까지 나오다니 장하네."

　오이요는 이렇게 결말을 냈다. 하지만 어떤 굉장한 일을
도미에가 한 것인지 오이요는 이해가 되지 않았다. 따라서
그 공도 오이요에게는 충분히 인정되지 않았다. 쓰마코는 배
우가 가난하단 말에 위협 당하듯 놀랐다. 료쿠시는 물론 그
이상을 말할 용기도 없었다.

　연극 보는 곳에서 굉장한 대접을 받았다고 하며 오이요는
사양하였지만, 집에서는 다시 메밀국수를 주문하여 대접했
다. 쓰마코는 끈질기게 연극을 말하며,

　"그런데 재미있었어요?"

라고 물었다. 오이요는 꽤 재밌었다고 말했다. 저런 줄거리
를 도미에가 만들었다고 계속해서 쓰마코가 설득하자 오이
요는 감명 받은 얼굴도 하지 않고 단지 고개만 끄덕였다.

　그날 밤도 이렇게 오이요가 하고 싶은 말은 할 새도 없이
다시 내일로 미루게 되었다. 오이요가 2층으로 가자 그 뒤에
서,

　"저렇게 모르는 사람이 있을까요. 산 속에서 한평생 살았
다고 해도 저렇지는 않을 거예요."

라고 쓰마코는 분개하며 말했다.

"그렇지는 않아."

료쿠시는 가볍게 받았다. 장님에게 다이아몬드를 안기는 것처럼 저런 사람의 딸이라고 말하고 싶지도 않다고 쓰마코는 말했다.

"저 사람이 진짜 어머니라면 얼마나 기뻐할까요. 도미에도 불쌍하네요."

라고 말한 쓰마코는 오이요가 계모라서 도미에의 공에 관해서도 잘 모를 거라고 말한다. 다른 사람의 자식보다도 자신의 자식이 잘 보이듯이 오이요와는 진짜 부모 자식의 정이 없기 때문에 도미에에 관해서도 냉담한 것이라고 말했다. 료쿠시도 도미에도 그것에 관해서 논하거나 변론하거나 하는 것조차 내키지 않았다.

특히 도미에는 각본을 썼다고 하는 것에 어떤 감정도 없는 오이요의 태도가 자신에 대한 세상 일반을 대표하는 듯하여 스스로 부끄러웠다.

쓰마코는 잘 때까지 저렇게도 모르는 사람에게 도미에를 평생 상담 상대로 하여 지내게 하는 것은 싫다고 말하며 혼자 흥분했다. 오이요는 자신이 연극을 모르는 것으로 인해 그렇게까지 쓰마코가 서운해 하는지는 조금도 몰랐다. 도미에의 달라진 모습을 보고 젊은 여자아이의 어머니 노릇에 완전히

눈도 마음도 빼앗기고 있었다. 오이요는 도미에를 오랜만에
만나서 자신의 어깨가 가벼워진 것처럼 그 아이에게 깊은 희
망을 걸고 기뻐했다.

28

다음 날 오이요는 야마오한테로 가기 전에 도미에의 방으
로 가서 도미에의 앞으로의 일에 대해서 물어 보았다. 도미
에는 할 수 없이 아무런 생각도 없다는 것만을 말했다.

"생각도 없이 그렇게 하고 있는 것뿐이냐?"

라고 오이요는 거듭 물었다.

"공부하고 있어요."

"하지만 학교를 그만 두었다고 하던데……."

도미에는 갑자기 생각난 듯 이렇게 말했다.

"그건 제가 직업을 가졌기 때문이에요. 돈을 벌기 시작했
기 때문에 학교를 그만둔 것이에요."

어린아이에게 왜 불이 뜨거운지 말해도 모른다. '이 빨간
것을 만지면 아프다'란 것을 가르칠 수밖에 없듯이 예술을
이해시키기보다도 오이요가 늘 듣고 있을 법한 말을 찾아서
매우 간단하게 이렇게 설명했다.

돈을 버는 것은 오이요에게도 잘 이해가 되었다. 그 직업

을 오이요는 물었다.

"어제 어머니가 본 것을 몇 개나 써서 돈을 받는 거예요."

도미에는 이렇게 말했지만 괴로웠다. 현상금의 약간을 받긴 했지만 쓴 것에 관해서 아직 한 푼도 받지 못했다. 앞으로 잡지 등에 게재하면 반드시 벌게 될지 어떨지는 아직 모를 일이다.

그렇게 처음으로 오이요는 도미에의 일에 대해서 겨우 알게 되었다. 도미에가 한 사람의 몫을 해내고 있다는 것에 안심도 되고 존경의 마음까지 일어났다. 학교를 그만둔 것에 관해서는 이제 물을 필요도 없어졌다.

그래서 그 일은 도쿄에 있지 않으면 안 되는 것인가 하고 오이요는 다시 물었다. 도미에는 쓰게 웃고 잠시 말없이 있었다.

"이래 봬도 엄마도 분별력은 있어."
라고 오이요는 결심한 듯한 얼굴을 보였다.

할머니도 이제 남은 생이 길게 남지 않았고 살아계실 때 꼭 한 번 도미에가 효도를 해야한다며 반복해서 말했다. 노인이 살아 계실 때 도미에와 만나게 해서 하루라도 그 옆에서 뒷바라지를 다하는 것이 죽은 남편에 대한 오이요의 의무를 다하는 것이었다.

"이번에는 너를 데리고 돌아올 거라고 할머니는 기대하고 있어. 지금은 가게에 부부가 있어서 생활에 불편도 없고 내가 할머니의 진짜 자식이라고 생각하고 있어. 생각해 봐. 할머니는 얼마나 쓸쓸하실지. 평소에 언제나 손녀에 대해서만 이야기하고 있어.”

도미에는 눈물을 뚝뚝 흘렸다. 이렇게 말하는 오이요도 늘 봐 왔던 늙은 노모의 모습을 떠올리며 눈물을 지었다.

“무엇도 의지할 것이 없어.”

오이요는 이렇게 말하고 코를 풀었다.

오이요는 생각나는 대로 할머니의 평소 모습 등도 이야기했다. 그것으로 도미에는 할머니가 단정하게 머리를 깎은 모습과 앞니가 하나밖에 남지 않은 것과 앉을 때 엉덩이를 걸치고 있는 것, 앉아 있을 때는 양손을 무릎 위에 가지런히 올려놓고 눈을 감은 채 고개를 숙이고 있는 것 등을 상상할 수 있었다. 굉장한 불교신자로 시종 염불을 외우고 있다고 오이요는 말했다. 근처에 설교가 있다고 하면 지팡이를 짚고 나가는데 그 걸어가는 모습을 보고 있으면 마치 땅위에 이마를 찧을 듯하다고 오이요는 웃었다.

도미에는 자매 중에서도 자신보다 기에를 할머니에게 보여 주고 싶다고 생각했다. 예쁘게 치장한 나이 어린 기에를 손녀라고 보이며 기쁘게 해드리고 싶었다.

“어머니, 아즈마에도 들르나요?”

라고 물었다. 오이요는 들르지 않으면 안 되냐고 말했다.

자신의 일은 시골에서도 할 수 있으니까 도미에는 간단히 오이요와 함께 고향으로 돌아갈 것을 약속했다. 그날 중으로 오이요는 야마오한테로 갔다.

29

아즈마에서 도미에한테로 엽서가 왔다. 그것을 받은 쓰마코는 먼저 읽고 나서 도미에에게 건넸다.

"왜 이런 식으로 도미에를 부르는 것일까. 가지 않아도 돼."

라고 강하게 말했다. 쓰마코가 말하는 대로 엽서는 도미에에게 와 달라는 내용이었다.

도미에는 기후로 가기로 정했기 때문에 떠나기 전까지 만나고 싶은 사람을 만나려고 했다. 좋은 기회라서 도미에는 아즈마에 다녀오려고 생각했다. 처음으로 자신이 오이요와 함께 기후로 가기로 한 것을 쓰마코에게 말했다. 쓰마코는 놀라서 어떤 말도 나오지 않을 정도였다.

"왜 가려는 거야?"

혼란스럽게 일어나는 마음속에서 쓰마코는 이렇게 말을 흘렸다.

“어머니가 날 데려가려고 오신 거야.”

“데리러 온 거로 된 거잖아.”

쓰마코는 입술에 경련이 일어나서 생각대로 말할 수가 없었다. 쓰마코는 도미에에게 기후로 가라며 화낸 적도 있었다. 쓰마코가 도미에를 의심했던 때였다. 그것을 기억하고 있던 도미에는 미소 지었다.

“일단 어떻게 해서든 같이 돌아가지 않으면 어머니가 불쌍해. 할머니가 돌아가시기까지는 내가 기후에서 살려고 생각하고 있어.”

“왜 어머니가 불쌍해?”

쓰마코는 싸울 듯했다. 도미에는 많은 것을 말하지 않고 단지 자신은 그렇게 하지 않으면 안 되고 할 도리가 있으니까 그것만 하고 다시 도쿄로 돌아올 거라 했다. 그리고 마침 어머니가 상경해 온 것을 기회로 함께 가기로 했다고 말했다.

쓰마코는 바로 료쿠시를 불러 도미에의 결심을 말하고 우선 가부를 물었다.

“그렇게 하는 게 낫겠지.”

료쿠시는 이렇게 대답했다.

쓰마코는 발을 동동 구르며 도미에가 시골로 가는 것을 승낙하지 않았다.

“도미에가 간다고 하니까 그것으로 이야기는 끝난 거 아니야.”

료쿠시는 쓰마코의 의중이 이해되지 않았다. 쓰마코는 도미에가 시작한 일이 헛수고가 된다며 안타까워했다. 시골에 가도 일은 할 수 있다, 할머니를 봉양하고 온다고 하는데 네가 이렇다 저렇다 말할 것은 아니지 않느냐고 료쿠시는 진정시켰다.

“도미에가 이렇게 결정한 것에 대해서 우리들도 생각을 해 봐야겠지요. 도미에가 기후로 가면 할머니의 수명도 늘어나나요?”

라고 쓰마코는 료쿠시에게 덤비듯 말했다.

“도미에도 잘 생각하고 결정해서 시골로 갈 마음이 생긴 거지만, 나는 모처럼 사람들에게 얻게 된 평판을 전부 버리고 시골로 가는 것이 애석해요.”

라고 쓰마코는 안타까운 맘뿐이었다. 쓰마코가 자신이 만든 이유를 말하며 화를 낼 때 료쿠시도 도미에도 항상 흘려서 듣고는 반항하지 않았다.

도미에는 적당히 하고 아즈마로 갔다.

하코네 이후 처음으로 도미에의 얼굴을 본 오라치는 왜 오지 않았느냐고 원망 섞인 말을 하고, 연극의 평판을 들을 때마다 자신의 일인 양 기뻤다며 즐거워하기도 했다. 그리고 매일매일 도미에의 소문을 듣고 지내고 있다는 것이었다.

어떻게 된 일인지 가게의 여종업원이 일부러 도미에를 보러 왔다. 전부터 잘 알고 있는 여자까지 도미에가 온 것을 듣고 신기한 듯이 보러 왔다. 일전에 연극을 보고 처음으로 도미에를 알았기에 오늘은 신기한가보다, 라며 오라치는 웃었다. 기에는 무슨 연습을 하러 가고 없었다.

"너무 오래 도미에가 안 오니까 기에도 만나고 싶다고 하고, 나도 만나고 싶었고."

라고 오라치는 웃으며 말했다. 그리고서는,

"엽서를 보내봤어. 떠나게 되었다고 하는데 무슨 일이지?"

라고 말했다. 오라치는 그것이 얼마 전부터 신경이 쓰이고 사소한 감정에서 분별이 서지 않아 괴로웠다. 도미에는 이번에 오이요가 온 것을 이야기하고 할머니가 돌아가실 때까지 기후에서 지낼 작정이라고 말하자 오라치는 뜻밖의 얼굴을 했다.

"그건 생각지도 못했네. 도미에가 가지 않아도 어떻게 되겠지."

오라치도 이렇게 말했다.

도미에도 싫어서 도쿄를 버리는 것이 아니고, 또 반드시 기후에 가지 않으면 안 된다고 말할 정도로 절박한 사정이 있는 것도 아니다. 가지 않는다 하면 가지 않아도 될 경우였다. 물론 감흥에 빠져서 갈 만한 곳도 아니었다.

도미에가 오이요와 함께 가려고 생각한 것은 단지 할머니에 대한 사랑뿐이었다. 삼십 년이나 혼자 떨어져 외롭게 살아온 할머니는 명목뿐인 인연을 가진 남인 오이요의 손에서 혼자 세상을 떠나려고 하고 있다. 도미에를 기후로 부른 것은 그것이었다.

"가지 않아도 되지 않을까?"

오라치는 다시 말했다.

도미에는 그다지 할머니에 대해 이야기하려고 하지 않았다.

"어머니도 같이 가자고 하셨구요."

"오이요 씨도 늙었네."

오라치는 이렇게 말하고는 시골 사람의 마음은 모르겠다는 듯한 얼굴을 했다. 오라치의 눈에는 도미에도 모를 사람 중의 한 명이었다.

오라치는 생각난 듯이 화장바구니 이야기를 꺼내고, 그것이 인연이 되어 지마지는 다사토와 만나게 되었다고 말했다. 도미에는 흥미가 일었다.

도미에가 돌아가려고 할 즈음에 기에가 돌아왔다. 오라치는 바로 기에에게,

“언니는 기후로 가버린대. 당분간 너와도 만날 수 없을 거
야.”
라고 말해주었다. 기에는,
“그래?”
라고 말할 뿐이었다. 그리고 일전의 연극이 재밌었다는 것을
아부하듯이 도미에가 아니라 오라치를 향해서 말했다.
“기에는 재밌었나 보구나.”
기에는 끄덕였다. 도미에는 쓸쓸히 아즈마를 나와서 아자
부의 집으로 돌아갔다.
도미에가 기후로 가는 것에 찬성하지 않는 언니는 도미에
의 얼굴을 보자마자 바로 찬성할 수 없다고 하고, 자신이 오
이요에게 말해서 할머니가 불쌍하다면 도쿄로 모시고 와도
좋다고 했다.
“여든이 된 할머니를 기차에 태울 수도 없잖아.”
라고 도미에는 웃었다. 쓰마코는 도미에를 기후로 보내는 것
이 너무 안타까웠다. 이제 다시는 도쿄로 나올 수 없을 거라
며 소란을 피웠다.
“어머니도 강제로 나를 데리고 간다고는 말하지 않았어.
하지만 언니도 생각해 보면 알잖아. 어머니가 돌아가실 때
모두 부탁했잖아?”
그래서 지금의 어머니가 돌봐주고 있고, 할머니가 오늘이

라도 돌아가시는 것도 아니니까 하고 쓰마코는 다시 말했다. 이런 일로 언쟁하는 것이 도미에는 이제 귀찮았다.

"그럼 도미에는 기후 사람이 되려고 하는 거네. 괜찮은 남편감이라도 생긴다면 결혼할 작정이겠네."

조금 비웃듯이 쓰마코는 도미에의 얼굴을 바라보았다. 도미에는 오히려 우스웠다. 도미에는 쓰마코가 생각하듯이 자신은 어디에 가더라도 혼자이므로 신상의 일까지 할머니나 어머니라도 참견할 수 없다고 생각했다.

자신은 할머니를 간호하러 가는 것이라고 해도 쓰마코에게는 그것이 이해되지 않는 모양이었다. 어젯밤 오이요가 이해되지 않는다고 했던 사람이 오늘 밤 오이요와 똑같은 전철을 밟고 있다.

도미에는 주변의 것을 정리하고 짐을 꾸릴 작정으로 자신의 방으로 갔다. 이제 짧은 해가 저물어 덜 마른 세탁물이 무겁게 처마 밑으로 옮겨져 올 즈음이었다. 도미에는 방에 들어와 준비해 온 화로의 불을 지폈다.

도미에의 현재 욕망과 자유는 모두 단념의 그늘에 숨어 있는 것이 지금 도미에 마음의 형상이었다. 말하고 싶을 정도의 불만도 없다. 오이요의 형편이 허락할 때 짐 하나 들고, 아직 가본 적 없는 기후라는 곳으로 할머니를 만나러 가서 또 그 땅에서 할머니가 돌아가실 때까지 그만큼의 세월을 그곳에서 보내려고 하는, 그런 각오뿐이었다.

잠시 후 오키소가 손님이 왔다고 말해 주었다. 도미에는 밖으로 나갔다.

흰 목도리로 목을 감싼 사람이 격자문 밖에 있었다. 도미에는 신발을 신고 밖으로 나가 보았다.

소메코였다. 소메코는 오이소에서 곧장 왔다고 했다.

도미에는 우선 자신의 방으로 데리고 들어가서 차가워진 몸을 따뜻하게 했다. 병이 난 뒤의 소메코는 눈이 더 커져 있었다. 야윈 손을 화로 위에 나란히 하고 소메코는 미소 짓고 있었다.

"오이소에서 어떻게 왔어? 누가 무슨 말 하지 않았어?"

"어머니가 돌아갔기 때문에 뒤에 살짝 온 거야. 언니를 데리러 왔어."

소메코는 이렇게 말하고 다시 미소 지었다. 몸도 충분히 낫지 않은 사이에 이렇게 무리하다니 도미에는 어이가 없었다.

"그래서 오늘 밤은 어떻게 할 작정이야?"

라고 묻자, 이제부터 오이소로 갈 거라고 소메코는 망설임도 없이 그렇게 대답했다.

도이요는 그날은 돌아오지 않기 때문에 오늘 밤 소메코를 집어 재울까, 그렇지 않으면 아카사카의 저택으로 보낼까 하고 도미에는 고민했다. 소메코는 어떻게 해서든 오이소로 돌아가지 않으면 집을 지키는 사람이 걱정할 거라고 말했다. 소메코를 혼자 오이소로 돌려보낼 수는 없었다. 도미에는 그 날 밤 안에 오이소까지 갔다 오지 않으면 안 되게 되었다.

"약속했는데 언니는 시간이 지나도 오지 않으니까."

소메코는 원망을 했다. 도미에는 준비를 하고 소메코를 데리고 집을 나왔다.

신바시까지 가는 인력거 위는 팔꿈치 속까지 추웠기에 도미에는 뒤에 오는 소메코를 몇 번이나 돌아보았다. 정차장에 내릴 때 소메코는 춥지도 않은 듯 코트의 소매를 걷어서 작게 기침을 하고 있었다.

정차장의 시계가 두드러지게 크게 보일 정도로 구내는 사람의 그림자가 적었다. 짐꾼들이 대합실의 난로 앞에 모여 있었다.

잠시 후 두 사람은 기차를 탔다. 소메코는 도미에에게 착 달라붙어 있다.

"데리러 오지 않아도 갈 수 있는데. 몸은 괜찮은 거야?"

도미에는 가능한 자상하게 말했다. 소메코의 소매 안에서 손을 잡으려고 했을 때, 소메코의 그 차가운 손에 장갑도 없는 것을 알고 비로소 도미에는 잠시 그 손을 자신의 손으로 데우고 나서 자신의 장갑을 손에 끼워주었다. 소메코는 끼워

준 장갑으로 자기 손을 만지고 있었다.

갑차에는 두 사람 외엔 아무도 없었다. 소메코는 발을 올려 의자 위에 앉았다. 앉을 때 기차가 요동쳐서 쓰러지려고 하는 것을 도미에는 오른손을 내밀어 받쳐 주었다. 그때 소메코는 미소 지었다.

두 사람은 병이 빨리 나은 것, 긴 시간 만나지 못한 것을 이야기했다. 하지만 소메코는 묵묵히 있을 때가 많았다. 도미에는 그것이 이상했다.

오이소에 도착하자 흰 옷을 입은 간호부와 도쿄의 집에서 따라 온 여자가 구내에서 기다리고 있었다.

"지금 집으로 전보를 칠까 하고 있었던 참입니다."
라고 하녀는 말했다.

간호부는 오늘 부인이 귀경하니까 바로 와 달라고 해서 오이소로 왔는데, 와 보니 환자가 없어서 놀랐다고 했다. 별장이 비어서 소메코는 모두 도쿄의 본가로 갔을 거라고 생각하고 있었다.

"아직 혼자서 멀리까지 가는 것은 좋지 않아요."
라그 직업상 간호부는 바로 소메코의 맥박을 쟀다. 소메코와 도미에는 차를 탔다. 간호부도 느린 차와 비슷한 속도로 걸어 왔다. 오이소는 돌도 바다도 소나무도 모두가 검었다.

두 사람이 석탄의 냄새를 옆에 두고 마주 앉았을 때 장식

장 위의 시계가 8시 30분을 지나고 있었다. 도미에는 소메코의 기분이 걱정이 되어 이모저모 물었지만,

"괜찮아요."

라고 말하며 소메코는 창백한 얼굴에 미소를 지어 보였다.

30

어젯밤은 소메코가 열로 고통스러워했기 때문에 도미에는 밤을 새우며 자지 못했다. 그럴 때 간호부의 고마움을 절실히 느낄 수 있다고 도미에는 생각했다.

집안사람들은 본가에 알려야 한다며 소란이었다. 그때도 간호부는 괜찮을 거라며 모두를 조용히 시켰다. 격렬한 운동을 한 뒤에 일어난 열로 병을 앓은 뒤의 사람에게는 곧잘 있을 수 있는 일이라며 걱정할 정도는 아니라고 했다. 도미에는 그 간호부의 말이 너무나 믿음직스럽게 들려서 감사의 마음으로 그 사람의 인격까지 칭찬하고 싶었다.

오늘도 좋은 날씨였다. 닫아 둔 유리문을 통해서 맑게 갠 녹색 하늘이 흘러가는 것 같았다. 도미에는 그다지 자고 싶은 생각도 없이 오히려 정신이 맑아지는 느낌이었다. 소메코는 도미에의 그림자가 보이지 않을 때마다 불렀다. 불러서 도미에가 가보면 소메코는 불안한 눈으로 침상 가까이를 둘

러보곤 했다.

"가지 말아요. 이렇게 힘들게 내가 데리고 왔으니까."

소메코는 이렇게 부탁했다. 그 뒤로 도미에는 일어나야 할 용무가 있어도 참으며 소메코의 머리맡에 붙어 있었다.

간호부도 그 가까이에 있었다. 빨간 시곗줄이 흰 옷에 띠처럼 선명했다. 걷어 올린 소매 밖으로 두꺼운 팔뚝을 내밀고 간호부는 씩씩하게 일하고 있었다.

소메코가 이제 일어나겠다고 하는 것을 간호부는 강하게 말리며 소메코가 원하는 대로 들어주지 않았고, 소메코는 간호부에게 딱할 정도로 불쾌한 표정을 보였다.

낮이 되어 따뜻한 햇살이 집을 가득 에워싸고 있을 때가 되고 나서야 간호부는 정원은 산책해도 좋다고 소메코에게 말했다. 도미에는 소메코를 데리고 정원 안을 걸었다. 소메코의 몸엔 이미 열은 전혀 없었다.

걸으면서 소메코는 둘이서만 어디로 가고 싶다, 자신에겐 어찌하여 별장 따위가 있는 것일까 하고 말했다.

"내 몸이 자유롭게 돼서 언니가 있는 곳으로 어디라도 갈 수 있었으면 좋겠어요."

도미에는 그것을 듣고 너 같은 병을 가진 사람이 불편한 집에 태어났다면 불행했음에 틀림없다, 지금 신분을 탓하면 안 된다고 가르쳤다.

“불편한 집에서 태어나도 언니가 나한테 붙어 있어 주기만 하면 돼요. 나는 아무것도 필요 없어요. 언니가 필요해요.”

“가졌잖아.”

도미에는 웃었다. 소메코는 기쁜 듯한 얼굴이었다. 소메코는 이렇게 하고 있는 중에도 도미에가 사랑스러웠다.

“저는 언니의 머리카락이 되고 싶어요.”

라고 말하면서 소메코는 햇살에 빛나고 있는 탐스런 도미에의 머리카락을 보았다.

“네가 머리카락이 된다면 나는 매일 두통에 시달릴 거야.”

“왜요?”

라고 소메코는 궁금한 얼굴을 했다.

“우리 둘이서 여기 가요, 저기 가요 하면서 잡아당길 거니까.”

소메코는 소리를 내며 웃었다. 그 웃는 소메코의 얼굴이 도미에에게는 기뻤다.

소메코의 오빠와 함께 어머니가 그날 저녁에 문병하러 왔다.

“어제 막 돌아왔습니다.”

소메코는 어머니가 온 것이 불만이었다. 소메코의 어머니는 간호부한테서 상태를 듣고 어제 소메코가 어딘가로 나간

것을 알았다. 그것이 도미에를 일부러 도쿄까지 부르러 갔던 것임을 알았을 때,

"정말 이상한 아이구나."

라고 도미에를 보며 딱하다는 듯이 웃었다.

"몸 상태가 좋다고 해도 저쪽이 용무가 있을지도 모르지 않아?"

라며 소메코를 나무랐다.

소메코의 오빠는 저녁식사로 어머니의 손이 번거롭게 양식을 부탁해서 먹었다. 그것을 먹자마자 바로 기차를 타고 도쿄로 돌아가 버렸다.

소메코의 어머니는 무엇 때문에 이토록 소메코가 도미에를 사모하는지 궁금하여 오늘 밤은 전에 없이 도미에에 대해서 즈의 깊게 살피고 있었다. 도미에는 그것을 알아채고 불쾌했다.

소메코에게는 정혼한 사람이 있다는 것도 소메코의 어머니의 이야기로 도미에는 오늘 처음 알았다. 그 사람은 지금 독일에 가 있다는 것이었다. 내년 귀국하면 바로 결혼시킬 거라고 부인은 자상하게 말했다.

"병이 있어서 약해졌어요."

어머니의 상태는 가라앉아 있었다.

도미에는 정중하게 손님 대접을 받으며 구석진 방에서 자

게 되었다.

다음날 아침 도미에가 소메코를 만났을 때 소메코는 울며 잠든 듯이 눈이 부어있었다. 일어난 것은 도미에가 빨랐다. 오늘 도쿄로 돌아갈 작정으로 그 준비를 하고 있는데, 어젯밤 도미에가 묵었던 방으로 소메코가 바로 찾아 왔다.

다다미 여섯 장이 깔린 방의 구석에 도미에가 개어서 쌓아 놓은 이불이 각을 나란히 하고 포개져 있다. 방의 창 아래는 큰 밭으로 밭 너머에 소나무 숲이 보인다. 그 소나무 숲이 오늘 아침은 줄무늬 천을 펼친 듯 비에 보일 듯 말 듯하다. 자연히 방도 어두웠다. 도미에는 머리도 올리고 빌린 옷도 벗어서 개어 놓은 참이었다.

소메코는 도미에의 새삼스런 모습을 보고 방 안에 움직이지 않고 있었다. 도미에는 소메코가 추울 거라고 생각하여 창을 닫았다.

"병은 어때? 어젯밤은 아무 일도 없었어?"

도미에가 이렇게 말을 걸자 소메코는 눈물을 떨어뜨렸다. 도미에도 입을 다물어 버렸다.

잠시 뒤 소메코를 부르는 어머니의 목소리가 들려서 도미에는 소메코의 손을 끌고 그 방을 나오려고 했다. 소메코는 벽에 기대어 울기 시작했다. 그것도 소리를 낮추며 때때로 흑흑 하며 참는 소리를 낼 뿐이었다. 도미에는 소메코가 가

224

여웠다.

하녀가 방으로 둘을 데리러 왔다. 소메코는 눈물을 닦으면서 도미에에게 이끌려 어머니가 있는 곳으로 갔다.

도미에가 정중하게 아침 인사를 하고 있을 때 소메코의 어머니는 딸의 울고 있는 얼굴을 쳐다보고 있었다.

"손님에게 식사를 대접해야지."

어머니는 자상하게 소메코에게 말했다. 소메코는 대답하지 않았다.

밥상 앞에서도 소메코는 젓가락을 들지 않았다. 부인은 이런저런 위로로 소메코의 기분을 맞추려고 했다.

비가 와서 밖은 어두웠다. 도미에는 돌아가려고 했다.

소메코의 어머니도 당분간은 소메코의 병 때문에 제대로 된 대접도 할 수 없으니까 완쾌한 뒤에 놀러와 주십사 하고 도미에가 가는 것을 기다렸다는 듯이 말했다.

그 부인의 얼굴에 반갑지 않은 빛이 도는 것이 도미에에게는 확연하게 보였다.

돌아갈 때 소메코의 모습이 보이지 않아서 집안사람들이 찾았다. 도미에는 현관에 나와 소메코를 기다리고 있었다.

결국 하녀가 와서,

"저쪽 방에 계십니다."

하고 알려주었다. 무엇을 하고 있는지 부인이 물으니 개어

놓은 이불에 기대어 울고 있는 것 같다고 했다. 도미에는 어젯밤 자신이 묵은 어두운 방을 떠올리며 쓸쓸해졌다. 부인은 바로 보러 갔지만 다시 혼자 돌아와서,

"가시는 것이 나을 듯합니다."
라고 양해를 구했다. 도미에는 차로 돌아갔다.

차는 저택을 돌아 소나무 들판을 가로질러 달렸다. 별장 안의 밭이 보였다. 자신이 묵은 방의 창이 희게 보였다. 차의 차양은 금방 그것을 가리고 달리는 쪽의 넓은 인도가 보일 뿐이었다.

도쿄도 비가 오고 있었다. 도미에는 차로 아자부로 돌아갔다.

기후로 간다고 해 놓고선 오이소에 가서 돌아오지도 않으니 참으로 태평스런 아이라고 쓰마코는 도미에를 보고 웃고 있었다. 오이요도 남동생 집에서 돌아와 있었다. 형부는 도미에가 고향에 가서 읽을 책을 모아 두었다고 말했다.

도미에는 우울했다. 오이요의 얼굴을 보자 내일이라도 기후에 가고 싶었다.

료쿠시는 당분간 도미에와도 만나지 못하니까 모두 어디에 가서 식사라도 하자고 했다. 도미에는 그것이 싫었다.

언니 부부는 오이요를 데리고 어딘가로 외출했다. 비는 작게 내리고 있었다.

도미에는 소메코한테 편지를 썼다.

자신은 당분간 기후의 할머니를 간호하러 간다. 도쿄와 오
이소라도 만나기 어려우니 이번은 당분간 만날 수 없을 거
다. 옆에 있는 사람들이 하는 말을 잘 들어서 병을 빨리 치유
해서 모두를 안심시켜 주지 않으면 정성을 다하는 사람들에
게 미안한 일이 된다. 나는 너와 떨어져 있어도 너의 건강을
바랄 뿐이다.

편지를 쓰고 나니 눈물이 봉투 위로 떨어졌다.

도미에는 다시 학생 시절부터 소메코가 보낸 편지를 전부
한 테 모았다. 보라색, 흰색, 파란색, 색색의 편지지 위에 그
립다는 글자가 한 통마다 여러 가지 꼴의 글자로 쓰여 있다.
도미에는 한동안 그것을 읽고 있었다.

모은 편지를 작은 나무상자에 넣고 그것에 열쇠를 채웠다.
그 상자 위에 지금 쓴 편지를 올리고 도미에는 한동안 생각
에 빠져 있었다.

오키소가 차라도 내어올까 하고 말해 주었다. 도미에는 평
소 신세를 진 빚으로 오키소에게 무언가를 사 주고 싶은 맘
이 생겼다.

거실로 가서 쓸데없는 이야기를 하고 있는 사이에 도미에
는 기분이 조금 나아져서 우산을 쓰고 장을 보러 나갔다.

오키소에게 옷감을 선물할 작정으로 도미에는 긴자의 작은 포목점으로 들어갔다. 메이센* 일 반**에 시즈코가 입을 것 같은 천을 산 뒤 그것을 보자기에 싸서 밖으로 나왔다.

도미에는 다시 전차로 소하라榛原까지 갔다. 기에가 갖고 싶다고 했던 것을 떠올린 도미에는 그곳에서 무용 부채를 샀다. 부채는 나중에 누군가에게 부탁해서 전해 주려고 생각했다.

시골로 갈 자신에게 필요한 것은 없었지만 무언가 할머니가 기뻐할 만한 것은 없을까 하고 도미에는 고민했다. 옷이라면 그저 따뜻하면 된다. 염주를 좋아하니까 그것을 사 갖고 갈까 하고 생각하니 도미에는 스스로 우스웠다. 한참을 생각하다 도미에는 갓난아이가 쓸 것 같은 털로 된 두건을 두 개 샀다. 스님의 머리를 떠올렸기 때문이었다. 그리고 소금에 절여 오래 보관해도 좋을 듯싶어 깡통에 든 과자를 샀다. 나이를 먹으면 식욕 이외에는 없다고 하는 말을 들었기 때문이었다.

그 과자 때문에 짐은 크고 더욱 무거워졌다. 마침 비가 개었지만 한손에 든 우산도 있어서 도미에는 어깨가 결릴 정도

---

* 메이센(銘仙) : 굵고 마디가 많은 쌍꼬치 실이나 방적견사 등으로 촘촘하게 짠 평직(平織)
의 견직물. 질기고 값이 싸며, 옷감·이불감 등으로 쓰임.

** 반(反) : 직물과 면적 등의 단위.

였다.

한참 전찻길로 나와서 그곳에서 전차를 타려고 할 때, 머리를 묶으러 갔다가 돌아가는 길의 지마지와 만났다. 남색으로 물든 장식용 깃이 요염했다. 지마지는 꼭 집에 들러 달라고 말했다.

"당신에게는 정말 감사를 전하지 않으면 안 되니까 꼭 한 번 들러 주세요. 저는 그때부터 당신을 만나지 못해서 어쩐지 빚을 지고 있는 듯한 기분이 들었어요."
라고 부탁하듯이 말했다. 짐이 있어서 다음에 가마 하고 거절해도 듣지 않았다. 자기가 짐을 들겠다고 했다. 얼굴로 먹고 사는 사람에게 이런 큰 짐을 들게 해서는 안 된다고 마음속으로 그렇게 도미에는 생각했다.

"그리고 제가 당신에게 할 말이 있어요."
라고 말하며 지마지는 미소 지었다.

가슴에 두른 코트의 깃은 가늘었다. 긴 소매 아래로 보이는 쓰마카와ㄸㅘ는 너무나 작았다. 그 쓰마카와 위에 감색, 빨강, 검정 등의 바탕에 희고 굵은 고리 모양의 무늬가 든 종이우산을 대고, 우산 손잡이에 양손을 포개서 올리고 있는 지마지의 모습이 도미에의 눈에 남았다. 언제라도 만날 수 있다고 말하며 도미에는 헤어지려 했다.

"당신에게 하고 싶은 말이 있어요."

지마지는 이렇게 말했다. 다사토와 사귄다는 이야기일 것이다. 지마지는 자기 사랑의 유일한 동정자로서 도미에를 믿었다. 애절한 사랑에 동정해 주는 사람만큼 지마지의 눈에 순수하게 보이는 사람은 없었다. 도미에는 할 말이 있다는 것을 들은 것만으로도 충분하다고 생각했다.

언니 부부는 아직 돌아오지 않았다. 옷감을 오키소에게 건네자 오키소는 바닥에 손을 짚고 인사를 했다.

다음날 도미에는 오이요와 함께 도쿄를 떠났다. 그날 아침 미와한테서 12월 어느 날에 일본을 떠난다고 하는 엽서가 왔다. 일부러 알리려고 보낸 한 장의 엽서였다. 그것이 도미에에게는 그저 남 일처럼 느껴졌다.

신바시의 정차장에서 울며 서 있는 언니의 모습을 도미에는 바라보았다. 그리고 이 기차가 오이소를 통과할 것이라고 생각하는 사이에 기차는 출발했다.

생 혈生血

생 혈은 1911년 9월 『세이토』 창간호에 발표된 작품으로, 미 개未開의 영역이었던 여성의 성을 통하여 내면적 고민을 숨김없이 대담하게 표현했다는 평을 받고 있다.

주인공 유코ゆう子와 아키지安芸治가 어떤 관계인지 정확히 묘사되어 있지는 않지만, 연인관계라고 밖에 생각할 수 없는 상황 아래 성관계를 맺은 다음 날 아침을 맞이하는 장면에서 작품은 시작된다.

유코는 육체가 더럽혀졌다는 의식에 빠져 "양팔과 양다리가 철갑에 묶여 있는 것" 같은 신체적 중압감과 감정적인 구속에서 벗어나지 못해 눈물을 흘리는 반면, 아키지는 웃음으로 일관하는 모습에서 남녀의 심정을 단적으로 나타내고 있다.

유코는 행동으로 반항을 시도해보기도 한다. 뭔가에 대항하고 싶은 심정으로 금붕어의 눈을 찔러 보지만 그와 동시에 자신의 손가락도 같이 찔리고 만다. 결국 자의든 타이든 일반적으로 성관계 후 여성이 느끼는 피해의식은 사회적인 억압도 있지만 스스로 인습의 굴레에서 벗어나지 못하고 있음을 동시에 지적하고 있다. 그러나 여성의 성性은 남성에 의해 선택되어지는 것이 아니라, 자유롭게 선택할 수 있다는 것을 드러낸 것이다. 여성이 남성의 소유물이 아니라 자신을 표현할 수 있는, 남성과 동등한 인간임을 각인시키고자 하는 작가의 강한 의지가 내재되어 있는 작품이다.

생 혈

生 血

1

아키지는 말없이 세수하러 나갔다. 유코는 아키지의 발소리를 들으며 그냥 멍하니 툇마루에 서 있었다. 남보랏빛 지리멘*으로 된 히토에기누**의 옷자락이 멋지게 발뒤꿈치를 감싸고, 쓰마사키***가 조금 들어가 흘러내려 있다.

어젯밤 잠잘 때 머리 위로 덮어쓴 얇은 이불을 아직 걷지 않은 듯한 뿌연 하늘아래, 마당 구석구석에 피어있는 빨간 꽃, 하얀 꽃이 황홀하게 눈꺼풀을 드리우고 있다.

툇마루에서 한쪽 발을 내디딘 유코의 발바닥으로 축축이

---

* 지리멘(縮緬) : 견직물의 한가지. 바탕이 오글오글하게 된 평직의 비단.

** 히토에기누(単衣) : (옛날)남녀가 정장할 때 속옷으로 입던 홑옷.

*** 쓰마사키(褄先) : 기모노의 옷자락 좌우의 끝.

젖은 광에서 불어오는 비단결 같은 바람이 살포시 스쳐 지나
갔다.

유코는 바로 옆에 있는 어항을 쳐다봤다. 갑자기 흥미가
생긴 듯한 표정으로 그곳에 웅크려 앉았다.

베니 시보리*
히가노코**
아케보노***
아라레 고몽****

한 마리 한 마리 손가락으로 가리키며 금붕어의 이름을 붙
였다. 새벽녘 하늘의 하얀빛이 어항에 비치자 곳곳에 은박을
뿌려놓은 듯 수면 위가 반짝였다. 히가노코가 물살을 가르며
헤엄쳐 획 도망쳤다.

유코는 어항 옆에 놓여 있던 보라색 시네라리아 꽃잎을 따
서 물속에 넣었다. 아직 이름을 붙이지 않은 빨간 금붕어는
작은 주둥이가 꽃잎에 닿자 놀란 듯 바로 큰 지느러미를 흔

* 베니 시보리(紅絞り) : 연지 빛의 홀치기염색한 것과 같은 색깔을 상징함.

** 히가노코(緋鹿の子) : 진홍색에 흰 얼룩무늬의 홀치기염색한 것과 같은 색깔을 상징함.

*** 아케보노(曙) : 새벽하늘과 같은 색깔을 상징함.

**** 아라레 고몽(霰小紋) : (싸락눈이 내리는 듯한) 희고 작은 알갱이의 무늬를 상징함.

들며 어항 바닥으로 도망쳤다. 은박이 여기저기서 살랑살랑 흔들렸다.

유코는 무릎을 세우고 앉아 그 위에 왼팔을 올리고, 오른쪽 팔꿈치를 받쳐서 손바닥으로 이마를 눌렀다. 축 늘어진 머리 무게를 지탱하기 어려운 듯 가녀린 손목은 휘어져 보였다. 눈초리 쪽으로 엄지손가락이 닿아 눈이 험상궂게 치켜 올라갔다.

히치리멘* 모기장 자락을 입에 물고 유코가 울고 있다. 남자는 바람에 펄럭이는 이요스다레**에 어깨 위를 부딪치면서 창문 밖 거리의 등불들을 바라보고 있다. 남자는 갑자기 웃으며 말했다.

"어쩔 수 없잖아."

금붕어의 비릿한 냄새가 풍겼다.

무슨 냄새인지도 모른 채 유코는 가만히 그 냄새를 하염없이 맡고 있었다.

'남자 냄새.'

문득 이런 생각이 들자 유코는 오싹 소름이 돋았다. 그리고 손가락 끝에서 발끝까지 찌릿찌릿하게 뭔가가 전해져 오는 것처럼 떨렸다.

---

* 히치리멘(緋縮緬) : 바탕이 오글오글한 붉은 비단.
** 이요스다레(伊予簾) : 이요지방에서 생산되는 조릿대로 엮은 발.

"싫다. 정말 싫어."

칼을 쥐고 뭔가에 대항하고 싶은 듯한 심정. 어젯밤부터 몇 번이나 그런 기분에 사로 잡혔다.

유코는 한 손을 어항 속에 쑥 집어넣어 증오하듯이 금붕어를 붙잡았다.

'눈을 찔러 버릴 거야.'

그렇게 생각하고 맨몸에 걸친 히토에기누의 옷깃을 여민 금색 핀을 뽑으면서 잡은 금붕어를 물 위로 건져 올렸다. 유리 어항의 흰 선이 흐트러지듯 물이 출렁거린다.

깨알 같은 눈알을 겨누어 핀 끝으로 푹 찌르자 바로 금붕어는 손목 언저리에서 꼬리지느러미를 푸드득거렸다. 비린내 나는 물보라가 유코의 쥐보라색 오비*에 흩어졌다. 금붕어를 핀 안쪽으로 대다가, 핀 끝에 자신의 집게손가락이 찔렸다. 손톱 끝에 루비 모양의 작은 핏방울이 맺혀 올라왔다.

금붕어 비늘은 파랗게 빛나고 있었다. 붉은 얼룩이 말라 윤기가 없어졌다. 금붕어는 위를 향해 입을 쩍 벌린 채 죽어 있었다. 꽃무늬의 무용 부채를 펼친 듯한 모양이었던 꼬리지느러미는 힘없이 오므라들어 축 늘어졌다.

유코는 그것을 잠시 들여다보고 있다가 정원으로 던져버

---

* 오비(帯) : 두꺼운 견직물로 만든 일본 옷의 허리에 두르는 띠. 또는 띠 모양의 것.

렸다. 징검돌 위에 놓인 죽은 금붕어 위로 때마침 한순간 반짝이며 밝은 빛이 엷게 금붕어를 감싸고는 사방으로 퍼져 흩어졌다.

유코는 객실로 들어갔다. 아직 꺼지지 않은 전등 불빛의 엷은 황빛 반사로 방안에 가득 차 유코의 이마를 뜨겁게 달구었다.

유코는 창 아래에 놓인 커다란 전신거울 앞에 바싹 다가앉아 상처 난 집게손가락을 입에 물었다. 주르륵 배어 나온 눈물이 두 눈을 적셨다.

유코는 소맷자락을 얼굴에 대고 울었다. 울어도 울어도 슬프기만 했다. 그러나 자신의 뺨을 사랑하는 이의 가슴에 대고 폭 안겨 있을 때와 같은 그런 감미로움이 눈물에 엷은 색조를 띠며 흘러내린다.

'방금 손가락을 입술에 물었을 때 자신의 손가락에 자신의 입술의 따뜻함이 느껴졌다. 그것이 왜 이렇게도 슬픈 것일까?'

유코는 그렇게 생각하면서 괴로워서 울었다.

'한없이 운다. 흘릴 수 있는 눈물을 다 쏟아내 버리면 갑자기 숨이 끊어져 버리는 것은 아닐까? 숨이 끊어지려고 나올 수 있는 눈물이 모두 흐르는 것은 아닐까?'

이런 생각이 날 정도로 울었다. 더 이상 눈물이 나지 않을 만큼 실컷 울고 난 뒤, 연꽃에 에워싸여 잠자듯, 꽃이슬에 숨이 막혀 죽을 수 있다면 기쁠 것이다. 뜨거운 눈물! 설령 살갖을 다 태울 정도의 뜨거운 눈물로 몸을 씻는다고 해도 자신의 몸은 원래대로 되돌릴 수 없다. 이제 원래대로 되돌리지 못한다.

유코는 갑자기 입술을 깨물며 얼굴을 들어 거울 속을 보았다. 유코의 형상을 뚜렷이 비춘 채 거울 표면의 빛은 조금도 흔들리지 않았다. 남보랏빛의 무릎이 헐어서 붉은 것이 보였다.

유코는 그것을 잠자코 바라보았다. 그리고 그 지리멘 한 겹 밑의 자신의 피부를 생각했다.

모공 하나하나에 바늘을 푹 찔러 넣어 작은 살을 하나씩 도려내도 자신에게 한번 가해진 더러움은 도려낼 수가 없다.

세수하러 갔던 아키지가 수건을 들고 돌아왔다. 그리고 유코를 보자 말없이 옆방으로 들어갔다. 어느 샌가 하녀가 들어와 있는 것이 보였고, 하녀와 이야기하고 있는 아키지의 목소리가 들렸다.

하녀는 곧 방을 치우러 들어왔다. 유코를 보며 살짝 미소를 지었지만 유코는 돌아보지도 않았다. 그리고 유코는 만성적인 피곤한 꿈에서 깨어날 때처럼 힘없는 몸을 단정하지 않게 옆으로 비스듬히 앉으면서 머리를 흔들며 어린아이처럼 훌쩍거렸다.

여관의 유리문을 여닫으며 아침 청소를 하는 시끄러운 소리가 들렸다. 전차가 끼익 하고 소리를 내며 지나갈 때 유코는 문득 여관이 사람들의 왕래가 많은 대로 쪽의 주택가에 있다는 생각이 들어 두려워졌다.

"여관을 어떻게 빠져나가면 좋을까? 하녀에게 뒷문으로 나가게 해 달라고 부탁해 볼까."

유코는 소매에서 한시*를 꺼내 가늘게 쭉 찢어서 상처 난 손가락을 싸맸다.

2

두 사람은 물빛 양산과 새하얀 파나마모자를 나란히 하고 햇볕이 쨍쨍 내리쬐는 한낮의 거리를 걷고 있었다.

구김살투성이인 두 사람의 옷은 마치 강렬한 햇볕에 모든 의욕을 빼앗겨 버린 듯 색채도 선명하게 보이지 않았다. 뜨거운 땡볕 아래 벌이라도 서는 것처럼 후줄근한 차림을 한 두 사람은 타는 듯한 한낮의 태양 속을 그저 묵묵히 걸어갔다. 두 사람의 목 언저리는 햇살에 노출되어 불에 달군 인두에 데인 듯했고, 하얀 버선은 벌써 바싹 마른 먼지로 뒤덮여

---

* 한시(半紙) : 반지. 붓글씨 연습 등에 쓰는 일반 종이(세로 약 25㎝, 가로 약 33㎝).

옅은 적갈색으로 물들어 있었다.

두 사람은 골목길로 들어섰다.

좁은 차양 아래로 바람이 잘 통했고, 지면은 구덩이 속처럼 축축하게 젖어 있었다. 우물 건너편 모퉁이 집의 칠흑 같은 어두운 봉당에서는 때 묻은 수건을 목에 두른 여자가 베를 짜고 있었다. 두 사람은 막다른 곳의 돌계단을 올라갔다. 다 오르자 유코는 돌담 부근으로 가 무코지마向島의 둑을 바라보았다.

강도 둑도 더위에 진절머리가 난 듯이 금빛만을 일렁일 뿐 그림자 하나 움직이지 않았다. 쉴 새 없이 내리쬐는 여름 땡볕을 튕겨내는 듯이 함석지붕 위로 검은 연기가 아지랑이처럼 피어올랐다. 숨 막힐 듯 더워 보이는 집들을 보자, 유코는 금세 눈이 부셔서 그늘진 쪽으로 시선을 옮겼다. 아키지는 포석鋪石 위에 서서 신사神社 앞에 있는 종을 딸그랑딸그랑 쳐대는 술집 게이샤 같은 아가씨의 뒷모습을 보고 있었다.

덕망이 높은 임금을 모신 불당 안쪽은 검은 막을 드리운 듯 어두컴컴했다. 군데군데 놓인 은색의 기물*들이 뭔가를 암시하듯, 신비로이 하얗게 빛나고 있었고, 커다란 촛대의 테두리를 에워싸고 있는 양초들은 상하좌우로 깜빡거리며 켜

---

* 기물(器物) : 살림살이에 쓰는 온갖 그릇.

져 있었다. 마치 지금의 폭염을 몹시 원망하는 기도의 불빛처럼 보인다. 고행을 하기위해 단식하는 스님이 일념에 찬 눈빛에 광채를 띠며 반짝이듯, 가냘픈 양초 끝에서 한 줄기 빛이 번뜩인다.

거기에는 두세 사람의 모습이 보였다.

두 사람은 정면에 있는 돌계단을 내려왔다. 불볕이 내리쬐며 그늘이 전혀 없는 거리는 햇볕에 바랜 뜨거워진 동판으로 온통 뒤덮인 듯, 보는 눈길도 내쉬는 숨결도 숨이 막힐 것 같아 힘들다.

유코는 양산을 낮게 썼다.

"이제 헤어져야만 해. 이제 정말 헤어져야만 해."

유코는 몇 번이나 되뇌었다. 남자와 헤어져서 어젯밤 일을 혼자 곰곰이 생각하지 않으면 안 될 것 같아 초조해졌다. 하지만 유코는 아무래도 남자에게 먼저 말을 꺼낼 수가 없었다. 양손과 양발에 강한 쇠고랑이 채워진 것 같이 몸이 조금도 자유롭지 않았다.

유코는 문득,

'나에게 유린당한 여자가 떨고 있다. 말도 걸지 않고 있다. 그리고 무더위 속에서 끌려 다니고 있다. 이 여자는 어디까지 쫓아올 작정일까?'

라고 생각하고 있는 건 아닌가하는 느낌이 들었다. 유코는 가만히 이마의 땀을 닦았다.

좀 전의 게이샤처럼 보이는 아가씨가 둘 사이를 지나 앞질러 걸어갔다. 그림 문양의 주홍색 양산 아래로 고개를 숙이고 있다. 깃고대*가 뒤로 당겨져 있어 훤히 드러난 가느다란 목 뒷덜미가 녹아버릴 듯 투명하여 새하얗게 보였다.

거친 화살 깃 모양의 얇은 감색 비단 옷자락이 새하얀 맨발을 휘감고는 흐트러지고, 또 다시 휘감고는 흐트러졌다. 가이노구치**로 맨 보라색 하카타산博多産 오비 끝이 위를 향하고 있었다.

얇고 긴 소맷자락을 끌며 걷는 여자의 아름답고 앳된 모습을 유코는 작열하는 하늘 아래에서 물끄러미 바라보았다. 그리고 부러워했다. 이렇게 어젯밤의 몸을 그대로 폭염에 드러낸 자신에게서는 불볕에 썩어가는 물고기 냄새 같은 악취가 나는 것 같았다. 유코는 누군가가 자신의 몸을 집어 던져버렸으면 하는 기분이 들었다.

두 사람은 잠자코 걸어갔다. 막다른 넓은 길에서 좁은 뒷골목으로 향했다.

빨간 풍경을 매단 얼음가게가 갈대발의 그림자를 적시고

---

* 깃고대 : 옷의 깃을 붙이는 자리. 어깨 솔 사이로 목 뒤에 닿는 곳.
** 가디노구치(貝の口) : (일본 옷에서) 남자의 가쿠오비(角帶, 두 겹으로 된 빳빳하고 폭이 좁은 남자용 허리띠)나 여자의 반폭 띠를 매는 방법 중의 하나.

있다. 민소매의 쥬방*만 입은 여자가 검게 그을린 팔을 내밀어 아이에게 기다유**를 가르치고 있는 집안의 모습이 밖에서 훤히 보이는 집도 있었다.

툇마루가 낮은 잡화점에서는 찌든 기름 냄새가 났다. 아키지가 앞장서서 메밀국수 가게 뒤로 돌아 공원으로 빠져나왔다.

푹푹 찌는 햇살 아래 아미타불 신당의 붉게 칠한 색이 질그릇 색으로 변해보였다. 용두관세음의 분수가 딱 멈춰 있었다. 물뿌리개의 물만큼도 떨어지지 않았다. 폭염으로 물이 말라붙어 동상의 전신을 바싹 태우고 있었다. 높은 곳에 자리하고 있는 관세음 입상을 올려다보고 있자니 유코는 머리카락이 불꽃에 타들어가는 듯한 느낌이 들었다.

선명한 푸른 색깔로 물들인 유카타에 빨간 오비를 매고, 새하얗게 분을 바른 여자들이, 땀이 찬 발에 유카타 옷자락이 엉겨 붙어 벌어진 천 사이로 빨간 게다시***를 팔랑거리며 지나갔다. 웃통을 벗고 아미쥬방**** 하나만 걸친 남자가 부채

---

* 쥬방(襦袢) : 일본 옷의 속옷 (맨몸에 직접 입는 짧은 홑옷).

** 기다유(義太夫) : 다케모토 기다유(竹本義太夫)가 창시한 쇼루리(浄瑠璃)의 한 파. 샤미센(三味線)을 반주로 하여 이야기를 엮어 나감.

*** 게다시(蹴出し) : 여자가 고시마키(腰卷き, 여자가 일본 옷을 입을 때 아랫도리의 맨살에 두르는 속치마) 위에 걸쳐 입는 것. 옷자락을 올리고 걸을 때 고시마키가 보이지 않게 하려고 입음.

**** 아미쥬방(網襦袢) : 무명실·명주실·삼실 등으로 그물 같이 만든 여름 속옷.

244

를 부치며 지나갔다. 물이 나오지 않는 분수 주위에도 여러 사람들이 모여 있었다.

그곳에 모인 사람들은 두 사람을 뚫어져라 빤히 쳐다보았다. 아키지는 그것이 불쾌한 듯 시선을 피했다. 유코는 그런 비열한 시선으로 자신들을 쳐다보며 지나가는 사람이나, 지금 자신의 처지나 별반 다를 게 없다고 생각했다. 그들이 보고 싶어 한다면 얼마든지 자신을 보여주고 싶었다. 어차피 자신 역시도 그 사람들에게 신기할 리 없는 부패된 육체에 싸인 인간이라고 생각했다.

아키지는 다시 걷기 시작했다. 유코는 왠지 자기의 몸을 무언가에 내맡기고 싶은 기분이 들었다. 반항적인 뻔뻔스러운 말을 하고 싶은 생각도 들었다. 하지만 역시 남자에게 말하기는 싫었다.

하나야시키* 앞의 인파를 지나 곡예단 앞에 이르렀다.

"들어가 볼까."

다키지는 이렇게 말하며 유코의 의사는 개의치 않고 들어가려고 했다. 유코는 잠자코 뒤따라 들어갔다.

높은 가설극장 2층은 어두컴컴했다. 기둥도 방석도 휘감긴 돗자리도 모두 식은땀이 베인 듯 습기로 축축이 젖어 있

---

* 하나야시키(花屋敷) : 여러 사람들이 구경할 수 있도록 꽃이나 식물로 조성한 정원.

다.

　2층에는 드문드문 대여섯 명 정도의 사람들이 있었다. 그 사람들은 모두 다시는 볼 수 없는 보물이라도 발견한 듯한 표정으로 난간을 꼭 붙잡고 아래에서 행해지는 곡예를 바라보고 있다. 아키지는 마치 편하게 있을 곳이라도 찾아낸 듯한 모습으로 얇은 방석을 허리에 갖다대었다. 그리고 유코의 얼굴을 보며 미소 지었다.

　뭔가 방울 같은 것이 딸랑딸랑 울렸다. 살색 셔츠를 입은 남자아이가 힘찬 목소리로 다음 공연의 줄거리를 말했다. 밖에 드리운 광고 천막이 조금씩 오르내릴 때마다 밖에 서서 위를 향해 보고 있는 사람의 얼굴에 무대가 가려서 조금 어두워졌다. 머리를 이초가에시*로 잡아 당겨 맨 상기된 얼굴에 분을 바르고, 분홍빛 셔츠를 입은 여자아이 네댓 명이 양손을 겨드랑이에 낀 채 서 있었다.

　아이들은 빨간색·하얀색의 링을 가지고 공에 올라타 걷기 시작했다. 링을 발에서부터 손으로 빠져나가게 하거나 어깨로 빼내면서 올라타고 있는 공을 굴렸다. 흰 분을 바른 작은 귓불을 보자 유코는 슬퍼졌다. 유코는 뒤에 관람석 같이 조금 높은 곳으로 가 걸터앉아 옻칠한 부채를 오비에서 꺼냈

---

* 이초가에시(銀杏返し) : 여자 머리 트는 모양 중 하나. 정수리에서 모은 머리를 좌우로
　갈라 반원형으로 틀어 맨 것.

다.

부채질할 때마다 어디선가 맡아 본 듯한 향기가 풍겼다. 바깥으로 늘어뜨린 막이 조금 올라갈 때 거기에 모인 사람들의 더리 뒤편에서 연못 수면에 걸쳐, 쏘아 붙이는 듯한 날카로운 한낮의 햇볕이 유코의 눈에 확 들어왔다. 곡예를 하는 사이사이에 재주를 부리는 소녀들과 몸집이 큰 남자들이 멍하니 잠자코 서서 바깥의 관객을 바라보고 있는 모습은 어슴푸레한 가설극장에 권태감을 느끼게 했다.

문득 정신을 차리자 옥색 하카마를 입은 후리소데* 차림의 여자아이가 무대에 나타났다. 여자아이의 크고 풍성한 머리숱으로 된 쓰부시시마다**에 보랏빛 사슴 장식이 꽂혀 있었다.

여자아이는 무대 위에 반듯이 누워서 발끝으로 우산을 돌렸다. 가느다란 손목을 보호하기 위해 새하얀 토시를 동여매고 있었다. 무대 양편으로 긴 소맷자락이 드리워졌다. 접힌 우산을 발로 펴고 우산의 가장자리를 발로 받아서 빙글빙글 팔랑개비처럼 돌리고 또 돌렸다. 정강이 보호대도 새하얗다. 그리고 조그마한 흰 버선. 옥색 비단으로 된 남자 하카마의

---

* 후리소데(振り袖) : 소맷자락이 긴 소매. 또는 그런 긴 소매의 일본 옷.

** 쓰부시시마다(潰し島田) : 여자 머리 모양의 한 가지. 시마다마게(島田髷)의 밑동을 눌러 짜 부러뜨린 것처럼 낮게 틀어 올린 것.

주름이 때때로 흐트러졌고, 늘어뜨린 긴 소맷자락이 흔들거렸다. 그때 말석末席의 샤미센*의 줄을 당겨서는 얽히게 하고, 얽히게 해서는 다시 끌어당기는 듯한 곡조가 유코의 가슴을 꽉 조였다.

여자아이는 무대에서 내려오자 빙긋 웃으며 가볍게 인사하고 바로 안쪽으로 들어가 버렸다. 머리 모양이 다 망가져 엉망이 됐다. 노시메**의 긴 소매가 눈에 선했다.

아키지는 다른 사람들처럼 난간에 매달려 아래를 보고 있었다. 그 가느다란 목덜미를 유코는 가만히 바라보았다.

무대에 나온 또 다른 여자아이는 누워서 발을 위로 들어 그 위에 통을 많이 쌓아 올렸다. 또 그 위쪽에 올려놓은 천수통*** 속으로 남자아이가 들어가기도 하고 물 곡예를 하기도 했다. 그와 비슷한 곡예를 여러 명의 아이들이 돌아가며 하고 있었다. 유코는 보고 있는 것만으로도 너무 지쳐서 자신의 몸이 땀 속으로 녹아들어 가는 듯한 기분이 들었다. 자신은 무언가 슬퍼해야 할 만한 일이 있다고 생각했다.

그러나 유코는,

---

* 샤미센(三味線) : 일본 고유의 음악에 사용하는 세 개의 줄로 된 현악기.
** 노시메(熨斗目) : 노(能), 교겐(狂言)의 무대 의상의 한 가지. 그다지 신분이 높지 않은 남자 역의 의상.
*** 천수통(天水桶) : 방화용의 빗물통.

"될 대로 되라. 될 대로 되라."

고 말하고 싶은 기분이 들었다. 또,

'기분이 매우 침울해질 때, 그러한 침울 뒤에는 반드시 사람의 그림자가 보인다.'

고 생각하자 가설극장 안에 있는 사람들이 정겹게 느껴졌다. 옥색 비단의 남자 하카마가 유코의 눈앞에서 사라지지 않았다.

아키지는 같은 곡예가 계속 반복되어도 돌아가자는 말을 하지 않았다. 유코도 가설극장을 나가고 싶지 않았다. 모처럼 어두운 둥지를 발견했고, 또 밝은 빛을 정면으로 쬐는 것은 괴로웠다. 밤이 될 때까지 이대로 있을 수 있으면 좋겠다는 생각을 했다. 유코는 높은 곳에 걸터앉아 아무 생각 없이 그냥 멍하니 반쯤 잠들어 있었다.

찌는 듯한 탁한 공기가 때때로 유코의 몸을 어루만지며 스쳐 지나갔다. 드문드문 힘없는 박수 소리가 "짝짝" 하고 아래의 객석 쪽에서 들려왔다.

"푸드덕."

그 순간 갑자기 날갯짓하는 소리가 가까이서 들렸다.

멍하게 있던 눈꺼풀이 확 뜨이는 느낌이 들었다. 유코는 뒤를 돌아보면서 바로 일어섰지만 아무것도 보이지 않았다.

등을 돌린 채 유코는 빛바랜 기둥에서, 더러움이 때처럼 쌓인 돗자리의 가선 부분을 물끄러미 쳐다보았다. 문득 그 뒤의 벽에 붙은 널빤지에서 커다란 물고기의 꼬리와 지느러미 같은 검은 것이 움직이고 있는 것이 보였다. 유코는 가만히 그 움직이는 것을 바라보았다. 이윽고 움직이지 않게 되었을 때 유코는 부채로 그 검은 것을 가만히 찔러보았다. 부채를 잡아당기자 그 검은 것은 점점 널빤지의 바깥으로 질질 끌려 나온다. 대수롭지 않게 그대로 한 자 정도 쭉 끌어 당겨서 그 윤곽을 힐끗 보고는 그것이 박쥐의 한쪽 날개인 것을 알았다.

유코는 부채를 툭 떨어뜨렸다. 그리고 앉아 있는 아키지의 옆에 달려가 섰지만 아키지는 눈치 채지 못했다. 유코는 몸속의 피가 얼어붙은 것 같은 느낌을 받으며, 다시 벽에 붙어 있는 널빤지 쪽을 돌아보았다. 이제 검은 날개는 보이지 않았다. 그 옆의 벽 틈새로 해질녘 연노랑 빛의 햇살이 흘러들어오고 있었다.

두 사람은 가설극장을 나왔다. 벌써 흰 바탕의 유카타에 물속 같은 서늘한 그림자가 드리우는 저녁때가 되었다. 아키지는 역시 말없이 걸어갔다. 유코는 현기증이 날 정도로 배가 고파졌다. 남자에게 아무 말도 하지 않고 도중에 가버려야지, 그런 생각도 하는데, 무릎 뒤쪽이 땀에 젖어 옷에 끈적끈적하게 달라붙는 게 불쾌해서 견딜 수가 없었다.

‘이 여자는 어디까지 따라오는 걸까.’

유코가 남자의 모습이 그렇게 보인다고 생각했을 때, 남자가 말했다.

“뭘 좀 먹어야지.”

“나는 돌아가고 싶어요.”

“돌아간다고?”

“네.”

남자는 다시 말없이 걸어갔다. 두 사람은 연못의 다리를 건너서 산에 오르자, 길가의 얼음가게에 있는 의자에 서로 약속이라도 한 듯이 앉았다. 두 사람 앞으로 정원수에 뿌린 물방울이 흩날렸다. 두 사람은 언제까지나 떠나지 않을 듯 그곳에서 움직이지 않았다.

해가 저물 무렵이 되자 샤워를 마친 사람들이 세탁해 놓은 깨끗한 유카타로 갈아입고 여기저기서 걸어 다녔다. 두 사람은 하루 종일 땀에 찌든 몸을 이끌고 또 인왕문仁王門에서 말이 다니는 길 쪽으로 발걸음을 옮겼다. 두 사람은 강가를 걷다가 자갈 하치장에서 초저녁의 어둠이 내리기 시작한 스미다 강의 강변을 내려다보았다.

유코는 자갈 더미에 꽂힌 말뚝에 기대어 이제 자신의 몸을 남자가 끌어안고 어디든지 데려가주면 좋겠다고 생각했다.

'박쥐가 옥색 비단의 남자 하카마를 입은 여자아이의 생혈 生血을 빨고 있다. 생혈을 빨고 있다.'

남자가 손을 잡자 유코는 깜짝 놀랐다. 그때 집게손가락 끝에 감겨 있던 종이가 어느새 벗겨져 버린 것을 알았다. 비릿한 냄새가 물씬 풍겨왔다.

여자에 의한 여자 이야기(女の物語)
-다무라 도시코(田村俊子)의 데뷔작을 중심으로-

최은경[*]

1. 들어가는 말

이제는 '여류작가' 혹은 '여류문학'이란 단어 자체가 문학에 있어서의 양성평등을 저해하는 언어로 여겨져 사어死語로 취급될 정도이지만, 사실 근대 이전까지 문학은 남성의 전유물이었다고 해도 과언이 아니다. 일본의 경우도 마찬가지로 남성우월의 사회적 구조와 인습의 영향 아래 남성작가들이 주무대를 장식해 왔으며, 근대 이후에도 여전히 여성작가는 남성에 비해 소수였고 비주류로 분류되어 왔다.

평론가 미즈타 노리코水田宗子는 전전戰前의 시대에 여성이 작가가 된다는 것은 "자기 자신이 되는 것", 즉 자기의 정체성을 찾아가는 것을 의미했다고 정의한다. 하지만 그것이

* 동아대학교 외래강사

매우 어려운 일이었기에 먼저 여자들은 결혼, 혈연관계 등이 만들어 놓은 "가부장제 가족"으로부터 도망치고, "습관과 규범과 역할로 자신들을 속박하고 있는 호모소셜한 공동체의 구조에서 떨어져 여자인 자신의 욕구를 충족시키며 자신의 장소를 사회 속에서 확보하지 않으면 안 되었다."라고 역설하고 있다. 또한 "연애에 의한 성적인 충족욕구와 문학에 의한 사회적 인지와 경제적인 자립은 가부장제사회에서의 역할과 규범에서 자유로워지는 것을 희구하는 여자의 자의식과 자아의 주장에 있어서는 구체적인 길로 생각되었다"*고 덧붙이고 있다. 미즈타의 지적대로 여성작가들은 가부장적 권위와 불평등한 사회구조 속에서 '여성'이라는 이유로 많은 제약을 받으면서도 여성으로서의 '자신'을 표현해 가려고 했던 것이다.

본고에서는 일본근대문학에 있어서 여성작가와 여성이라는 키워드를 시야에 넣어 당시의 시대상황 아래에서 여성이 표현한 '여성'에 대해서 고찰하기로 하겠다. 여기에서는 근대의 저명한 여성작가 중에서도 메이지明治, 다이쇼大正 그리고 쇼와昭和의 시대를 살며 일본 최초의 전업 작가로 활동했던 다무라 도시코田村俊子(1884~1945)년, 이하 '도시코'로 약

* 水田宗子(2005)「ジェンダー構造の外部へ−田村俊子の小説」『国文学解釈と鑑賞別冊-今という時代の田村俊子−俊子新論』p.133

칭)에 주목하기로 하겠다. 여성이 남성작가와 마찬가지로 작가로서 생활해 갈 수 있게 되면서 여성의 사회적 문제를 그렸던 것은 자연스런 흐름이었다고 할 수 있을 것이다. 도시코 역시 다수의 작품에서 남성중심사회에 저항하는 여성과 곤란한 시대상을 그리고 있다. 그중에서도 그녀의 문단데뷔작으로 알려진『단념あきらめ』(초출『大阪朝日新聞』1911.1.1-同3.31 연재)은 다수의 여성들이 등장하며 그들의 각기 다른 삶의 행보는 당시의 다양한 여성들의 의식을 파악할 수 있는 유효한 자료가 될 수 있으리라 생각한다.

사실 작가 도시코의 파격적이고 대담한 삶의 이력은 '시대에 저항한 표현자'라는 수식어로도 평가한다.* 그녀는 일본여자대학의 1기생이기도 했으며 1910년대의『세이토青鞜』에도 참가하는 등 여성지식인으로의 활동을 해 나간다.**『단념』에서는 이러한 작가 자신의 모습이 반영된 여성이 등장하고 있다. 본문에는 메이지 시대를 배경으로 여대생 오규노 도미에荻生野冨枝가 '여성작가'가 되는 상황이 그려져 있다. 이 작품에 대해서는 주로 '자의식에 눈 뜬 여성의 자립희망과 현실의 상극, 그리고 섬세하고 탐미적인 정서와 관능의

---

* 다무라 도시코의 생애와 작품에 관해서는 졸고 「다무라 도시코『단념』론-가족관계를 중심으로」(2010)「일본어문학」(49) 일본어문학회 pp.363-384 를 참조.

** 이와부치 히로코, 기타다 사치에 편저/이상복, 최은경 공역(2008)『처음 배우는 일본여성문학사 근현대편』어문학사 pp.104-108 참조.

세계’ 등, 도시코의 문학적 특질과 경향이 거의 내장되어 있다는 긍정적 평가와 아울러 아직 형식상으로는 문학의 초기단계를 완전히 벗어나지 못했다는 부정적 평가가 엇갈리고 있다.

한편, 간 사토코菅聡子는 『단념』을 “처음 여성의 시선에서 여성들의 관계성을 그린 작품”*이라고 평가하고 있다. 그도 그럴 것이 이 작품은 남자가 주요인물로, 혹은 여주인공의 상대자로서 등장하는 다른 소설과는 달리, 감히 ‘여자들의 이야기’라고 불러도 좋을 정도로 다수의 여자들이 등장하며 남자는 여자들의 갈등을 조성시키는 부수적인 존재로만 그려져 있을 뿐이다. 선행 연구에서는 도시코의 삶과 작중 여성들의 의식과 행동에 주목한 젠더 시점의 연구가 다수 보이지만, 작품을 여성들의 관계에 초점을 맞춰서 메이지 시대의 ‘여성’ 혹은 여성 작가가 표현한 ‘여자이야기女の物語’로 접근해 간 논문은 눈에 띄지 않는다.** 따라서 본고에서는 『단념』을 종래의 여주인공 중심의 남녀상극, 혹은 신新 / 구舊 이

---

* 菅聡子(2006)「女性同士の絆ー近代日本の女性同性愛」『国文』お茶の水女子大学, 国語国文学会第106号 p.29

** 한국에서도 근래 들어 일본근대 여성문학자들에 관한 다양한 연구가 이루어지고 있는 가운데, 도시코의 연구는 아직 초기단계에 머물러 있다고 할 수 있다. 최근에는 『생혈』, 『단념』, 『포락지형』 등의 단독 논문들도 발표되고 있지만, 아직은 작품 속의 시대적 환경과 작가의 이력에 집착하여, 당시의 ‘신여성’의 시점으로 여주인공과 작품 전체의 위상을 파악하려는 경향이 엿보인다.

념대립이라는 관점에서 벗어나 메이지 시대의 여성작가 도
시코가 그리는 여성들의 모습에 주목하여 작품을 재검토해
가려고 한다. 당시의 남성중심의 시대상황 아래에서 여성들
이 어떻게 '자기自己'를 찾아가며 그들만의 관계를 구축해 갔
는지를 중심으로 작품의 감춰진 이면을 분석해 가도록 하겠
다.

2. 본론

도미에(富枝)와 미와(三輪)

『단념』은 신문현상공모에 당선되어 이름을 알리게 된 도
미에가 학교에서 "절대로 세상으로 나오지 마라" "허명에 마
음을 썼다"고 가르치고 훈계하는 교장과 학감에게 주의를 받
고 귀가하는 모습에서 시작되고 있다. 주인공 도미에는 상경
하여 지금은 결혼한 언니 쓰마코都満子 가족들과 동거하면서
대학을 다니고 있다. 당시로서는 드문 여자대학과 여학생의
묘사는 도미에의 지적인 면모를 부각시키고 있다. 게다가 그
녀는 '현모양처良妻賢母'의 교육을 답습하지 않고 자신의 꿈
을 이루고자 각본가로 등단하여 나중에는 무대상연까지 성

공시킨다.

『단념』에 대하여 앞선 미즈노는 "빈곤생활과 여성편력으로 가족을 희생시키면서 창작에 고뇌하는 남성작가의 탄생 이야기"와는 달리 여성작가의 가장 큰 어려움은 "여자로서의 구범과 역할, 남자와 남편과의 관계"*였다고 분석하고 있다. 미즈노의 지적대로 메이지 시대에 여성이 작가가 된다는 것은 '남자'로 표상되는 남성중심의 엄격한 가부장제 구조 속에서의 사회적 관습과 시선과의 투쟁이 우선이었는지도 모르겠다. 본문에서도 당시의 정형적인 여성상과는 거리가 먼 도미에의 모습과 작가가 되려는 꿈과 현실의 갈등이 그려져 있다. 그러나 그녀의 경우는 남자와의 관계에 초점이 맞춰져 있지 않고 오히려 주위의 여자들의 관계에 둘러싸여 그들과의 이야기가 주된 내용을 형성하고 있다. 즉, 도미에와 여학교친구들, 혹은 도미에 세 자매와 주로 여자들로 구성된 가족 이야기가 그것이다. 여기에서는 도미에와 특별한 연대감을 가지고 있는 여자들에 집중하겠다. 특히 이 절에서는 드미에가 남몰래 흠모하고 있었던 미와 하쓰메三輪初女라는 친구와의 관계를 분석하고 그것에서 파생되어 보이는 메이지 시대의 여성의 각각의 모습을 고찰해 가겠다.

* 水田宗子(2005)「ジェンダー構造の外部へ―田村俊子の小説」『国文学解釈と鑑賞別冊―今という時代の田村俊子―俊子新論』p.133

전술했듯이 도미에는 세상에 이름을 알렸다는 이유로 학교로부터 질책을 당하고 결국 자신의 꿈과 배치되는 학교의 주의主義에 반발을 일으켜 자퇴를 결심한다.

한편, 미와는 도미에와 함께 여자대학을 다녔던 인물로, 배우가 되겠다는 목표를 갖고 반학기만에 퇴학을 했다. 도미에는 그녀를 "눈이 아름다운" "천재적"인 친구로 기억하고 있다. 미와는 간판집의 딸로서 홀어머니와 간판 일을 하는 농아인 기술자와 셋이서 생계를 꾸리면서도 결코 자신의 꿈을 포기하지 않는 모습을 보인다. 이렇듯 두 사람은 학교를 그만두고 자신의 꿈을 좇아간다는 것에 공통하며 또한 그것이 둘의 동질성을 함축하고 있다. 본문에서 두 사람의 접점은 오랜만에 재회하게 되는 장면에서부터이다.

서로 보고 있는 사이에 그리웠다는 표정이 눈에 나타났다. 웃지 않고 다문 입에는 사람을 편안하게 하는 자상함이 있다. 긴 눈썹이 깜빡거린다. 마치 눈물을 머금은 사람처럼. / 도미에는 그 손을 잡고 싶을 정도로 마음이 뜨거워져서, 그 가슴에 얼굴을 묻고 무엇이든 회포를 풀면서 이야기하고 싶을 정도로 가슴이 반가움에 들떠 있었다. (7)[*]

<hr>

[*] 본문은 『明治文学全集 第82 明治女流文学集』(筑摩書房, 1965)에서 인용했으며, 괄호안의 숫자는 본문의 각 장을 표시한다. 한국어번역은 논문작성자에 의한다. 이하 동일. 단,『단념(あきらめ)』은 신문연재 후 같은 해 7월1일 金尾文淵堂에서 단행본으

두 사람은 미와가 퇴학하기 전까지 학교 내에서도 친한 동무였으며 퇴학한 후에도 서로의 집을 오가며 친분을 가진 사이였다. 그러나 도미에의 형부 료쿠시緑紫와 미와의 관계를 의심한 언니 쓰마코의 오해로 미와와 도미에는 소식을 끊고 지냈다. 그러다 도미에는 우연히 예기 수업을 받고 있는 여동생 기에貴枝를 통해서 미와의 소식을 접하고 결국 만나게 된 것이다. 위 인용문에서 보듯이 도미에는 미와와 "손을 잡고" 그녀의 "가슴에 얼굴을 묻고" 싶을 정도로 반가운 마음을 주체하지 못하고 있다. 반면 미와는 도미에의 격정적인 감정과는 달리 오랜만에 만난 친구에게 그저 안정된 미소로 응답할 뿐이다. 이어 두 사람은 오랜 만에 회포를 풀 요량으로 미와의 집까지 동행하게 된다. 도미에는 미와와 어깨를 부딪치며 나란히 걷는 것에도 기쁨과 설렘을 느끼게 된다. 이런 도미에의 감정은 미와의 권유로 함께 목욕을 하는 장면에서 더욱 노골적으로 드러난다.

"추웠지, 어서 들어와" / 미와는 뒤따라 들어 온 도미에에게 갈하면서 새하얀 상반신을 욕조에 드러내며 뿌연 욕조 속의 등불의 그림자를 쳐다보고 있었다. 도미에는 미와를 보았다. 그

로 출간되는 과정에서 개고과정을 거쳤다. 현재의 『단념(あきらめ)』은 초출이 아닌 단행본의 개정본으로 하며 본 논문의 텍스트도 그것에 따랐다.

렇게 미와의 따뜻한 살갗과 자신의 차가운 살갗이 팔 근처에서 살짝 스쳤을 때 도미에는 이상하게 부끄러웠다.(13)

상기의 인용문에서 보듯이 함께 목욕을 하는 두 사람은 동성임에도 상당히 관능적으로 묘사되어 있음을 알 수 있다. 특히 도미에는 재회하는 장면에서부터 미와에게 "부끄러움"과 그리움이 혼재된 감정을 갖고 있었으며, 미와와 신체적인 접촉이 있을 때마다 마치 연인을 상대하듯이 묘한 감정을 느낀다. 도미에는 이런 자신의 감정에 미와가 동조하길 바라며 서로의 공감대를 다시 형성해 가려고 한다.

도미에는 이 아름다운 얼굴을 자신 혼자 단지 이렇게 무의미하게 바라보고 있는 것이 아깝다고 생각되었다. 그렇게 말하자 미와는 도미에의 얼굴을 보고 잠시 웃었다. 나른한 듯이 책상 위에 걸치고 있는, 목욕물에 데워진 손을 미와는 뒤집어서 주먹을 쥐거나 하며 다시 아무 말도 하지 않았다. / 두 사람은 서로 가슴에 스치는 아무런 것도 없이 헤어졌다. 그래도 돌아갈 때 미와는 전차 역까지 배웅해 주었다. 도미에는 미와가 자신과 함께 있던 동안 내내 신나지 않은 얼굴을 하고 있었다고 느끼며 아자부로 돌아왔다.(13)

이전의 도미에와 미와는 동급생이었고, 미와가 퇴학을 한 뒤에도 서로에게 가장 큰 이해자였다. 그러나 연락두절 후 재회한 두 사람은 "가슴에 스치는 아무런 것도" 없는 사이로 변질되어 버렸다. 인용문을 통해서 도미에는 미와와 함께 하는 시간 내내 예전의 감정으로 다가가지만 미와의 시선은 다른 곳으로 향해 있음을 알 수 있다.

도미에와 미와의 관계에서 상이점은 외적인 부분 묘사에서도 확연히 드러난다. 본문에서 도미에에 관한 외적인 묘사는 거의 찾을 수 없고 "두꺼운 눈썹"과 "오토코무스비男結び"*를 하고 있는 등 중성적인 이미지가 강조되어 있는 것을 알 수 있다. 그에 비해 배우가 되려는 미와는 아름다운 용모가 특징지어져 있다. 도미에는 물론 기에도 "아름다운 여자"로 표현하고 있으며 주위의 남자들의 시선을 통해서도 미와의 아름다움은 반복적으로 묘사되어 있다.

앞머리가 한 중간에서 두 갈래로 갈라져 이마로 내려와 있는 미와를 어떤 광고의 모델 같은 얼굴이라고 아사스게朝晉는 바라본다. 그리고 아름다운 사람이라고 몰래 감탄의 한숨을 쉬었다. 지하야千부가 이렇게 힘을 쓰고 있는 것은 뭔가 거기에 연결된 것이 있을 것이라고 생각했다.(10)

---

* 끈을 매는 방법의 한 가지로 끈의 오른쪽 끝을 왼쪽 아래로 돌려 뺀 코에 왼쪽 끝을 넣어 매는 매듭을 일컫는다. 일반적으로는 남자들의 오비(帯:끈)를 묶는 방법에 일반적으로 쓰이고 있다. 반대로는 온나무스비(女結び)가 있다.

한다半田는 (중략) 이렇게 아름다운 얼굴로 이런 소박한 옷을 입고서 여배우가 되려고 희망하는 마음에는 시대 흐름을 좇는 허영의 그림자가 조금도 없는 것일까 하고 의심스럽게 바라본다.(10)

남자들은 미와의 아름다운 용모에는 감탄하고 인정하는 모습이 역력하다. 그러나 한편으로는 내심 그녀의 미모를 부정적으로 해석하려 한다. 즉 남자들은 여배우가 되려는 미와가 자신의 미모를 이용하여 야망을 이루려는 것으로 이해하며 여자의 꿈을 허황된 욕망이라 하며 의심스런 눈초리를 보내는 것이다. 이것은 각본가로서 데뷔한 도미에를 적극적이고 당당한 여성으로 취급하는 것과는 대조적이라 할 수 있다. 물론 미와는 도미에와 달리 여배우라는 직업의 특성상 남자와 경쟁할 일이 없을 뿐 아니라 오히려 미모와 여성성이 그녀의 재능으로 인정받기도 한다. 이렇듯 불우한 환경 속에서도 배우가 되려는 꿈을 포기하지 않는 미와의 자립의지를 단지 유행을 좇는 불순한 욕망으로 읽는 남자들의 시선에는 물론 반박할 여지도 충분히 있다. 하지만, 점점 도미에와는 다른 행보를 보이는 미와를 통해서는 남자들의 부정적인 시선을 어느 정도 수긍할 수밖에 없는 면도 엿보인다.

예전에는 두 사람이 빨간색이라고 생각했던 것을 지금에서
는 자신에게는 보라색으로 보이고 미와에게는 노란색으로 보일
정도로 두 사람이 헤어져 있던 사이의 세월이 제각각 자기自己
라는 것을 만들어 버렸기 때문에 어쩔 수 없다고 생각했다.(13)

도미에는 오랜만에 재회한 미와에게 "형부의 손을 놓고
자활自活하고 싶다"는 자신의 심중의 고민을 털어놓는다. 그
것은 주위의 누구에게도 보이지 않았던 속내이지만 미와는
아두런 충고도 없이 오히려 자신이 목표로 하는 외국 여배우
에 대해서 이야기할 뿐이다. 이처럼 두 사람은 한 때는 서로
에게 있어서 최고의 이해자이며 동지였으나, 지금은 각자 다
른 길을 걷는 개별적인 관계로 변해 버려 대화마저도 어긋나
는 등 소통이 어려운 사이가 되어 버린 것이다. 결국 도미에
는 "제각각 자기自己라는 것을 만들어 버렸다"고 인정하게
된다. 이들의 서로 다른 모습의 결정적 이유의 단서는 아래
의 인용문에서 찾을 수 있다.

신문기사가 유학비용을 대 줄 만큼 지하야千早에게 약점이
라고는 생각되지 않는다. 미와는 그 기사를 이용한 것이리라.
상처 입은 명예 배상금액이 유학비용일지도 모른다. 그렇지 않
다면 신문기사가 사실일지도 모른다고 생각하니 도미에는 역겨

왔다. / 어쩐지 미와와는 저 멀리 멀어져 버린 것 같은 기분이
든다. 자신과 마주한 적진 속에 미와가 서 있는 듯이 느껴졌
다.(16)

미와라는 인물은 앞서 남자들의 시선에 비춰졌듯이 자신
의 꿈을 위해서는 두려움 없이 행동하는 모습을 보인다. 미
와는 '아사스게 극단의 신여배우'로 등장하여 지하야 아이치
로千早阿一朗의 애첩이라는 소문을 만들어 결국 자신이 소원
하던 구미로의 유학길에 오르게 되는 것이다. 이것이야말로
도미에와는 다른 미와의 이면裏面이며, 남자들이 우려한 불
순한 야망의 실체가 된다. 즉 도미에의 형부에게조차 의지하
고 싶어 하지 않는 자활의지와는 달리 여배우로서 성공을 의
미하는 미와의 '자립'은 타인의 조력을 필요로 함을 엿볼 수
있다.

한편 그런 친우 미와를 도미에는 다음과 같이 인정하고 정
리하고 있다.

(도미에는) 겨우 신파배우의 일원과 일하게 된 것을 스스로
흡족해 하고, 이번 신문기사를 좋은 구실로 해서 지위도 이름도
없는 여자의 몸으로 구미欧米로 날아갈 행복을 만든 미와를 도
미에는 장하다고 생각했다.(17)

다음 날 도미에는 오이요와 함께 도쿄를 떠났다. 그날 아침 미와한테서 12월 어느 날에 일본을 떠난다고 하는 엽서가 왔다. 일부러 알리려고 보낸 한 장의 엽서였다. 그것이 도미에에게는 그저 남처럼 느껴졌다.(30)

반복해서 말하지만, 여배우를 목표로 하여 남자의 힘을 빌어서 외국으로 나가는 기회까지 손에 넣은 적극적인 여성으로서 그려진 미와의 라이프스타일은 도미에와는 확실히 대조적이다. 두 사람모두 여자대학을 떠나 자신의 길을 주체적으로 걸어가는 신여성의 면모를 보이지만, 그 방법론에 있어서는 명확한 차이를 보인다고 할 수 있다.

이러한 미와의 궤적에 관해서는 "남성의 성적지배를 받아들인 보상으로 여성에게 '자립'을 부여하면서도 여성자신의 '주체성'을 미끼로 하여 그 노골적인 지배관계를 은폐하려고 하는 남성중심주의의 전략을 명확히 하는 것"이라는 평가와 함께 "통념을 포함하는 시대의 압력 속에서 인생의 진로 선택을 여지없이 당하는 여자들의 곤란함을 상징"*하고 있다는 시선이 있다. 물론 미와의 경우 도미에의 지적대로 "지위도 이름도 없는 여자의 몸"으로 여배우로서 두각을 나타내고

* 浅野正道(2001)「やがて終わるべき同性愛と田村俊子—「あきらめ」を中心に」
  『日本近代文学』10月号 日本近代文学会 p.175

성공하기에는 쉽지 않음을 짐작할 수 있다. 그래서 그녀는 자신의 목표를 위해서 세상과 타협하며 과감히 자신을 던졌는지도 모르겠다. 이런 의미에서 미와의 '자립'은 완전하지 못하며 불순하다는 비난을 감수할 수밖에 없는 것이다.

한편, 상기에서 보듯이, 도미에는 꿈을 현실로 만들어 가는 미와를 "장하다偉い"라고 생각하면서도 결코 같은 태도를 취하지는 않는다. 그것은 그녀가 미와와는 다른 '자기自己'를 이미 깨달았기 때문이겠지만, 도미에의 "자활" 의지에는 남자의 상대로서의 여자로서가 아닌 성을 초월하여 한 인간으로서 자신 스스로 삶을 이끌고 가려는 고뇌와 당당함이 엿보이는 것이다.

도미에와 소메코(染子)

앞에서 본 도미에와 미와는 동급생으로 두 사람 모두 학교의 '주의'에 등을 돌리고 자신의 꿈을 위해 퇴학한 처지이다. 서로 배우와 작가의 꿈을 위해 세상과 싸워가는 도미에와 미와는 차츰 어긋나는 행보로 이제는 예전의 특별한 감정도 퇴색한 사이가 되어 버렸다.

한편 도미에에게는 미와 이외의 또 한 명의 특별한 여성이 존재한다. 후사다 소메코房田染子라는 고등여학교의 5학년 생도로 봄 문예회 때 도미에가 쓴 '하야코히메早子姬'의 여주 인공 역할을 한 인물이다. 본문에는 소메코의 연기에 모두가 "충분히 배우가 될 자격이 있고 천재라고 칭찬을 했다"고 서 술하며 "지금 문부차관의 딸"이라고 덧붙이고 있다. 이처럼 소메코도 도미에가 특별한 감정을 가진 미와처럼 연극에서 여주인공 역할을 할 정도의 미모와 천재성을 가진 인물이라 는 것이 은연중에 소개되고 있다. 게다가 그녀는 권력가의 딸로 호흡기병을 앓는* 병약한 소녀로 묘사되어 있어 중성 적인 이미지의 도미에와의 조화를 가능하게 한다. 특히 본문 에서 소메코는 "보라색"으로 이미지화 되어 있음을 확인할 수 있다.

밤에 잠자리에 들 때까지 그 시간 안에 편지를 써서 기쁘게 해 주자고 생각하여, 그 아이의 잔향이 남아있는 책상에서 보라 공주라고 적고, 자신은 오늘밤 보라색의 꿈을 꾸며, 짙은 보라 색에 싸여서 보라색 속을 방황하며 보라색을 동경하는 꿈을 꾸 고 싶다고 썼다.(8)

---

* 초출에서는 소메코의 병명이 "뇌신경쇠약"으로 설정되어 "하루라도 도미에의 모습을 보지 않으면 밤에도 자지 않고 울면서 그리워하고 있다. 그것도 병이 원인이라고 의사 가 말한다"며, 동성애적 경향을 연관시켜 적고 있으나, 단행본으로 이행하는 단계에서 대폭개정작업을 거쳐 병명도 동성애와 아무런 인과관계도 없는 "호흡기병"으로 수정 되었다.

도미에가 학교를 다닐 때에는 도서실 앞 오동나무 아래가 그 둘의 만남의 장소였다. 소메코가 언제나 거기서 도미에를 기다리는 모습에 주위 학생들이 그 나무를 "소메오동"이라고 부를 정도였다. 그리고 도미에가 자퇴를 결심하고 난 후 소메코는 그녀에게 보라색의 편지로 그리운 마음을 전해온다. 『단념』에는 다수의 여성들이 등장하고 그들의 의복이나 화장에는 다수의 색이 표현되어 있다. 그중에서도 "보라색紫色"은 도미에가 상기하는 소메코의 표상으로 작용하고 있다. 도미에는 소메코의 "보라색과 재색의 광택이 나는 비단 코트"를 인상적으로 기억하고 있으며 그녀를 "보라공주" "보라색 연인"이라고 내심 정의하고 있는 것이다. 이들의 관계에서는 이렇듯 일종의 낭만적 감수성의 소녀적 취향에서 벗어나지 못한 유치한 일면도 엿보이나 한편으로는 앞서 미와와의 관계에서도 보듯이 이성간의 교제에서는 미처 발견하지 못할 여성의 적극적이고 관능적인 시선이 드러난다.

이렇게 도미에 곁에 있을 때 소메코는 자신의 몸 안의 피가 도미에의 입안으로 옮겨져 데워졌으면 하는 정도로 그리웠다. 그래서 잡힌 손을 놓기가 싫었다. (8)

"왜 옆으로 오지 않아? / 이렇게 물은 도미에도 자신의 가슴이 두근거리고 있는 것을 알고 있었다./도미에는 우유가 흐를 것 같은 소메코의 뺨을 빨고 싶다고 생각했다. 그리고 소메코의 부끄러움을 담은 표정을 보고 싶다고 생각했다.(15)

도미에와 소메코는 엄밀히 말하자면 학교 선후배 관계로 언니 동생으로 호칭되는 사이이다. 그러나 위에서 보듯이 신체를 둘러싼 심리묘사와 적나라한 문체는 동성애의 관계를 의심하기도 한다. 소메코의 경우는 도미에와 자신 이름의 이니셜인 "T와 S가 조합되어 새겨져" 있는 시계를 착용하고 있을 정도로 둘의 친밀성을 강조하고 있다.

선행연구의 와타나베 스미코는 근년에 들어서 종래의 단면적인 도시코의 위상에 의문을 제기하며 도시코를 "일본근대 여성문학의 원점"이라고 자리매김 하고 있다. 와타나베는 도시코의 작품에서 보이는 "적나라한 성적 관계와 신체를 둘러싼 심리묘사, 관능적이라고 불리는 문체"는 "일본의 가부장제 가족의 속박 속"에서의 "여성의 자기표현으로의 고뇌"*라고 분석하고 있다. 알다시피 남성중심적인 역사 속에서 여성의 위치는 주체적, 주도적 존재가 되기 어려웠고 성적인 관계에서도 주로 남성의 상대적인 역할에 불과했다. 그

* 渡邊澄子(2006)「佐藤(田村)俊子新論」『大東文化大学紀要 人文科学 (44) 』pp.105-119

러므로 적극적이고 관능적인 성적 대상은 주로 여성에 한정되어져 있었고, 그 표현자 역시도 남성이었다. 이처럼 도시코가 시도한 동성간의 과잉된 성적 묘사는 남성에 의한 여성이 아닌 주체적 여성으로서의 자기를 과감하게 표현한 것이라고 할 수 있다.

한편 도미에를 찾아 상경한 소메코를 보고 료쿠시와 쓰마코는 다음과 같은 반응을 보인다.

"그건 언니로 삼고 싶다든가 뭔가를 말한다면 그렇게 생각지 않겠지만, 정반대의 여자가 여자에게 반한다는 건 도리가 아니지 않아? 형부도 참 이상한 말을 하더구나." / "형부는 금방 그런 식으로 해석하지. 정말 취미가 이상해." / "사랑이야. 사랑 때문에 운다는 게 뭘까?"하고 옆방에서 료쿠시가 말한다. / "너는 그 사람의 애인이야"라고 쓰마코는 입을 벌려 웃는다.(8)

위에서 보듯이 도미에의 주변인들은 소메코와의 관계를 심각하고 위험한 것으로 여기지는 않는 듯하다. 즉 당시 메이지시대에 여성동성애자는 성적인 관계라고 사회적으로 인지되지 않았음을 언니부부의 대화를 통해서도 알 수 있다. 이것은 전후 "신헌법과 함께 민법이 개정되어 이에제도家制度가 무너지고 남녀의 연애가 해금될 때까지 여성간의 동성애에는 현재로서는 상상하기 어려운 의미와 보편성"*이 있었기 때문일 것이다. 그것의 동일선상으로 여자학교에서의 여자들끼리의 연대감이란 것은 그저 평범한 것으로 받아들여지며, 그녀들의 관계 역시도 그런 선상에서 좀 더 각별한 친밀감을 갖고 있다고 생각할 뿐이다. 하지만 소메코의 집안은 두 사람의 교제에 경계심을 표하며 도미에의 방문에 거부감을 드러내기도 한다. 그것은 소메코의 도미에를 향한 병적인 집착과 히스테리적인 반응에 대한 거부감으로 풀이할 수 있을 것이다. 본문에서 병약한 소메코는 도미에에게만 마음을 브이고 그녀를 가족보다 더 많이 의지하며 따르고 있다. 앞서 언급했듯이 소메코는 도미에에게 적극적으로 애정을 드러내며 과감한 언행으로 도미에와의 유대를 확인하려고 한다. 과연 두 사람은 동성애적 관계라고 단정할 수 있을까? 여기서 도미에와 소메코의 특별한 친밀성의 내면에 유의해 갈 필요가 있을 것이다.

"학교에 가지 않아도 때때로 만나면 되잖아. 그러면 안 되니?" / "저, 이렇게 매일매일 언니 곁에 있을 수는 없잖아요. 왜 친동생으로 태어나지 않았던 걸까요?"라고 눈물짓고 있다.(8)

* 堀場清子(1988)『青鞜の時代』岩波新書 p.108

　도미에는 기에와 둘이서 이렇게 아는 사람들이 있는 곳에서 떨어져 여행을 하면, 기에와 친해지고 익숙해지게 되리란 것이 기뻐서 "언제까지나 놀고 싶지 않아? 언니와 둘이서."라고 말하고 기에의 등에 손을 뻗쳤다.(19)

　"언니와 둘이서 어디로 가버리면 어떻게 될까?" / "언니와 어디라도 갈 거야? 기에는?"
　기에는 금방 답을 하지 않았다. 도미에는 소메코를 생각했다. 기에가 소메코라면 왜 두 사람은 이렇게 평생 함께 있을 수 없는 것일까 하고 울었을 거라고 생각했다.(20)

　상기 인용문에서 보듯이 소메코는 도미에와 함께 있고 싶다는 욕망에 "친동생으로 태어나지 않았던" 것을 원망하며 도미에 역시도 기에에게 소메코를 대비시키고 있다. 또한 도미에에게 기에가 보호해야 할 연약한 여동생인 것처럼 소메코 역시도 어리고 여린 소녀로 형상화되어 있다. 예를 들면 도미에와 기에가 계획 없이 하코네로 여행을 떠났을 때 기에는 "인형이라도 들고 올 걸" 하며 아직 어린 티를 벗지 못한 발언을 한다. 마찬가지로 소메코도 자신의 인형을 도미에에게 보이며 "인형이 말을 알아듣는 것 같아서 자신이 생각하고 있는 것을 남김없이 언니에게 전해 줄 것 같았다"고 말하는 장면이 있다. 이와 같이 기에와 소메코가 집착하는 '인형'

은 그들의 아이와 같은 순수함을 상징하는 동시에 유치하고 나약한 대상이라는 것을 은유적으로 암시하고 있다.

앞서 언급한 간 사토코菅聡子는 도미에와 미와와의 관계에는 "예술의 장에서 자립하려고 하는 여성이라는 양자의 공통성과 차이"가 보였던 것에 대해 소메코와의 관계에는 "여학생들이 '자매'를 의제擬制로 해서 인연을 맺는"*다고 말하고 있다. 두 사람의 동성애적 관계는 '여학교'라는 남녀가 격리된 일시적 환경에서 기인하는 것으로도 볼 수 있을 것이다. 특히 소메코에게는 아직 여학교를 벗어나지 못한 사춘기적 감수성과 과잉한 몽상성이 엿보이기도 한다. 즉 도미에와 소메코의 몽상적으로 미화된 친밀함은 남녀의 사랑에서 얻을 수 없었던 욕구충족을 동성간에서 찾았던 결과라고 말할 수 있을 것이다. 결국, 도미에와 소메코의 관계는 성적인 관계의 뉘앙스 이전에 친자매 관계와도 유사한 자매애적인 성격에 기초한 관계라고 정의할 수 있을 것이다. 그러나 이런 두 사람 역시도 이별을 예고하게 되는데,『단념』의 마지막은 다음과 같이 맺고 있다.

"불편한 집에서 태어나도 언니가 나한테 붙어 있어 주기만

* 菅聡子(2006)「女性同士の絆—近代日本の女性同性愛」『国文』お茶の水女子大学 国語国文学会 第106号 p.31

하면 돼요. 나는 아무것도 필요 없어요. 언니가 필요해요."/
"가졌잖아." / 도미에는 웃었다. 소메코는 기쁜 듯한 얼굴이었
다. 소메코는 이러고 있는 중에도 도미에가 사랑스러웠다. (중
략)/ 신바시의 정차장에서 울며 서 있는 언니의 모습을 도미에
는 바라보았다. 그리고 이 기차가 오이소를 통과할 것이라고 생
각하는 사이에 기차는 출발했다.(30)

이 작품은 여성동성애관계가 주된 내용은 아니고 다양한
사회적인 저해요인으로 사랑하는 여자후배를 두고 시골로
돌아갈 수밖에 없었던 이야기다. 마지막 고향으로 내려갈 때
에도 소메코가 있을 '오이소'를 떠올리며 그녀를 걱정하고
생각한다. 그러나 여후배에게 한마디도 고하지 않고 헤어진
이유로서는 불충분한 느낌이 든다.

이러한 결말에 관해서 이성애지상주의라는 요청이 무의식
적으로 작용하고 있었던 것으로 "동성애는 현실에서는 이루
어지지 않는 어떤 종류의 비재성"의 "표상"*이라는 시선도
있다. 한편, 사에키 쥰코佐伯順子는 도미에와 소메코의 관계
를 "일종의 동성애에 가까울 정도의 친밀한 우정"**으로 보

* 浅野正道(2001)「やがて終わるべき同性愛と田村俊子—「あきらめ」を中心に」
『日本近代文学』日本近代文学会 p.171
** 佐伯順子(2000)『恋愛の起源』日本経済新聞社 pp.216-218. 일본의 메이지시대
의 이러한 여성동성애적 경향은 한국에서도 엿볼 수 있다. 당시 신여성의 동성애는 화
제가 되었다. 소파 방정환이 발행한 잡지『별건곤』(1930.11) 과『조광』(1937.3)에는

며 "'사랑'은 여성의 손에 의해서 남성지식인이 제창한 이성 애에 한정되지 않는 여성간의 관계"로 확장되어 가며 이것이 당시의 "이성간, 결혼애結婚愛를 절대시하는 남성지식인의 연애관 결혼관을 여성 쪽에서 상대화하는 의의를 가진다."고 평가하고 있다.*

『간념』에서의 미와로 대표되는 당시의 여배우와 여학생 등의 직업적 문제와 여성간의 각별한 유대絆를 시야에 넣어 젠더 뿐 아니라 섹슈얼리티에 관한 연구는 아직도 유효하리 라 생각한다. 상기의 선행연구에서도 보듯이 90년대 이후 차 츰 주목받기 시작한 도시코 작품세계의 여성동성애에 대한 과제도 사춘기 여학생들의 치기어린 연애장난, 혹은 일시적 연기성이란 시점에서 한 발 나아가 남성중심의 강제적 이성 애의 질서에 대한 도전으로 해석하며, 그것을 통해서 여성이 얼마나 주체성확립을 실현한 것인가라는 관점에서 고찰되어

「여류명사의 동성연애기」, 「신여성의 동성애 체험수기」 등의 제목 아래 1930년대 여학생들 사이에 동성연애는 이성애만큼이나 자연스런 것이었다고 적고 있다. 그 중에는 중외일보 기자 황신덕, 춘원 이광수의 아내이자 산부인과 의사였던 허영숙, 기독교 운동가 이덕요 등의 동성연애 경험담을 취재한 기획기사를 싣고 있다. 1931년 4월8일 세브란스의전 교수 홍석후의 외동딸이자 홍난파의 조카딸 홍옥희(21)와 부유한 서점 주인 김동진의 딸이자 부호 심종택의 맏며느리인 김용주(19)의 情死라는 충격적인 사건이 있었다. 두 여인은 남편과 연인으로부터 배신당한 상처를 서로 위로하다 연애로 발전한 것으로 명문가의 여성의 동성애 정사는 엄청난 사회적 파문을 불러일으켰다. 일본과 마찬가지로 당시의 신여성들 사이에서 만연된 동성애는 상대에 대한 깊은 동정과 이해를 바탕으로 하고 있음을 알 수 있다.

* 佐伯順子(1998)『「色」と「愛」の比較文学史』岩波書店 p.292

야 함을 역설하고 있는 것이다.

　이와 같이 『단념』의 여성들의 관계에서는 적극적이고 행동적인 여성상이 주목되며, 비록 여학교와 사춘기라는 제한된 틀 안에서 형성되어 있긴 하지만 공고한 가부장제 사회 속에서 그들만의 관계를 형성해 갔다는 것은 남성주도의 관계구도에 일종의 관계의 다양성을 시사하고 있다고 말할 수 있을 것이다.

도미에의 단념(あきらめ)

　종래에는 도미에가 학교를 그만두고 귀향하는 것이 그녀가 자신의 꿈을 "단념あきらめ"하게 되는 단순한 이야기로 읽는 경향이 있었다. 그러나 최근에는 『단념』의 의미를 다양한 시선으로 해석하려는 움직임이 있다. 시다라 마이設楽舞는 "굳이 상반된 타이틀을 거는 것으로 신구新舊양자를 명확하게 구분한 주인공이 스스로의 인생을 선택한다는 도미에의 결단의 이야기이며, 여성을 제약, 억압하는 사회구조와의 투쟁을 몰래 교묘하게 구성"*한 것이야말로 이 작품이 갖는

---

* 設楽舞(2005)「「あきらめ」の斬新性」『国文学解釈と鑑賞別冊─今という時代の田村俊子─俊子新論』p.170

참신성이라고 분석하고 있다. 이처럼 "단념"은 오히려 역설적인 의미를 내포하고 있는 제목으로 해석하는 경향이 눈에 띤다. 여기에서는 도미에의 단념이 무엇을 의미하고 그것이 작품 전체에서 가지는 파장효과는 무엇인지를 분석하겠다. 본문에는 제목이 되고 있는 "단념"이란 단어가 두 번 언급되고 있다.

자립할 수 있도록 대학을 졸업하고, 이것이 3년간 공부한 증거라며 졸업증서를 보이고, 밉다고 생각한 며느리의 뱃속에서 어떻게 이런 자랑스러운 손녀가 나왔을까하고 그냥 평범하게 기쁘게 해 드리고, 계모에게도 이것이 자신의 딸이라며 자랑거리를 제공한다. 그렇게 하지 않으면 안 되는 자신이다. 하지만 이런 것은 무의미하다고 맘대로 비관하고 있는 스스로를 자각하고 있을 정도로 자신은 영리하게 태어났다고 도미에는 슬프게 단념하고 있었다.(2)

도미에의 현재의 욕망과 자유는 모두 단념의 그늘에 숨어 있다는 것이 지금 도미에의 마음의 형상이었다. 입대고 싶을 만큼의 부족함도 없다. 오이요의 형편이 허락할 때에 짐 하나 들고, 아직 가본 적이 없는 기후라는 곳으로 할머니를 만나러 가서 또 그 땅에서 할머니가 돌아가실 때까지 그만큼의 세월을 그곳에서 보내려고 하는, 그런 각오뿐이었다.(29)

상기의 문장에서 보듯이 도미에의 "단념"은 귀향과 연결되어 있다. 도미에는 집안의 대를 잇기 위하여 고향으로 돌아가 여자호주로서 혈육인 할머니를 봉양하고 계모인 오이요에게도 자랑스런 딸 노릇을 하려고 결심한 것이다. 아울러 그녀의 "단념"은 "현재의 욕망과 자유"를 의미하는 도쿄에서 생겨난 인연과 욕망을 정리한다는 의미이기도 하다. 이미 앞에서 확인한 바대로 도미에의 귀향에 관해서는 미와와 소메코는 전혀 관여하지 않고 있다. 자신의 꿈을 위해서 외국으로 떠나는 미와는 차치하고라도 도미에에게 집착하고 있는 소메코에게조차 알리지 않은 귀향이다. 이러한 제목의 "단념"에 대하여 소메코와의 관계에서 보이는 동성관계에서 도미에의 "남녀관계로의 일종의 '단념'과 같은 의식이 느껴진다.*"는 지적도 있으며, 작품 마지막 부분에서 언급되고 있는 배우 다사토田里와 예기 지마지千万次의 남녀간의 연애로 인해 "도미에가 도쿄에서 다져온 미와와 소메코와의 동성끼리의 관계를 이성애로 끊는 또 하나의 '단념'이라"**는 분석이 있다. 이와 같이 선행연구에서는 도미에의 "단념"이란 작품 전체에서 그림자를 드리우고 있는 미와와 소메코와의

* 佐伯順子(2000)『恋愛の起源』日本経済新聞社 pp.216-218
** 小平麻衣子(2000)「再演する〈女〉—田村俊子「あきらめ」のジェンダー・パフォーマンス(近代文学における「作者」『国語と国文学』p.65

관계, 즉 동성애적 관계로의 "단념"으로 풀이하려는 경향도 있다. 그러나 도미에의 '단념'과 귀향이 결코 좌절의 이야기로만 읽히지 않는다면 여자들의 관계를 좀 더 새로운 각도에서 해석할 여지는 충분히 있을 것이다.

앞서 살펴보았듯이 도미에는 자신의 책임을 다하겠다는 결의에 찬 의지적인 인물이며 그것이 귀향으로 이끌었다. 세상에 이제 막 각본가로서 주목받기 시작한 도미에이지만, 도쿄에 남아서 자신이 좋아하는 일을 하고 싶다고 생각하는 한 그녀의 보호자는 형부일 수밖에 없는 것이다. 그러므로 도미에의 "나는 남자가 아니다"라는 아픈 독백은 여성으로서의 주체성을 방기하면서 남성의 지배를 받아들이는 것에 대한 거절의 의미로 읽히는 것이다.

그녀는 대학을 다니며 각본가로서 당당히 데뷔한 여성이다. 또한 학교에서 주입시키는 '현모양처'의 가치기준에서는 멀어져 있으며, 수동적이고 나약한 여성의 모습도 찾아보기 힘들다. 이렇듯 도미에는 메이지 가부장제 사회 아래에서 적극적으로 자기표현을 하는 새로운 여성像으로 조형되어 있다. 여자호주가 되는 도미에에게 친우 미와, 혹은 후배 소메코, 그리고 쓰마코와 기에의 친자매는 모두 소중한 존재임에 분명하다. 그녀는 료쿠시가 대표하는 남자들에게는 부정적 시선을 갖고 있는 반면, 주위의 여자들과는 관계를 견고히

하고 있다.

작가 도시코는 당시의 수동적이고 주류에서 소외된 집단으로서의 여성들은 더욱 서로에 대한 이해의 폭을 넓히고 연대해야 할 필요성을 인지하고 있었다. 그러므로 작가는 자신의 모습이 반영된 도미에를 통해서 여성들의 결속이 가부장제를 극복할 수 있는 하나의 방법이 될 수 있음을 제시하고 있는 것이다. 즉 여성간의 유대 속에서는 남녀관계에서 미처 발견하지 못한 주체적 인간성을 자각하게 되고, 그럼으로써 여성 스스로가 가부장적 제도 바깥에 '자기自己'를 자리매김 해 갈 수 있게 되는 것이다.

이런 이유로 주인공 도미에의 모습은 동시대의 남성작가가 표현한 어느 여성상보다도 훨씬 주체적이고 자립적인 인물로 부상되어 온다고 할 수 있다.

3. 나오는 말

메이지44년에는 아리시마 다케오有島武郎의『어떤 여자或る女』(1911.1~1913.3『白樺』)가 연재되기 시작했으며, 여성들만의 문예지『세이토靑鞜』(1911.9~1916.2)가 창간되기도 했다. 이처럼 공교롭게도『단념』이 연재된 1911년에는 자아에 눈 뜬 '신여성新しい女'이 문학 전반에 속속 등장하기 시작한 해이기도 하다. 도시코도 여성을 해방한다는 사상 아래『세이토』의 찬조원으로 활동했으며 창간호의「생혈生血」을 비롯하여 몇 편의 작품을 기고하고 있다. 물론『단념』에서도 여대생으로 등장하여 각본가로서 당당히 자신의 역량을 발휘히 갔던 주인공 도미에 역시 신여성의 면모를 지닌 인물이라고 할 수 있다. 도미에는 형부 료쿠시에 구속되어 있는 언니 쓰마코와 예기 수업을 받는 동생 기에와도 차별된 여성으로 조형되어 있다. '자활'을 희망하는 그녀는 남성의 시선에 좌으되지 않으며 '현모양처'의 교육을 강요하는 학교를 자퇴하는 모습까지 보인다. 이런 도미에는 여학교에서의 인연들인 미와와 소메코와 각별한 유대관계를 형성하고 있는 것을 알 수 있었다. 본문에는 그들 여성간의 관능적인 시선과 과감한 묘사가 인상적으로 묘사되어 있었다.

『단념』에 관하여 아사노 마사미치浅野正道는 "괄목해야

할 텍스트"라고 평가하며, 그 이유를 "이성애의 질서라는 현실 속에서 분투하면서도 레즈비언은 '덧없는' 것으로 인정해 버리는 잠재적인 역학의 한계를 현재화시킨, 그러한 불순한 전술성이 기록되어 있기 때문"*이라고 설명하고 있다. 아사노는 작품명인 "단념あきらめ"을 도미에를 둘러싼 동성애의 "한계"로 읽고 있는 것이다. 그러나 여기서 주의해야 할 것은 앞서 분석했듯이 도미에에게 있어서 미와와 소메코가 단순히 성애의 상대가 아닌 남성중심 사회에서 그것에 대응할 여성간의 유대관계의 대상이 되고 있다는 것이다. 작가 도시코는 여성의 '자기표현'이 곤란한 시대상황과 사회의 성차구조를 예리하게 꿰뚫고 있었다고 생각한다. 그러므로『단념』에서 보이는 여성간의 관능성은 "이성과의 육체적 환희의 표현에 한정된 것이 아니라 오히려 자기표현의 수단이며 도시코가 자기自己가 되기 위한 섹슈얼리티의 충족을 중시했다는 것을 나타낸다"**고 할 수 있는 것이다.

이와 같이 도시코는 여성으로서 행위와 욕망의 주체가 될 수 없게 만드는 당시의 현실에서 차별적이고 협소하게 구획된 기존의 욕망의 언어를 넓혀가는 시도를 한 것이다. 도시

* 浅野正道(2001)「やがて終わるべき同性愛と田村俊子―「あきらめ」を中心に」『日本近代文学』日本近代文学会 p.176
** 水田宗子(2005)「ジェンダー構造の外部へ―田村俊子の小説」『国文学解釈と鑑賞別冊-今という時代の田村俊子―俊子新論』p.135

코는 비록 남성중심의 이성애를 주장하는 사회에 대한 대안
으로써 기존의 남성작가와는 달리 여성동성애적인 묘사로
자매애를 강조하고 있지만, 그것은 남성문학자들이 주류였
던 시대에 여성으로서의 확실한 '자기표현'으로 해석할 수
있는 것이다.

참고문헌

이와부치 히로코, 기타다 사치에 편저 / 이상복, 최은경 공역 (2008) 『처음 배우는 일본여성문학사 근현대편』 어문학사 pp.104-108
浅野正道(2001)「やがて終わるべき同性愛と田村俊子—「あきらめ」を中心に」『日本近代文学』日本近代文学会2001.10 pp.163-178
小平麻衣子(2000)「再演する〈女〉—田村俊子「あきらめ」のジェンダー・パフォーマンス(近代文学における「作者」」『国語と国文学』77(5) 東京大学国技国文学会 pp.58-69
菅聡子(2006)「女性同士の絆—近代日本の女性同性愛」『国文』(106) お茶の水女子大学 国語国文学会 pp.24-39
佐伯順子(1998)『「色」と「愛」の比較文学史』岩波書店 pp.271-321
(2000)『恋愛の起源』日本経済新聞社 pp.216-218
設楽舞(2005)「「あきらめ」の斬新性」『国文学解釈と鑑賞別冊-今という時代の田村俊子—俊子新論』pp.164-171
水田宗子(2005)「ジェンダー構造の外部へ—田村俊子の小説」『国文学解釈と鑑賞別冊-今という時代の田村俊子—俊子新論』pp.132-140
堀場清子(1988)『青鞜の時代』岩波新書 p.108

渡邊　澄子(2006)「佐藤(田村)俊子新論」『大東文化大学紀要
人文科学』(44) pp.105-119

다무라 도시코(田村俊子)의 『생혈(生血)』論
―눈물과 웃음의 표상―

이상복[*]

1. 서론

　다무라 도시코(田村俊子 : 1884년 4월 25일~1945년 4월 16일, 이하 '도시코'라고 칭함)의 『생혈生血』은 여성 문예 잡지 『세이토青鞜』(1911년 9월~1916년 2월, 제6권 2호로 폐간)의 창간호에 실린 작품이다.

　『세이토』가 발간된 1911년의 일본의 사회상은 근대성을 받아들이면서도, 사회 전반에 봉건적인 사상과 분위기가 농후하여, 여성에게는 정절과 헌신을 강요하며 인격을 무시하는 성향이 강했다. 그런 분위기 속에서 여성은 글을 써도 인정받기 힘들고 발표의 장도 구하기 힘들었다. 문학은 "남성 문학"이라는 "보편적인 카테고리를 대표하는 것이 당연시"[**]

* 삼육대학교 일본어과 부교수

되어 온 현실을 타파하고 여성들만이 각자의 개성을 살려, 훌륭한 문학을 탄생시고자하는 의도에서 발간된 것이 여성 잡지『세이토』였다.

그 당시는 "현모양처"를 여성 삶의 아이덴티티 핵으로 여기며, 정조를 부덕婦德삼는 것이 사회적인 조류였으므로, 남녀의 혼전관계나 여성이 성에 대해 적는 것이 쉽지 않았다. 그런데 "여성의 자기표현을 억제해 온 사회의 성차 구조를 예민하게 통찰하여 소설화 한 작가"*로 알려진 도시코가『생혈』에서 결혼도 전제로 하지 않은 남녀 혼전 관계를 여성의 의지에 의해 가진 후에 느끼는 복잡한 내면세계를 그려 "『세이토』창간호에 적합한 단편"**이라는 평을 받고 있다.

하세가와 게이長谷川啓는 도시코의 문학에 있어 "남녀 상극의 테마는 이『생혈』로부터 시작"되며, "생혈을 빠는 '남자'에게 증오심을 품기 시작한 여성의 삶의 존재 감각을 상징적으로 표현"***, 미쓰이시 아유미光石亜由美는 "유코라는 여성의 처녀 상실處女喪失의 이야기"****, 구로자와 아리코黒澤

** 水田宗子(2000)「フェミニズム·ジェンダー·セクシュアリティ」『女性文学を学ぶ人のために』世界思想社, p.12.

* 水田宗子(2005) 「ジェンダ-構造の外部へ一田村俊子の小説」『国文学解釈と鑑賞』別冊 至文堂, p.136.

** 長谷川啓(1987)「解題」『田村俊子作品集』2, オリジン出版センター, p.443.

*** 長谷川啓(1987) 上掲書, p.443.

**** 光石亜由美(1996) 「〈女作者〉が性を描くとき一田村俊子の場合一」『名古

亜里子는 "'성'의 부조리한 힘에 끌려가면서 방황하는 젊은 여자의 심리를 몽상적夢想的인 수법"*으로 그린 작품이라는 평을 하고 있다. 이렇듯 선행연구에서는 가부장제도 아래 남성에게 순종으로 일관해 오던 여성의 모습에서 일탈하여, 여성이 스스로 선택한 상대와의 "성" 경험을 둘러싸고 갈등하는 여성의 모습을 그리고 있다는 평이다.

본고에서는, 『세이토』시대에 남녀 성관계 후, 슬픔의 눈물과 평소와 다름없는 웃음으로 대비되는 상황을 남성 아키치는 침묵으로 일관하게 하고, 여성 유코만의 심리를 감각적 묘사로 표현한 내면적 자기인식과 타자로부터의 자기인식 속에서 정조를 잃은 신여성의 감정이 묻어나는 표현을 살펴본다. 그리고 더 나아가, 작가가 여성에게 가혹한 성차 인식을 요구하는 사회 속의 남성을 여성의 "생혈"을 빠는 박쥐로까지 상징적으로 그리고 있는 그 양상을 고찰하고자 한다.

2. 『세이토』와 다무라 도시코

屋近代文学研究』14, p.55.
* 黒澤亜里子(2000)「田村俊子」『女性文学を学ぶ人のために』世界思想社,
  p.108.

『생혈』을 고찰함에 있어 『세이토』와 다무라 도시코와의 관계를 배제 할 수 없다. 작가의 의도가 충분히 내포되어 있는 『생혈』이 『세이토』의 창간호에 실린 작품이라는 것에 큰 의미를 부여하고 있기 때문이다.

『세이토』는 창간호 후기에 적혀 있듯이 "Blue Stocking"의 역어로, 라이초가 "여성들만의 문학잡지를 만들면, 사회로부터 시선이 곱지 않을 것에 대비"*하여 붙인 이름이다. 이처럼 『세이토』는 시작부터, 여성에게 부당한 인습과 도덕에 복종하지 않고 여성의 자아 발견에 큰 중점을 두고 출발했다고 볼 수 있다.

『세이토』의 창간호에 "현모양처 사상을 공격하고 남녀양성의 상극의 문제"와 "자아를 중심으로 하는 사상"**이 강하게 나타난 작품으로는, 다무라 도시코의 『생혈』외에도, 히라쓰 라이초平塚らいてう의 발간사 「원래 여성은 태양이었다元始 女性は太陽であった」, 요사노 아키코与謝野晶子의 「부질없는 일そぞろごと」 등이 있다.

『세이토』의 창간자인 히라쓰카 라이초는 「원래 여성은 태

---

* "세이토"의 유래는 "18세기 중엽, 런던의 Montague-부인 살롱에서 예술과 과학을 남성들과 함께 논하던 여성들이 일반적으로 신는 검정색이 아닌 청색 양말"을 신은 것을 보고, "여성들을 야유하는 말로 사용"되게 되었다. 岩田ななつ(1999)「『青鞜』を知るための項目解説」『青鞜』を学ぶ人のために」世界思想社, p.237.

** 長谷川啓(1998)「〈新しい女〉の探究」「『青鞜』を読む」学芸書林, p.298.

양이었다」라는 발간사를 통하여, "세이토의 사원은 한사람
도 남김없이 각자의 숨은 천재성을 발현하여, 자신에게 주어
진 특성을 존중하고, 타인이 범할 수 없는 각자의 천직을 완
수"하자고 했다. 세이토사 사칙 제일조에서도 "본사는 여류
문학 발굴을 도모"하고, "각자 천부의 특성을 발휘"하여, "훗
날 여류의 천재를 낳는 것"을 목적으로 한다며, 여류문학자
의 발굴과 육성을 위한 여성 잡지임을 밝히고 있다. 요사노
아키코는 "산을 움직이는 날이 온다"로 시작되는 「부질없는
일」이라는 시를 통하여, "여자의 자각을 화산의 분화로 비
유"*하며, 또 "억압받아 온 여성이 '나' 라는 주어를 쓰는 것
은 자기를 확립하고, 그렇게 해야만 한다는 남성사회에 대한
대립의식을 나타내고 있다."** 특히, 도시코는 『생혈』에서
젊은 여성들이 "성"의 규범으로부터 자유로 울 수 없는 고뇌
를 표현하려고 했다.

여성 해방선언의 강한 메시지를 보내고 있는 『세이토』가
발간되자 러·일 전쟁 후의 급격한 사회 변화와 함께, 억압으
로 울분을 참고 있던 여성들은 크게 동요하기 시작했다. 세
이토사에는 '5인의 발기인'***조차 놀라 흥분을 감추지 못할

* 井手文子(1961)「平塚明子と『青踏』」『青踏』弘文堂, p.51.
** 村岡嘉子(1999)「詩歌にみる社會との接點」『『青鞜』を学ぶ人のために』世界
思想社, pp.163-164.

정도로 연일 열렬한 편지가 오고, 입사와 구독신청이 계속되었다.* 이렇게 여성들로부터 환호를 받는 것은 지금까지 "인종忍從을 강요하는 봉건도덕, 여성을 무권리 상태로 두는 사회제도에 대한 불만"**을 가지고 있던 여성들이 구도덕과 세속적 사상에 대한 고민, 의식적인 사랑, 정신적 위기에 있는 자신들의 마음을 "문학이라는 수단을 통하여 자기 가치를 세상에 묻는 잡지"***였기 때문이었다.

. 가토 미도리加藤緑는 「인류로서 남성과 여성은 평등하다人類として男性と女性は平等である」(『세이토』: 1913년31(1))에서 "우리는 인류 속의 여성이다. 여성이라는 인류가 아니다. 인류로서 사상의 자유를 허락한다면, 여성도 또 사상의 자유를 인정받아야 할 권리가 있는 것은 부정할 수 없는 도리이다." 이토 노에伊藤野枝는 「신여성의 길新らしいき女の道」(『세이토』: 1913년3(1))에서, "신여성은 지금까지의 여성이 힘들게 걸어온 길을 가지 않고, 위험과 공포가 따르지만 선구자로서 새로운 길을 개척해 나가야 한다."며, 신여성이 되기 위해서는 많은 고통이 따르지만 누군가 앞장서서 헤쳐 나가야 할 문제

*** 발기인 5명(物集和子, 中野初子,保持研子,木內錠子,平塚明子) 중, 物集和子를 저외한 4명은 일본여자대학 졸업생.

* 堀場清子(1991)『青踏 女性解放論集』岩波書店, p.10 참조.

** 新藤謙(1988)「平塚らいてう」『女性史としての自伝』ミネルヴァ書店, p.24.

*** 井手文子(1961) 前掲書, p.3.

를 세이토사의 구성원들이 그 역할을 담당하자는 메시지 보내고 있다.

사회 속의 여성의 의식변화와 지위를 확보하기 위해『세이토』를 창간한 히라쓰카 라이초에 대해, 아키쓰 에이阿木津英는 "강자強者로서의 여성이고, 자신의 사상을 가진 여성이며, 심적心的혁명을 이루어 가는 자기의 다이나믹한 내적 생활을 가진 여자"로 "성性이 여성이라는 것뿐이고, 모든 인습 타파를 요구하는 당시의 젊은 남성들과 이상을 같이 하고 있다"*고 평한다. 이처럼 라이초는 스스로도 노력하며『세이토』의 여성들도 "개인적인 자각"에 거치지 않고 "사회적인 자각"을 할 수 있도록 분발하기를 당부했다. 이런 활동을 시도하고 있는『세이토』와 다무라 도시코와의 관계를 살펴본다.

도시코는 고다 로한幸田露伴의 문하에서, 사토 로에佐藤露英라는 이름으로 1903년 2월『쓰유와케고로모露分衣』, 2009년 4월『노老』까지 약 15편을 발표한다. 1910년에는 도시코와 연인관계에 있던 동문 선배였던 다무라 쇼교田村松魚와 결혼하여, 생활이 궁핍하자 쇼교의 강요에 의해 쓴『단념あきらめ』(다무라 도시코라는 이름 사용)이 오사카마이니치신문大阪朝

---

* 阿木津英(1998) 「「個人」への覚醒と「女」とのはざまで」『『青鞜』を読む』学芸書林, p.107.

日新聞의 현상소설에 당선된다. 1911년에는 가네오 문연당金
尾文淵堂에서『단념あきらめ』을 단행본으로 출판하였다. 연이
어, 9월에 발간 된 『세이토』창간호에『생혈』을 발표함으로
써 처음으로 세이토사에 참가한다.

도시코는 "『세이토』의 찬조원으로 몇 번인가 기고는 했지
만 즈류와는 다른 입장과 견해"*를 보여, "『세이토』중심의
활동과는 거리가 먼 것처럼 보이지만 현실에 굴하지 않는 여
성의 강한 자아의 모습이『생혈』작품 속에 나타나 있"**으
며, 시기적으로도 도시코의 활발한 "작품 활동시기와 신여성
의 시대가 막이 오른 '신여성'의 시기와 부합"***한다. 그렇게
본다면 도시코는『세이토』활동을 하는 작가는 아니라고 하
더라도, 여성도 인간이고 싶다는 욕망을 문학이라는 장을 통
해 표출해 내고자하는 의도는 같다고 본다.

즉 도시코가 작품 속에서 여성이 "억압당한 성"의 해방을
위해 투쟁하려는 모습을 상징적으로 보여주는 자아 추구라
는 점은『세이토』의 여성들과 같다. 그러나『세이토』의 여성
들은 "남성에 대한 관련성이 어디까지나 사회적, 혹은 가정
적으로 대등하고 평등"한 것을 주창하는 데 비해, 도시코는

* 助川 德是(1979)「田村俊子」『国文学　解釈と敎材研究』24(4), 學縢社, p.189.
** 小日切秀雄(1987)「解説」『田村俊子作品集』2, オリジン出版センター, p.432.
*** 長谷川啓(1987)前揭書, p.435.

그 "대상이 극도로 한정되어 자기 생활 및 그 생활의 구성원인 남편 혹은 애인과의 관계 중에서 관능과 감각의 파문"*으로 한정되어 있기 때문에『세이토』의 여성이 추구하는 것과 도시코가 자각한 자아는 조금 거리감이 있다.

그러나 도시코는 "여성이라는 성규범으로부터 자유로울 수 없었던 과도기에 여성의 다양성을 그려, 해결할 수 없는 고민을 표현"**한 것과, "소설에 등장하는 여자가 법이나 습속習俗에 구속받지 않고 경험에서 얻은 판단력과 행동으로 자신의 길을 열기 시작한 것은 분명히 여성 문학의 새로운 현상"***으로 볼 수 있다. 이런 도시코는『세이토』의 여성들과 의식의 차이는 있지만, 신여성이 추구하고자 하는『세이토』의 많은 작품도 "연애나 결혼, 가족이라는 제도에 회의감을 가지고, 거기에서의 탈출을 테마"****로 하고 있어, 사회 속의 여성의 고통을 문학이라는 매개체를 통하여 자신의 감정을 작품 속에 내재 시킨 부분은 동질감이 있다고 본다.

* 有山大五(1973)「田村俊子」『女流文藝研究』南窓社, p.125.

** 岩田ななつ(1999)「『青鞜』の小説ー自己表現への熱い思いー」『『青鞜』を学ぶ人のために』世界思想社, p.54.

*** 阿木津英(1998) 前掲書, p.29.

**** 岡野幸江(2000)「家·家族·戀愛·結婚」『女性文学を学ぶ人のために』世界思想社, p.22.

3. 여성의 자기인식

내면적 자기 인식

『생혈』은 1, 2장으로 나누어져 있으며, 작품의 배경 장소는 "아사쿠사淺草", "무카이지마向島", "스미다강隅田川" 등을 통하여 도쿄라는 것을 알 수 있으며, 한여름 밤에 일어난 일로 전개되는 다음날 새벽부터 초저녁의 어둠이 깔릴 무렵까지 여 주인공 유코의 하루 일과가 그려져 있다.

제1장에서는 여주인공 유코가 아키치와의 성관계를 맺은 후 사벽을 맞이할 때 지난밤에 일어난 일을 금붕어를 통하여, 자신의 감정의 미묘한 생리와 감각을 표현하고 있다. 제 2장에서는 두 사람이 여관에서 나와 아사쿠사淺草 일대를 돌아다니격 사람들과 조우하면서 정조를 잃어버린 여성의 시각에서 묘사하고 있다.

작품은 두 사람이 아침을 맞이하는 장면부터 시작된다. 아키치는 평소와 다름없이 아침에 일어나 세수하러 가지만, 유코는 세수 할 생각도 잊은 채, 멍하니 툇마루에 서 있다. 문득 어항을 발견하고 그 속에 움직이는 금붕어의 이름을 하나하나 붙여주며 흥미를 보인다. 그러나 그런 기분도 잠깐, 유코는 멍하니 서서 울고 있다.

히치리멘(*모기장 자락을 입에 물고 여자가 울고 있다. 남자는 바람에 펄럭거리는 이요산伊予産 발에 어깨를 부딪치면서 창문 밖 거리의 등불들을 바라보고 있다. 남자는 갑자기 웃었다. 그리고는 "어쩔 수 없잖아."라고 말했다.**

유코가 자신의 육체가 더럽혀졌다는 슬픔과 신체 변화로 울고 있는 모습을 보고 남자는 어쩔 수 없는 일이라며 웃음으로 대응한다. 그 뿐만 아니라 청소하러 들어온 하녀가 인사를 해도 지난밤의 일로 얼굴을 똑바로 쳐다보지도 못하는 유코와 달리 아키치는 태연하게 아무 일 없었다는 듯이 하녀와 웃으며 대화를 나누는 장면을 통하여서도 남녀가 서로 받아들이는 감각이 아주 다름을 확인 할 수 있다.

유코는 자신의 의지에 의해 자발적으로 남자와 관계를 맺었다 하더라도 그 후유증으로 정신적인 고통이 수반되고 있는 점에서 "당시 여성에 대한 성 규범의 무게"***로부터 자유롭지 못하다. 그와 반대로 아키지는 남성중심의 사회 관념으로 인해 아무런 갈등을 느끼지 않음을 알 수가 있다.

위의 인용문의 "유코는 여자", "아키치는 남자"라는 표현

---

* 히치리멘(緋縮緬): 바탕이 오글오글한 붉은 비단.

** 본문의 인용문은 田村俊子(1987) 『田村俊子作品集』2, オリジン出版センター에 의함. 번역은 필자에 의함. 이하 동일.

*** 岩田ななつ(1999) 前揭書, p.47.

에, 야마자키 마키코山崎真紀子는 유코와 아키치 라는 이름을 사용하지 않고 여자와 남자라는 표현으로 일반적인 시각에서의 접근을 유도하여 "객관시"하고 있다는 지적이다.[*] 필자 역시 위의 인용문뿐만 아니라 텍스트의 여러 장면에서도 "여성과 남성"이라는 표현을 사용하고 있어, 유코와 아키치의 행동과 생각을 단순히 두 사람만의 특별한 사항이 아니라는 것을 알리고 싶은 작가의 의도로 해석하고 싶다.

유코는 불안한 심경을 달래기라도 하듯이, 옆의 어항 속에 들어 있는 금붕어에 흥미를 가졌던 것도 잠깐, 그 비릿한 냄새에서 어젯밤의 기억이 되살아난다.

'남자 냄새'. 문득 이런 생각이 들자, 유코는 오싹 소름이 끼쳤다. 그리고 손가락 끝에서 발끝까지 찌릿 찌릿한 뭔가가 전해져 오는 것처럼 떨렸다.

남자 냄새와 금붕어를 동일시하고 있음을 작품의 마지막 부분의 "남자가 손을 잡"았을 때, "비릿한 냄새가 물씬 풍겨왔다."는 표현을 통해서도 확인 할 수 있다. 유코는 자신이 불안해하는 기분과는 달리, 평소와 다름없는 행동을 보이는

---

[*] 山崎真紀子(2005)「女性言說の萌芽ー田村俊子の『生血』論ー」『田村俊子の世界』彩流社, p.126.

아키치에게 실망하여, 어젯밤 남자와 살을 맞댄 감촉이 되살아나는 비릿한 냄새를 풍기는 금붕어를 복수의 대상으로 택한 것이다.

'싫다. 정말 싫어.' 칼을 쥐고 뭔가에 대항하고 싶은 듯한 심정—어젯밤부터 몇 번이나 그런 기분에 사로 잡혔다. 유코는 한 손을 어항 속에 쑥 집어넣어, 금붕어를 증오하듯이 붙잡았다.
'눈을 찔러 버릴 거야.' (중략) 깨알 같은 눈(알)을 겨누어 핀 끝으로 푹 찌르자, 바로 손목 언저리에서 금붕어는 꼬리지느러미를 푸드득 거린다. 비린내 나는 물보라가 유코의 쥐보라색 오비에 흩어졌다. 금붕어를 핀 안쪽으로 가까이 대다가, 핀 끝에 자신의 집게손가락이 찔렸다. 손톱 끝에 루비모양의 작은 핏방울이 맺혀 올라왔다.

남자의 냄새와 비슷한 냄새를 풍기는 금붕어에게 복수라도 하듯이 눈을 겨냥해 찌른 것이다. 금붕어를 핀 안쪽으로 밀어 넣을 때에 유코 자신의 집게손가락까지 찌르고 만다. 핀으로 금붕어의 눈을 찌르는 행위를 하세가와 게이長谷川啓는 "어항에 손을 넣고, 마치 미운 것이 금붕어인 것 같이 집어올려 깨알 같은 눈알을 겨냥하고 핀으로 찌른다. 즉 남자의 냄새가 나는 금붕어는 남자의 형체로서 찔렸던 것이다."* 야마자키 마키코山崎真紀子는 "지금까지와는 다른 자신의 정신과 육체를 어떻게 정리하면 좋을지 몰라 하며, 이와 같은 혼란스러운 생각을 그대로 금붕어에게 발산하고 있다."[*] 이렇듯 유코는 뭔가에 저항하고 싶었다.

유코가 핀 끝에 자신의 집게손가락까지 찔린 것은, 자신이 역겨워하며 남자에게 모두 잘못을 전가하고 싶은 마음으로 금붕어를 찔렀지만 자신에게도 잘못은 있다는 것을 인지하는 "동질의 자아구조와 잔인한 퇴폐성"을 보이는 것으로, 직접적으로는 남자에 대한 증오이지만, "여자를 상하게 하는 거대한 폭력에 대한 반발의 감정"[**]도 엿보인다.

유코는 금붕어를 죽여도 자신의 몸이 더럽혀졌다는 상처를 씻어낼 수 없어, 상처 입은 집게손가락을 입에 물고 우는 것으로 자신을 위로한다. 그러나 아무리 뜨거운 눈물로 씻어내어도 자신의 몸은 이제 원래대로 돌아가지는 않는다는 것을 우코는 분명히 의식한다.

한없이 울었다. 흘릴 수 있는 눈물을 다 쏟아내 버리면 갑자기 숨이 끊어져 버리는 것이 아닐까? 숨이 끊어지려고 나올 수 있는 눈물이 모두 흐르는 것은 아닐까? 라고 생각할 정도로 울

* 長谷川啓(1999)「『生血』」『女性文学 近代』おうふう社, p.53.

* 山崎真紀子(2005) 前揭書, p.128.

** 長谷川啓(1999) 前揭書, p.53.

었다. 더 이상 눈물이 나지 않을 만큼 실컷 울고 난 후에 연꽃에 에워싸여 잠자 듯 꽃이슬에 숨이 막혀 죽을 수 있다면 그것도 기쁠 것이다. 뜨거운 눈물! 설령 살갗을 다 태울 정도의 뜨거 운 눈물로 몸을 씻는다고 해도 자신의 몸은 원래대로 되돌릴 수 없 다. 이제 원래대로 되돌리지는 못한다.

유코는 "자신의 몸은 원래대로 되돌릴 수 없다"는 절망감 에 빠져 "죽음"까지 생각한다. 이는 여성이 순결을 잃는다는 것은 죽음과 같은 고통이 따른다는 정조관에 대해 시사하고 있다. 유코는 자신의 마음의 상처뿐만 아니라 외형적으로 변 화된 모습에도 관심을 가지고 거울 속에 자신을 비추어 본다.

유코는 입술을 깨물면서 갑자기 얼굴을 들어 거울 속을 보았 다. 사물의 형상을 확실히 비춘 채 거울 표면의 빛이 흔들리지 않고 있다. 남보랏빛 무릎이 헐어서 붉은 것이 보였다.

유코는 그것을 잠자코 바라보았다. 그 지리멘 한 겹 밑의 자 신의 피부를 생각했다.

모공 하나하나에 바늘을 푹 찔러 작은 살을 하나씩 도려내도 자신에게 한 번 가해진 더러움은 도려낼 수가 없다.

여기서, 유코는 자신의 모습을 거울을 통해서 볼 때 "사물의 형상을 확실히 비춘 채 거울 표면의 빛이 흔들리지 않고" 그대로 있다는 것은 외면상으로는 변화된 모습이 보이지 않는다는 것이다. 그러므로 거울을 보는 행위에서는 자신의 모습이 타인에게 어떻게 비치어 질까 하는 궁금증을 내포하고 있다. 그러나 "치리멘 한 겹 밑의 자신의 피부"는 이미 더러워져 치료가 불가능하다는 것을 알고 있는 유코는 타인에게 외관상 보이는 모습보다 더 중요한 것은 자신의 내부 속의 상처임을 인식한다.

유코는 스스로 순결을 잃었다는 슬픔에서 빠져 나오지 못하고 있는 대다수의 여성의 대변인으로서 자기인식의 문제로 힘들어 하는 여성의 고통을 그리고 있다. 유코는 자기 의지로 남자와 성적관계를 가졌지만, 그 결과는 여성을 억압하고 지배한 가부장제의 남성 중심적인 성규범으로 인해 순결을 잃어 더럽혀졌다는 생각으로 자책감에 사로잡혀 괴로워하며. 사람들 앞에 모습을 드러내는 것조차 두려워, 당장 사람들 눈에 띄지 않게 여관을 빠져 나갈 수 없을까하는 불안감을 나타낸다. 이렇게 성도덕 관념과 근대의 자유연애관이 충돌하는 과정 속에서 기존의 고정관념으로 유린된 감각에서 탈피하지 못하고 갈등하는 여성의 복잡한 내면심리를 눈물로 표현하며, 굴레에서 벗어날 수 없는 억압적일 만큼 젠더화 된 "성"의 양상을 적나라하게 표면화시키고 있다.

타자로부터의 자기인식

유코와 아키치는 여관에서 나와 후줄근한 옷차림으로 한 여름 햇볕이 내리쬐는 땡볕 속을 걸어간다. 두 사람의 그런 모습에서, 일반적으로 밤을 집에서 보내고 아침에 밖으로 나온 정상적인 외출이 아닌 것을 알 수 있다.

구김살 투성이의 두 사람 옷은 색채도 선명하게 보이지 않았다. 뜨거운 땡볕 아래 벌이라 도 서는 사람처럼 후줄근한 차림을 한 두 사람은 타는 듯한 한낮의 태양 속을 그저 묵묵히 걸어가고 있다. 불에 달군 인두에 덴 듯 두 사람의 목 언저리는 햇살에 노출되어 있고, 하얀 버선은 벌써 바싹 마른 먼지로 뒤덮여 옅은 적갈색으로 물들어 있다.

여관에서 아키치를 따라 나온 유코는 남자와 헤어져 어젯밤 일을 혼자 곰곰이 생각하고 싶어 마음속으로는 "이제 헤어져야만 해. 이제 정말 헤어져야만 해." 하며 몇 번이나 되뇐다. 하지만 유코는 생각 뿐, 남자에게 말을 꺼내지 못한다.

양손과 양발에 강한 쇠고랑이 채워진 것 같이 조금도 몸이 자유롭지 않았다.

유코는 자신이 선택한 일이었지만 두 손과 두 발이 쇠사슬에 묶인 것처럼 옴짝달싹할 수 없어 답답함을 느낀다. 도시코는 1915년 작품인 『그녀의 생활彼女の生活』에서도 결혼한 여성의 생활을 보며, "모든 여자의 허리에는 굵은 자물쇠가 감겨 있"어, "마치 자아라는 것을 모조리 잃어버린 망령과 같이 창백한 얼굴"뿐이라며, 여성에게 있어 결혼은 속박이라고 표현한다. 『생혈』에서는 정조를 잃은 여성은 남성으로부터 자유로울 수 없다는 것을 유코 스스로 깨닫는다. 이렇게 도시코는 여성이 남성으로부터 절대 자유로울 수 없는 존재임을 작품 속에 내재 시키고 있다.

여성이 스스로 성차를 느끼는 것에 대해, 두 연구자의 견해는 다음과 같다. 미즈타 노리코水田宗子는 여성의 신체는 남성에 의해 억압받아 "스스로 신체를 지배와 억압의 장"* 으로 인지하고 있으며, "역사적·사회적·문화적으로 타자로부터 억압당해 온 성차=젠더에 대한 여성의 위화감은 근본적으로 가족관계, 성적관계, 생식, 섹슈얼리티에 있어서 위화감에

---

* 水田宗子(2000) 「フェミニズム·ジェンダー·セクシュアリティ」 『女性文学を
学ぶ人のために』世界思想社, p.18.

기인"*한다. 에하라 유미코江原由美子는 "성차 의식은 타자와의 사회적 상호행위에 의해 형성될 뿐만 아니라 메디아 환경, 혹은 옛날이야기나 문학작품 등 문화적 환경에 의해서도 형성"된 것으로 "성차가 있다고 하는 의식, 혹은 특정 남녀의 성차에 대한 의식은 실제 남녀의 행동의 차이와 생활의 차이를 만들어내는데 매우 큰 영향력을 가지고 있다."**고 밝히고 있다. 이렇게 본다면, 사회 전반에 걸쳐서 전통적으로 여성이 자연스럽게 성 역할의 카테고리에서 벗어날 수 없도록 형성시키고 있다고 볼 수 있다.

유코는 스스로 속박에서 벗어나지 못하고 있을 뿐만 아니라, 침묵하고 있는 아키치가 자신을 귀찮아하고 있지는 않는가 하는 불안감에 쌓여있다.

'나에게 유린당한 여자가 떨고 있다. 말도 걸지 않고 있다. 그리고 폭염 속에서 끌려 다니고 있다. 이 여자는 어디까지 쫓아 올 작정일까?'

침묵하고 있는 남자가 이렇게 생각하고 있는 것은 아닐까라는 생각이 문득 들었다.

---

* 水田宗子(2000) 上揭書, p.16.
** 江原由美子(1999)「ジェンダ-とは?」『ジェンダ-の社会学』放送大學敎育振興會, p.14.

여기서도 "여자"와 "남자"라는 표현으로 여성이 정조를 유린당하고 난 후의 일반적인 상황으로 그리고 있다.

유코는 여관에서 나와 거리를 돌아다니다가 우연히 두 부류의 여성들과 만난다.

> 얇고 긴 소맷자락을 끌며 걷는 아름답고 앳된 모습을 유코는 작열하는 하늘 아래에서 물끄러미 바라보고 있었다. 그리고 부러웠다. 이렇게 어젯밤의 몸을 그대로 폭염에 드러낸 자신에게서는 땡볕에 썩어가는 물고기 같은 악취가 나는 것 같았다. 유코는 누군가가 자신의 몸을 집어 던져버렸으면 하는 기분이 들었다. (중략) 선명한 푸른색으로 물들인 유카타에 빨간 오비를 매고, 새하얗게 분을 바른 여자들이 땀이 찬 발에 유카타 옷자락이 엉겨 붙어 벌어진 사이로 빨간 게다시*를 팔랑거리며 지나갔다.

이 두 여자의 모습 즉, 남성을 모르는 "앳된 모습"을 보며 부러워하며 자신에게서는 "썩어가는 물고기와 같은 악취"가 난다고 까지 비약하고 있다. 역으로 "빨간 오비"에 "새 하얗게 분"을 바른 천한 느낌이 드는 여자들은 "흔히 볼 수 있는

---

* 게다시(蹴出し) : 여자가 고시마키(腰巻き) 위에 걸쳐 입는 것. 옷자락을 올리고 걸을 때 고시마키가 보이지 않게 하려고 입음. 고시마키: 여자가 일본 옷을 입을 때 아랫도리의 맨살에 두르는 속치마.

부패된 육체에 싸인 인간"으로 지금의 자신과 그다지 거리가 있어 보이지 않았다. 이렇게 하룻밤 사이에 변해 버린 자신을 세상 밖에 뜨뜻하게 내어 놓을 수 없다고 생각한 유코는 어두운 곳으로 자신을 숨기고 싶어 한다.

작품 속에서는 유코의 감정만 나타나 있지만, 아키치가 유코의 의사와는 관계없이 스스로 어둡고 습한 가설극장으로 인도해 가서 "마치 편하게 있을 곳이라도 발견해낸 듯한 모습"으로 "유코의 얼굴을 보며 미소"짓거나, 세수를 하고 돌아오다 유코와 얼굴이 마주치자 아무 "말 없이 방으로 들어"가거나, 말없이 가만히 "걷기만 하는 것" 등에서 아키치 역시 표현은 하지 않지만 나름대로 조금은 유코의 마음을 헤아리고 있는 것은 아닐까하는 조심스러운 생각을 가져보지만, 텍스트 속에 아키치의 생각이나 대화 장면*을 읽을 수 있는 부분이 거의 없어 아쉬움을 남긴다.

그러나 도시코가 의도적으로 아키치의 생각을 배제시키고 유코를 중심으로 하여, 작품 속에서나마 여성 중심세계 만든 것으로 본다. 뿐만 아니라 타자를 통한 자기 인식도 스스로 하여 유코의 생각만으로 작품을 이끌어 간다. 결론적으로는 여성을 대표하는 유코의 갈등 묘사를 통해, 남성의 보조자로

---

* 작품 속에서 아키치가 한 말은 다음의 문장뿐이다.
　"어쩔 수 없잖아." "들어가 볼까." "뭘 좀 먹어야지." "돌아간다고?"

서가 아니라, 주체자로서 인식 즉, 여성 스스로 삶의 주인공이고 싶다는 의지를 표방하고 있다.

4. "생혈"의 표상

앞에서 조금 거론 한 바 있는『그녀의 생활』에서도 도시코는 여주인공 마사코를 통하여, 여자가 "하루 종일 아이 기저귀를 빠는 일에 시달려 물 한 바가지 긷는 일에도 불편한 호흡"을 하고, "남편에게 절대적인 복종"을 하며 가혹하고 굴욕적으로 살아갈 수밖에 없는 것이 여자의 결혼생활이라고 적고 있다.『생혈』에서도 결혼한 여성의 생활상을 볼 수 있다. 두 사람이 여관을 나와 햇볕을 피해 골목으로 들어서자 여자의 생활 모습이 보인다.

우물 건너편 모퉁이에 있는 집의 칠흑 같은 어두운 토방에서는 때 묻은 수건을 목에 감은 여자가 베를 짜고 있다.
민소매의 속옷 차림의 검게 그을린 팔을 내민 여자가 아이에게 기다유*를 가르치고 있는 집안의 모습이 훤히 보이는 집이

---

* 기다유(義太夫) : 다케모토기다유(竹本義太夫)가 창시한 쇼루리(浄瑠璃)의 한 파. 샤미센(三味線)을 반주로 하여 이야기를 엮어 나감.

있었다.

이와 같이, "칠흑 같은 어두운 토방", "때 묻은 수건", "검게 그을린 팔"등에서 통하여 결혼한 여성의 힘든 생활상을 볼 수 있으며, 생계유지를 위해 "베를 짜는 모습"과 자식에게 "기다유를 가르치고 있는 모습"등에서는 여성에게 끝없는 희생을 강요하는 것이 결혼이라는 것을 시사하고 있다.

두 사람은 가설극장에 들어갔다. 가설곡예단의 무대 위에서 어린 아이들의 연기가 펼쳐졌다. 유코는 어린 여자아이들의 "흰 분을 바른 작은 귓가"를 보고 유코는 슬퍼졌다. 특히, 비단 남자 하카마를 입은 여자아이 묘기에 유코는 유난히 신경이 쓰였다. 어린 나이에 자신의 의지와는 상관없이 고용주의 의지에 따라 힘든 연습을 하며 곡예를 할 수 밖에 없는 여자아기가 안쓰러웠다.

새하얀 토시가 가느다란 손목을 감싸고 있었다. 무대 양편에 긴 소맷자락이 드리워져 있었다. 접혀진 우산을 발로 펴고 우산의 가장자리를 발로 받아서 빙글빙글 팔랑개비처럼 돌리고 또 돌린다. 정강이 보호대도 새하얗다. 그리고 작은 하얀 버선…….

이처럼 어린아이의 상징인 "가느다란 손목"과 "가느다란 목덜미", "작은 하얀 버선"등의 묘사를 통하여 가냘픈 소녀가 "덩치가 큰 남자", 즉 "고용주"로부터 혹사당하고 있다는 생각에 유코는 가슴이 꽉 조여 옴을 느꼈다.

탄복되는 곡예를 보면서 지겨운 생각이 들었지만, 아키치가 일어나지 않아 잠자코 멍하니 있는데, 등 뒤에서 날개 짓하는 것 같은 소리가 났다. 그녀를 긴장시킨 것은 박쥐였다. 밝음을 피해 들어간 어두운 공간 안에서도 유코는 결코 자유롭지 못함을 인지한다.

문득 그 뒤의 벽에 붙은 널빤지에 커다란 물고기의 꼬리와 지느러미 같은 검은 것이 움직이고 있었다. 유코는 가만히 그 움직이는 것을 바라보고 있었다. 움직이지 않게 되자 유코는 부채로 그 검은 것을 가만히 찔러보았다. 부채를 잡아당기는 대로 그 검은 것이 점점 널빤지의 바깥으로 질질 끌려 나온다. 대수롭지 않게 그대로 한자 정도 끌어 당겼을 때, 그 윤곽을 힐끗 보고 그것이 박쥐의 한쪽 날개인 것을 알았다.

두 사람이 가설극장을 나오자 이미 저녁 무렵이 되어 있었다. 길을 가는 사람들은 목욕을 마치고 깨끗한 유카다로 갈아입은 모습이지만, 두 사람은 완전히 땀에 젖은 몸으로 스미다 강의 흐름을 바라볼 뿐, 아직 일상적인 생활의 테두리 안에 들어가지 못하고 있다. 유코는 아무 말 없이 걷고 있는 아키치를 따르며 아키치가 자신을 귀찮아한다고 생각하는 순간에 아키치가 "뭘 좀 먹어야지"하고 말을 건네자, 조금 전의 불안한 마음은 싹 사라지고 아키치에게 기대감을 가진다.

유코는 이제 자신의 몸을 남자가 끌어안고 어디든지 좋으니까 데려가주면 좋겠다고 생각하면서 자갈 더미 말뚝에 기댔다.

유코는 정조를 잃었다는 자책감으로 자신이 기댈 곳은 아키치 밖에 없다고 생각한다. 이처럼 유코가 적극적으로 주체적인 삶의 방법을 실천할 수 없는 것은 보수적이고 완고한, 가부장제도적 이데올로기의 영향으로 자신의 길을 선택할 수 있는 능력을 갖추지 못했다고도 볼 수 있다.

여성에게 있어 정조는 결혼과 이어지며, 그 선택권이 여성에게 주어져 있지 않았으므로, 유코의 행동은 당시의 특히 여성에게 부과된 도덕에서 보면, 사회적으로 용납될 수 없는 일이었다. 이런 상황을 충분히 인식하고 있는 유코는 자신이 놓인 가부장제의 억압적인 환경을 인식하고, 거기에 저항하고 싶어 스스로 행한 행동이지만 스스로 책임지지 못하고 그 체제 안에 매몰되어 간다.

　　그러나 유코는 여성에게도 인간으로서 요구하고 싶은 욕망이 있고, 의지가 있는 존재라고 하는 것을 인지되고 싶었던 것이다. 여성이라는 이유만으로 잘못된 행위 안에 가두어서는 안 되는 것을 재빨리 각성한 도시코의 의지가 유코를 통해 표출되어 있다고 본다.

　　'박쥐가 옥색비단의 남자 하카마를 입은 여자아이의 생혈生血을 빨고 있다. 생혈을 빨고 있다ー.' 남자가 손을 잡자 깜짝 늘랐다. 그때 집게손가락 끝에 감겨 있던 종이가 어느새 벗겨져 터린 것을 알았다. 비릿한 냄새가 물씬 풍겨왔다.(2)

　　박쥐가 곡예 하는 여자아이의 생혈을 빨고 있는 것과 남자가 유코의 손을 잡았을 때 다시 성 교제 후 느낀 금붕어에서 난 비릿한 냄새가 풍겨 왔다는 것은, "자신의 의지와는 상관없이 고용주에게 조종"당하고 있고, 자신은 어젯밤 일로 "아키치에게 정복당한 육체가 언제 까지나 아키치의 손안에 맡겨져 있"*어, 곡예단의 남자 하카마를 입은 여자아이나, 정조를 잃은 여자는 그 남자에게 예속될 수밖에 없으므로, 남자와 박쥐, 유코와 남자 하카마를 입은 여자 아이를 동일시하여 피해자로 보고 있다. 이는 곡예단의 고용주가 곡예를

* 山崎真紀子(2005) 前揭書, p.141.

하는 아이들에게 고된 훈련으로 혹사해도 따를 수밖에 없고, 여성은 남녀관계에서 남자에게 예속된 주종관계로 남자의 처분만을 기다릴 수밖에 없다는 것을 나타내고 있다.

다시 말해서, 한때 유코는 여성의 육체적 순결만을 강조하는 구습적 사고방식에 반기를 들고, 남성의 강요에 의하지 않고 스스로 남녀 관계를 가졌지만, 결과적으로는 "성"에 있어서 주체인 남성의 처분만을 기다리는 존재로, 혼전 순결이데올로기와 정조관념으로부터 자유롭지 못한 여성이라는 한계성을 드러내고 말았다. 그러면서도 여자의 육체뿐만 아니라 생존 자체를 조종하고 있는 남자에 대한 증오를 재확인시키며, 여자에게 있어 남자가 박쥐와 같은 존재라는 극단적인 남녀상극을 테마로 하고 있음을 알 수 있다.

5. 결론

이상으로, 다무라 도시코의 『생혈』을 통해 남성과 여성의 성차로 인한 인식의 차이를 웃음과 눈물로 함축시켜 분석해 보았다.

여주인공 유코는 자유의지에 의해 남자와 육체적 관계를 갖게 되었지만, 스스로 기존의 성 관념으로부터 자유롭지 못한 니면의 갈등을 눈물로, 남성인 아키지는 지난밤의 일은 아랑곳하지 않고 아무 일도 없었다는 듯이 태연하게 평소와 다름없는 웃음으로 일관한다. 이처럼 아키지와는 달리 눈물로 자신의 감정을 표현 할 수밖에 없는 상황을 유코(여성)의 자기인식과 타인으로부터의 자기인식으로 더 세분화하여 살펴 본 결과는 다음과 같다.

『생혈』이 발표된 1911년은 『세이토』를 중심으로 사회적으로도 여성의 자각이 일어나기 시작한 시기이기도 하다.

『생혈』의 여주인공 유코는 자신의 정조를 유린당했다는 생각에 남자에게 복수라도 하듯이, 비릿한 남자 냄새가 나는 금붕어의 눈을 찌를 때, 동시에 자신의 손가락도 찌르고 만다. 스스로 순결을 잃어 몸이 더럽혀졌다는 자책감으로 괴로워하며, 사람들 앞에 모습을 드러내는 것조차 두려워한다. 여성을 억압하고 지배한 가부장제의 남성 중심적인 성규범으로 인해 결코 자유로울 수 없는 자기인식의 문제로 힘들어한다.

또한 유코는 타자로부터의 자기 인식을 시도한다. 아키치와 한여름 땡볕에 너절한 옷차림으로 모습을 드러낸다. 유코는 주위의 "앳된 모습"과 "새하얗게 분"을 바른 천한 느낌이 드는 두 분류의 여성을 통하여, 정조를 잃기 전의 자신의 모습과 후의 자신의 모습을 대비시켜, 자신의 어제의 모습을 부러워하며 지금은 "썩어가는 물고기와 같은 악취"가 난다고 까지 비약하고 있다. 그러나 작품 속에서 타자로 부터의 인식이라도 유코 스스로 타자와의 비교를 통하여 느끼는 감정이다.

이런 유코의 자각은 개인의 자각이 아니라 여성문제, 즉 성별 역할 분담에 반대, 남성 중심 사회에 대한 반란을 통하여 남성과 동일한 권리 획득을 목표로 하지만, 자신의 마음 속의 윤리적인 자기완성 추구와 자기중심의 가치관에 속박되어 결국 아키치에게 기대어 안주하고 싶어 한다. 이렇게 여성에게 있어 "성 경험"은 자의든 타의든 혼전 순결이데올로기 및 정조관념, 즉 봉건적인 의식으로부터 벗어날 수 없다는 여성의 현실을 부각시키며, 이런 결과가 초래 될 수밖에 없는 것을 일반적인 현상으로 확대시키기 위해, 유코와 아키치를 여자와 남자라는 표현으로 대중성을 부여하고 있다.

또한 가설극장 무대에서 어린 소녀를 마음대로 부리며 노동력을 착취하는 고용주와 순결을 잃은 여성을 마음대로 컨트롤 할 수 있는 남성을 생혈을 빨아 먹고 사는 박쥐에 비유하며, 여성이 사회적 약자로 살 수밖에 없는 현실적인 문제를 사회문제로 대두시키고 있다.

그러나 무엇보다 주목하고 싶은 것은, 작품 전반적으로 도시코가 의도적으로 아키치의 대화는 물론이거니와, 아키치의 생각을 완전히 배제 시키고 유코를 중심으로, 즉 여성의 시각에서만 전개시키고 있어, 남성의 의식에 신경을 쓰면서도 남성의 공간을 할애하고 싶지 않다는 의지를 엿볼 수 있다. 여성 중심세계에서, 여성이 스스로 자기와의 갈등 묘사를 통한 자기 인식과 타자로부터의 인식도 스스로 함으로써 남성의 보조자로서가 아니라, 주체자로서 인식 즉, 여성이 주인공이고 싶다는 바람의 발로라고 생각한다. 이와 더불어, 신여성이 시대의 조류에 영합하여 성에 대한 자기결정권을 가지고 혼전관계를 가진다는 시도는 성에 대한 인식 변화의 표상이며, 굴레에서 벗어날 수 없는 상황을 여성 측에서 적나라하게 억압적일 만큼 젠더화 된 "성"의 양상을 표면화 시킨 것 자체도 큰 의의가 있다고 본다.

참고문헌

阿木津英(1998)「「個人」への覚醒と「女」とのはざまで」『『青鞜』を読む』学芸書林, pp.102-127.
有山大五(1973)「田村俊子」『女流文藝研究』南窓社, pp.121-134.
井手文子(1961)「平塚明子と『青踏』」『青踏』弘文堂, pp.1-35.
(1987)『平塚らいてう一近代と神秘一』新潮選書, pp.1-275.
岩田ななつ(1999)「『青鞜』の小説一自己表現への熱い思い一」『『青鞜』を学ぶ人のために』世界思想社, pp. 36-55.
江種滿子(1998)「知として〈女〉の發見」『『青鞜』を読む』学芸書林, pp.13-35.
江原由美子·山田昌弘(1999)『ジェンダ-の社会学』放送大學教育振興會, pp.1-150.
小田切秀雄(1987)「解説」『田村俊子作品集』2　オリジン出版センター, pp.425-434.
黒澤亜里子(2000)「田村俊子」『女性文学を学ぶ人のために』世界思想社, pp.107-112.
新藤謙(1988)「平塚らいてう」『女性史としての自伝』ミネルヴァ書店, pp.1-36.
助川徳是(1979)「田村俊子」『国文学 解釈と教材研究』24(4) 學燈社, pp.188-189.

関礼子(2002)「文におけるジェンダー闘争」『『青鞜』という場』森話社, pp.13-52.

長谷川啓(1987)「解題」『田村俊子作品集』2　オリジン出版センター, pp.435-448.

(1998)「〈新しい女〉の探究」『『青鞜』を読む』学芸書林, pp.285-304.

(1999)「『生血』」『女性文学 近代』おうふう社, pp.40-56.

古郡明子(1999)「〈感触〉の戯れ--田村俊子論」『上智大学国文学論集』33, pp.119-134.

堀場清子(1991)「解説」『青踏 女性解放論集』岩波書店, pp.359-367.

光石亜由美(1996)「〈女作者〉が性を描くときー田村俊子の場合ー」『名古屋近代文学研究』14, pp.45-62.

水田宗子(2000)「フェミニズム·ジェンダー・セクシュアリティ」『女性文学を学ぶ人のために』世界思想社 pp.12-19.

(2005)「ジェンダ-構造の外部へー田村俊子の小説」『国文学解釈と鑑賞』別冊 至文堂, pp.132-140.

村岡嘉子(1999)「詩歌にみる社會との接點」『『青鞜』を学ぶ人のために』世界思想社, pp.159-182.

山崎真紀子(2005)「女性言説の萌芽ー田村俊子の『生血』論-」『田村俊子の世界』彩流社, pp.124-152.

■ 다무라 도시코

다무라 도시코田村俊子(1884~1945년)는 1884년 도쿄 아사쿠사浅草의 구라마에蔵前에서 사토佐藤 가의 외동딸 기누きぬ와 료켄了賢의 장녀로 태어났다. 생가는 당시 미곡상을 하고 있었는데, 메이지유신 전에는 대대로 후다사시업*을 했다는 설도 있다.

「여류작가(女作家)」 집필 무렵(1912년)의 다무라 도시코(田村俊子).
(『女性作家十三人展』, 日本近代文学館, 1988)

에세이 『냄새匂ひ』(1911년)에 의하면, 아버지는 도시코가 3살 때 한동안 집을 떠나 있었다. 어머니는 데릴사위로 들어온 남편을 싫어하여, 딸 도시코 마저 등한시했기 때문에, 가정부와 할아버지의 첩의 보살핌으로 자랐다고 한다. 말하자면, 유년기에 채워지지 못한 심적 공허함이 결국은 예술로 관심을 키워갈 수 있게 하는 동기가 되었다고 할 수 있다.

---

* 후다사시(札差) : 에도시대 하타모토(旗本) 고케닌(御家人)의 대리인으로 녹미(禄米)의 수령이나 처분 등 일체의 업무를 맡아서 하던 상인. 부업으로 쌀을 담보로 무사에게 돈을 빌려주던 것이 발단이 되어 금융업이 본업이 되었다.

도시코의 인간 형성에 가장 큰 영향을 미친 요소를 생각할 때, 우선 에도江戸 정서가 진하게 남은 시타마치*에서 태어나고 자랐다는 점과 어머니의 영향을 들 수 있다. 그녀의 어머니는 아내, 엄마로서의 생활보다는 배우에 미쳐서 전 재산을 잃기도 했다. 집안이 몰락한 후에는 취미로 익힌 나가우타**나 기다유***로 생계를 이어가, 당시로서도 매우 자유분방한 여성의 모습을 보여주었다. 이러한 요인들이 '다무라 도시코' 라는 작가의 탄생과 문학 활동에 큰 영향을 가져온 것은 두 말할 나위가 없다.

다무라 도시코의 문학 활동을 크게 대략 3기로 나누면 다음과 같다. 그 초기가 고다 로한幸田露伴의 문하에 들어가서 사토 로에佐藤露英라는 필명을 사용했던 시대로, 1903년에 처녀작 『쓰유와케고로모露分衣』를 발표했다. 이 작품은 여자의 불행을 그린 소설로, 아직 도시코의 개성이 개화되어 있지 않은 작품이다.

도시코는 스스로 자신의 작풍과 문학수업 방법에 의문을 품고 로한 곁을 떠나게 된다. 도시코는 오카모토 기도岡本綺堂

* 시타마치(下町) : 도시에서 낮은 지대에 있는 시가. 상인이나 장인들이 많이 사는 곳으로, 서민적이고 개방적인 기풍의 지역이다.
** 나가우타(長唄) : 가부키(歌舞伎) 무용의 반주음악으로 발전한 샤미센(三味線)음악. 또는, 에도(江戸) 초기부터 교토(京都)와 오사카(大阪) 지방에 있었던 샤미센음악의 총칭.
*** 기다유(義太夫) : 샤미센을 반주로 하여 이야기를 엮어 나가는 사람.

등의 문인극에 참가한 것을 계기로 배우가 되어 여배우로서
의 자기실현의 길을 모색한다. 배우로서의 예명은 하나부사
쓰유코花房露子였다. 그러나 무대에서 자신의 내적 욕구를 만
족시키지 못하고 다시 문학으로 돌아온다.

제2기는 문단 데뷔작『단념あきらめ』이후 밴쿠버로 가기까
지로, 다무라 도시코 문학의 개화시대이다. 1909년 로한 문
하의 동문선배인 다무라 쇼교田村松魚와 결혼한다. 다음 해에
는 쇼교의 강요에 의해 〈오사카 아사히신문〉에 응모한『단
념』이 당선됨으로써 직업작가로서 경제적으로 자립한 최초
의 여성작가가 된다.

　출세작『단념』은 자아의식에 눈뜬 여자의 자립과 현실의
상극, 섬세하고 탐미적인 정서, 피어오르는 관능의 세계 등
도시코의 문학적 특질이나 경향성을 거의 다 갖추고 있지
만, 형식면에서는 아직 초기의 문학을 완전히 탈피하지는
못했다. 그녀의 문학을 가장 대표하는 것은『여작자女作者』
『서언囈言』『미이라의 립스틱木乃伊の口紅』『포락지형炮烙の
刑』과 같이 남녀의 갈등을 그린 작품들이다. 직접적으로는
자신의 부부생활을 다루고 있지만 작가로서의 고통을 그린
『여작자』외에 다른 3편은 여성의 새로운 자아의 모습을 '양
성의 상극' 관계 속에서 추구하고 있다. 특히 아내의 모습에
이르러서는 이제까지의 '순종적인 아내'에서 '남자와 대치

하는 여자'의 이미지로 일변시키고 있는 것이다.

그러나 다무라 도시코 문학의 매력은 남성과 대등한 입장을 고수하려는 여성의 자아의 절규와 반항을 표출한 작품에만 있는 것은 아니다. 도시코는 이미 훨씬 이전부터 여자의 성性에 눈을 돌린 작가라고도 할 수 있다. 예를 들면, 소녀가 성에 눈 뜨는 소재를 다룬 『이혼離魂』, 『구기자의 유혹枸杞の実の誘惑』, 유부녀에게 홀연 찾아드는 사랑의 유혹이나, 서른 살에 가까운 미혼 여성의 "회오리바람처럼 사납게 날뛰는" 고독한 성의 욕망을 다룬 『마魔』, 무기력한 남편과의 권태가 젊은 남자를 향한 정열을 부르는 『미지근한 눈물ぬるい涙』 등이 그것이다. 또 도회적이고 퇴폐적이며 방종한 미美의 세계로까지 승화시킨 소설로, 남자와 헤어진 후의 우울한 권태감이 감도는 『우울한 냄새憂鬱な匂ひ』, 에도시대의 정서와 풍속, 프랑스 작가 뒤라스의 『비의 밀회雨のしのび逢い』를 떠올리게 하는 작품으로,

고타 로항(幸田露半) 문하생이었던 다무라 쇼교(田村松魚)와 다무라 도시코(田村俊子)의 결혼생활은 도시코에게 문학적 성공을 거두게 하였으나, 후에 파경을 맞는다. 1911년 7월호 「新婦人」에 도시코의 「우리들의 부부사이(私どもの夫婦間)」와 쇼교의 「친구 교제(友達づきあひ)」가 게재되었다. (「別冊 太陽 近代戀愛物語 50, 平凡社, 1979)

다른 사람의 눈을 피해 사랑을 나누는 남녀의 모습을 차분하게 다룬 『시구레*의 아침時雨の朝』. 마지막으로, 사랑의 유희와도 비슷한 레즈비언 러브의 관능적인 미의 환상이 독자를 매혹하는 『봄 밤春の晚』 등이 있다. 그 외 여자의 생을 차분히 응시한 작품도 많이 썼다. 아마도 도시코의 어머니가 모델이 아닌가 생각되는 『어머니의 출발母の出発』, 15세부터 가족을 부양하기 위해 지방에 게이샤로 나가, 가는 곳마다 남자에게 반하여 몸을 망가뜨려가는 한 여자의 허무와 비애를 묘사한 『압박圧迫』, 배우와의 정사에 미혹되어 모든 것을 잃어가는 부유한 미망인의 인생을 그린 『영화栄華』 등을 수작으로 들 수 있을 것이다.

근대적이고 날카로운 감성이 번뜩이는 작품을 꾸준히 써나가며, 여성작가 중 제1인자로서 다이쇼 초기문단에 전성기를 누렸던 도시코도 점차 창작력이 쇠퇴하여, 작가생활이 정체 상태에 빠지기도 한다. 또한 남편 쇼교와의 부부관계가 황폐해지면서, 도시코는 아사히신문사 기자인 유부남 스즈키 에쓰鈴木悦와 사랑에 빠진다. 이상주의자인 에쓰는 문학과 생활의 두 영역에 걸쳐 고뇌하는 도시코가 퇴폐 상황으로부터 벗어나서 한 인간으로서 새 출발할 수 있는 힘을 주었는

---

* 시구레(時雨) : 늦가을부터 초겨울에 걸쳐 오다 말다 하는 비.

데, 『파괴하기 전破壊する前』에
는 그러한 마음의 경위가 자
세하게 그려져 있다.

이제까지의 감성에 호소한
작품과는 달리 이지적인 문체
로, 인습에 순종하여 살아갈
수 없는 여성의 결혼생활을
그린 『그녀의 생활彼女の生活』
과 함께 도시코의 새로운 문
학적 경향이 싹튼다. 하지만
이 작품을 마지막으로 1918년

다무라 도시코(田村俊子)는 쇼교(松魚)와 헤
어져 문단과의 관계를 끊고, 인형을 만들며
스즈키 에쓰(鈴木悦)와의 생활을 유지하였
다. (1918년 34세 무렵)
(「別冊 太陽 近代戀愛物語 50, 平凡社,1979)

먼저 여행 가 있던 에쓰를 뒤따라서 캐나다 밴쿠버로 건너간
다.

제3기 문학 활동은 캐나다 체류 시기 이후부터 만년까지
로, 이 시기에는 도리노코鳥の子라는 필명으로 시가, 평론, 에
세이 등을 많이 발표한다. 소설다운 것은 『목양자牧羊者』
(1919년) 한 편뿐으로, 집필 정지 상태라고 해도 좋을 것이다.

구도 미요코工藤美代子와 S 필립스가 등장하는 『밴쿠버의
사랑晚香坡の愛』에 의하면, 도시코는 스즈키 에쓰와의 생활로
인해 태어나서 처음으로 마음의 안정을 얻고, 또 그녀의 내
부 투쟁도 종말을 고했다고 한다. 덧붙여, 그녀의 에너지는

쇼교(松魚)와 헤어진 다무라 도시코(田村俊子)는 스즈키 에쓰(鈴木悦)와 열렬한 사랑에 빠져 그를
쫓아 1918년 캐나다로 건너간다. (1924년, 도시코 40세, 에쓰 38세)
(「別冊 太陽 近代戀愛物語 50, 平凡社,1979)

외계로 향하기 시작했고, 타인의 생활에 마음을 쓰게 된 것
이 소설을 쓰지 못하게 된 이유라고 한다.

도시코의 이민문예移民文芸에 대한 공헌은 분명 하나의 문
학적 업적으로 남았을 뿐만 아니라 15년간에 걸쳐서 캐나다
에 사는 일본계 부인들을 계몽하는 데에도 기여했다. 1930년
에 설립된 노동조합 부인부婦人部의 리더로서 활약하고, 교
포 1세의 부인들에게는 처음으로 산아제한을 소개했을 정도
였다. 게다가 건실한 사회운동가로 성장한 에쓰가 노동운동
의 약진을 위해 설립한 민중사民衆社를 함께 경영하고, 그가

귀국한 후에도 사원들과 함께 운영해 나가기도 했다. 그녀의 활약으로 민중사는 성장했다. 아마도 일본으로 돌아온 후에 도시코가 프롤레타리아 작가들에게 먼저 다가가 교유하거나, 만년에 상해에서 「여성女声」을 발행하는 등의 변모는 이러한 캐나다 체류 경험이 있었기 때문일 것이다. 그러나 이와 같은 소위 '사회적 자아'로의 변신은 1932년 스즈키 에쓰가 귀국 중에 갑작스런 죽음을 맞게 됨에 따라 덧없이 좌절되고, 에쓰에게 자신의 모든 것을 걸고 있었던 만큼 그 후의 인생은 방랑의 연속이었다.

1936년, 18년 만에 귀국하여 사토 도시코라는 필명으로 평론, 에세이, 소설 등을 발표하지만 너무도 길었던 공백 기간은 왕년의 창작력을 회복시켜주지 못했다. 이후 친구인 사다 이네코佐多稲子의 남편으로, 19세 연하인 구보가와 쓰루지로窪川鶴次郎와의 연애가 발각되는데, 소설가 지망생에서 노동운동가로 전환하여 좌익의 문예평론가가 된 쓰루지로에게서 스즈키 에쓰의 모습을 찾은 흔적이 보인다. 이 연애를 다룬 『산길山道』만이 예전의 문학적 감성이 엿보이는 산문시풍의 소설로, 남자와의 미묘하고 슬픈 사랑의 감정이 덤덤하게 그려져 있다.

이윽고 사랑에도 실패하고 이 작품을 마지막으로 패잔의 심정으로 상해로 건너간다. 거기서 중국어 잡지 「여성女声」

을 발간하고 사토시左俊芝라는 필명으로 매호 권두언을 집필하지만, 1945년 4월 16일 타국의 거리에서 뇌일혈로 고독한 죽음을 맞이한다. 향년 62세였다. 지금 가마쿠라鎌倉의 도케이지東慶寺에 잠들어 있다.

이후 1961년부터 뛰어난 여류문학자의 작품에 주어지는 다무라 도시코상田村俊子賞이 만들어져 1977년까지 총 17회 수여되기도 했다.

다무라 도시코 상

다무라 도시코상은 도시코 사후에 생긴 인세를 중심으로 하여 설립된 문학상. 여류 작가의 작품이 선정되었다. 「다무라 도시코회田村俊子会」가 주체, 제17회로 종료되었다. 제17회까지의 수상자는 다음과 같다.

受賞者 [編集]

第1回(1961年)：瀬戸内晴美『田村俊子』

第2回(1962年)：森茉莉『恋人たちの森』

第3回(1963年)：倉橋由美子―業績に対して

第4回(1964年)：竹西寛子『往還の記』

第5回(1965年)：阿部光子 「遅い目覚めながらも」「神学
校一年生」/秋元松代『常陸坊海尊』

第6回(1966年)：萩原葉子『天上の花』

第7回(1967年)：中村きい子『女と刀』

第8回(1968年)：松田解子『おりん口伝』/吉行理恵『夢の
　　　　　　　　なかで』

第9回(1969年)：福田須磨子『われなお生きてあり』

第10回(1970年)：三枝和子『処刑が行われている』/松原
　　　　　　　　一枝『お前よ美しくあれと声がする』

第11回(1971年)：江夏美好『下々の女』/本多房子—婦人
　　　　　　　　民主新聞記者としての活動に対して

第12回(1972年)：広津桃子『春の音』/江刺昭子『草饐—
　　　　　　　　評伝・大田洋子』/石垣りん『石垣りん
　　　　　　　　詩集』

第13回(1973年)：高橋たか子『空の果てまで』

第14回(1974年)：富岡多恵子『植物祭』

第15回(1975年)：吉野せい『洟をたらした神』/島尾ミホ
　　　　　　　　『海辺の生と死』

第16回(1976年)：津島佑子『葎の母』/一の瀬綾『黄の花』

第17回(1977年)：木々康子『蒼龍の系譜』/武田百合子『富
　　　　　　　　士日記』

일본에서 발표된 다무라 도시코 관련 논문 검색

(일본국립국회도서관 사이트 참조 http://www.ndl.go.jp 최신순)

1. 瀬戸内寂聴文学史 愛した、書いた、祈った(第5回)『田村俊子』から『孤高の人』へ / 瀬戸内 寂聴 婦人公論. 93(11) (通号 1249) [2008.5.22]

2. 「帝国」の転覆を試みた孤児、「自己」実現を全うした養女－田村俊子 (特集 国民国家と多文化社会(第16シリーズ)帝国の孤児たち－20世紀の日本語作家)－(アジア－上海の養女たち) / 劉 建輝 立命館言語文化研究. 19(3) (通号 91) [2008.2]

3. 逍遥・文学誌(192)大学及大学生－橘静二・嘉香・白鳥・俊子・雨雀・広津・葛西・花外・宇野・平戸廉吉ら / 紅野 敏郎 國文學：解釈と教材の研究. 52(6) (通号 750) [2007.6]

4. 田村俊子『彼女の生活』論－「生活」と「愛」をめぐる一考察 / 沼田 真里 日本文学論叢. (36) [2007.3]

5. 田村俊子「生血」試論－ゆう子の金魚殺し / 高田 晴美/ 阪神近代文学研究. (8) [2007.3]

6. 田村俊子「生血」論－ゆう子の目線から見えるもの (特集 近代) / 岡西 愛濃 解釈. 52(1・2) (通号 610・611) [2006.1.2]

7. 佐藤(田村)俊子新論 / 渡邊 澄子 / 大東文化大学紀要. 人文科学. (44) [2006]

8. 「新しい女」としての田村俊子 / 權 善英 / 東アジア日本
語教育・日本文化研究. 8 [2005.3]

9. No Place to Call Home: Negotiating the "Third Space" for
Returned Japanese Americans in Tamura Toshiko's "Bubetsu"
(Scorn) / Anne Sokolsky/ Nichibunken Japan review. (17)
[2005]

10. 「女らしさ」の表現と帝国主義—田村俊子と金明淳の
作品の比較を通して / Kim Minju 人間文化論叢. 8
[2005]

11. 田村俊子『木乃伊の口紅』『炮烙の刑』『彼女の生活』—
三作品に見る「男女の相剋」について / 大沼 孝明/ 日
本文学論叢. (33) [2004.3]

12. 「洋傘(かうもり)」考—田村俊子の『生血』に関する冒
険的試論 / 權 善英 / 東アジア日本語教育・日本文化
研究. 7 [2004.3]

13. 田村俊子『悪寒』論—「私」と「あなた」の関係を中心に /
金 [ビントウ] / 国文. (100) [2004.2]

14. 田村俊子主宰『女聲』の総目次(翻訳) / 劉 英順 訳 / 国
文目白. (43) [2004.2]

15. 書評 福田はるか『田村俊子—谷中天王寺町の日々』/
加地 慶子 / 三田文学. [第3期]. 82(74) [2003.夏季]

16. 大正快女伝(26)田村俊子—過剰なほど "女" / 森 まゆ
み /本の話. 9(10) (通号 101) [2003.10]

17.「感傷」の暴力－田村俊子『蛇』と永井荷風『蛇つかひ』/
古郡 明子 / 日本文学. 52(9) [2003.9]

18. 新刊紹介 福田はるか著『田村俊子 谷中天王寺町の
日々』/ 杉本 邦子/ 学苑. (756) [2003.8.9]

19. 田村俊子「馬が居ない」を読む－時局批判を中心に / 王
紅 / 人間文化論叢. 6 [2003]

20. 田村俊子「彼女の生活」論－「愛」の行方 / 瀬崎 圭二 /
同志社国文学. (57) [2002.12]

21. 上海時代(1942~45)の佐藤(田村)俊子と中国女性作家
関露－中国語女性雑誌『女聲』をめぐって / 呉 佩珍/
比較文学. 45 [2002]

22. やがて終わるべき同性愛と田村俊子－『あきらめ』を
中心に / 浅野 正道 / 日本近代文学. 65 [2001.10]

23. レイプ－田村俊子『枸杞の実の誘惑』(小説) / 芥川龍之
介『藪の中』(小説) (境界を越えて－恋愛のキーワード
集) / 中山 昭彦 / 國文學：解釈と教材の研究. 46(3) (通
号 666) (臨増) [2001.2]

24. バイセクシュアル－田村俊子『春の晩』(小説) (境界を
越えて－恋愛のキーワード集) / 村瀬 士朗/ 國文學：
解釈と教材の研究. 46(3) (通号 666) (臨増) [2001.2]

25. 再演する「女」－田村俊子「あきらめ」のジェンダー・パ
フォーマンス (近代文学における『作者』) / 小平 麻衣
子/ 国語と国文学. 77(5) (通号 918) [2000.5]

26. 研究動向 田村俊子 / 鈴木 正和/ 昭和文学研究. (通号 40) [2000.3]

27. 田村俊子『破壊する前』論―道子の辿り着いた地平 / 鈴木 正和 / 近代文学研究. (17) [2000.2]

28. 田村俊子『彼女の生活』再考―生き続けていく優子 (再録『葦の葉』(近代部会紙)(1998年9月(183号)~1999年7月(190号))) / 鈴木 正和 / 近代文学研究. (17) [2000.2]

29.「感触」の戯れ―田村俊子論 / 古郡 明子/ 上智大学国文学論集. (33) [1999]

30. 田村俊子作品,その言説空間の変容 / 山崎 真紀子/ 専修人文論集. (通号 63) [1998.10]

31. 上海時代の田村俊子―中国語の雑誌『女聲』を中心に / 王 紅 / 中国女性史研究. (8) [1998.6]

32. 田村俊子「女作者」論―描く女と描かれる女 / 光石 亜由美/ 山口国文. (通号 21) [1998]

33. 女が女を演じる―明治四十年代の化粧と演劇・田村俊子「あきらめ」にふれて / 小平 麻衣子 埼玉大学紀要. 教育学部. 人文・社会科学. 47(2) [1998]

34.「女作者」が性を描くとき―田村俊子の場合 / 光石 亜由美 / 名古屋近代文学研究. (通号 14) [1996.12]

35. 彷徨する「愛」の行方―田村俊子『生血』を読む / 鈴木 正和 / 近代文学研究. (通号 13) [1996.2]

36. 田村俊子「女作者」論—「女」の闘争過程を読む ／ 鈴木
正和 ／ 日本文学研究. (通号 33) [1994.1]

37. 田村俊子—愛欲の自我(「女作者」など)（フェミニズム
の言語—女性文学「特集」)—(大正のフェミニズム言
説) ／ 中村 三春/ 國文學：解釈と教材の研究. 37(13)
[1992.11]

38. 田村俊子「あきらめ」以前の隠れた新聞小説2篇とその
文体をめぐる考察 ／ 柴 瑳予子 ／ 日本文学. 39(7)
[1990.7]

39. 田村俊子の「女声」について ／ 渡辺 澄子/ 文学. 56(3)
[1988.3]

40. 渡加前後の田村俊子—俊子, 悦書簡・日記をめぐって /
黒沢 亜里子 ／ 日本文学誌要. (通号 38) [1987.12]

41. 記伝を歩く—26—丸岡秀子著「田村俊子とわたし」—耐
える強さと解放の強さ ／ 石川 猶興/ 農政調査時報.
(通号 371) [1987.8]

42. 田村俊子 (女流作家「特集」)—(女流文学の基盤を築い
た人々) ／ 榎本 隆司/ 国文学：解釈と鑑賞. 50(10)
[1985.9]

43. 女にとって自立とは何か—田村俊子と宮本百合子 (女
流の前線—樋口一葉から八〇年代の作家まで「特集」)
—(近代女流文学の成立) ／ 伊豆 利彦/ 國文學：解釈と
教材の研究. 25(15) [1980.12]

44. 田村俊子「木乃伊(ミイラ)の口紅」のみのる（名作の中のおんな101人）/ 中山 和子/ 國文學：解釈と教材の研究. 25(4) [1980.3]

45. カナダの田村俊子 / 村松 定孝 / 学苑. (通号 470) [1979.2]

46. ペンの散歩―7完―余録 田村俊子賞の日 / 尾崎 一雄/ 海. 9(7) [1977.7]

47. [「蛇」(田村俊子)]（「中央公論」誌上にみる大正(前期)短篇傑作選「緑陰特別企画」）中央公論. 91(9) [1976.9]

48. 田村俊子論―放縦に美あり / 大塚 豊子/ 学苑. (通号 433) [1976.1]

49. 田村俊子 （文学における妻の投影「特集」）―(妻としての作家) / 伴 悦 / 国文学：解釈と鑑賞. 40(13) [1975.12]

50. 史伝・早稲田文学―17―吉田絃二郎・田村俊子・岡本かの子/ 浅見 淵/ 早稲田文学. 〔第7次〕. 2(11) [1970.11]

51. 田村俊子「あきらめ」を書く(日本文壇史―193―) / 伊藤 整/ 群像. 24(5) [1969.5]

52. 木乃伊の口紅・あきらめ「田村俊子」（現代女流文学の魅力(特集)）―(名作鑑賞―“おんな”の生き方に光をあてる) / 和田 謹吾 / 國文學：解釈と教材の研究. 13(5) [1968.4]

53. 田村俊子論―2― / 清水 信/ 近代文学. 18(6) [1963.7]

다무라 도시코의 작품모음집 1

단 념あきらめ

초판 1쇄 발행일 | 2011년 6월 15일

지은이 다무라 도시코
옮긴이 이상복·최은경
펴낸이 박영희
편집 이은혜·김미선
표지 강지영
책임편집 강지영
펴낸곳 도서출판 어문학사
　　　　 132-891 서울특별시 도봉구 쌍문동 525-13
　　　　 전화: 02-998-0094 / 편집부: 02-998-2267
　　　　 팩스: 02-998-2268
　　　　 홈페이지: www.amhbook.com
　　　　 e-mail: am@amhbook.com
　　　　 등록: 2004년 4월 6일 제7-276호

인 지 는
저 자 와 의
합 의 하 에
생 략 함

ISBN　978-89-6184-117-7　03830

정가 | 15,000원

※ 잘못 만들어진 책은 교환해 드립니다.

이 도서의 국립중앙도서관 출판시도서목록(CIP)은 e-CIP홈페이지(http://www.nl.go.kr/ecip)와
국가자료공동목록시스템(http://www.nl.go.kr/kolisnet)에서 이용하실 수 있습니다.
(CIP제어번호: CIP2011002324)